ハヤカワ・ミステリ文庫

〈HM(212)-6〉

トラ猫ミセス・マーフィ

新聞をくばる猫

リタ・メイ・ブラウン＆
スニーキー・パイ・ブラウン

茅　律子訳

MURDER ON THE PROWL

by

Rita Mae Brown
and Sneaky Pie Brown

Translated by
Ritsuko Kaya
First published 2005 in Japan by
HAYAKAWA PUBLISHING, INC.
This book is published in Japan by
arrangement with
AMERICAN ARTISTS, INC.
c/o THE WENDY WEIL AGENCY, INC.
through JAPAN UNI AGENCY, INC., TOKYO.

ときどきはミスター・ワンダフルな
デイヴィッド・ホイーラーに

本文挿絵／ウェンディ・レイ

新聞をくばる猫

登場人物

メアリー・マイナー・
ハリスティーン（ハリー）……クロゼット郵便局の女性局長
ミセス・マーフィ………………ハリーのトラ猫。とても頭がいい
ティー・タッカー………………ハリーのコーギー犬。ミセス・マーフィの親友
フェア……………………………獣医。ハリーの元夫
ミランダ・ホウゲンドバー……未亡人。郵便局でハリーの手伝いをしている
ピュータ…………………………食料品店の、恥も外聞もなく太った灰色猫
スーザン・タッカー……………ハリーの親友
ブルックス………………………スーザンの娘。セント・エリザベスに転入
ビッグ・マリリン・
　　サンバーン（ミム）……クロゼット社交界の女王
ロスコウ・フレッチャー………セント・エリザベスの校長
ナオミ……………………………ロスコウの妻
サンディ・ブレイシャーズ……英語教師。校長の座に野心あり
エイプリル・サイブリ…………校長秘書。ロスコウに傾倒
モーリー・マッキンチー………映画監督。映像学科設立に熱心
ケンドリック・ミラー…………追いつめられた癇癪持ち
アイリーン………………………ケンドリックの妻。衰えつつある美貌の持ち主
ジョディ…………………………ミラー家の娘。フィールドホッケー選手
カレン・ジェンセン……………フィールドホッケー・チームのスター
ショーン・ハラハン……………フットボール・チームのスター
ロジャー・デイヴィス…………冷静で、注意深い男子生徒

1

人間とおなじように、町にも魂がある。北緯三十八度、西経七十八度六十分に位置するヴァージニア州の小さな町クロゼットにあるのは、アイルランド的な魂だ。

この年の秋分にあたる九月二十一日に、すべての声とはいわないまでも、すべての魂が昂揚したのは、この日がどこまでも完璧だったからだ——晴れた青緑色の空にはクリームのような雲が悠然と浮かび、エメラルド色の牧場の端には驚くべき色のブルーリッジ山脈が保護者のようにそびえ、湿度は低く、気温は二十二度に保たれていた。

木曜日のこの日、メアリー・マイナー・ハリスティーン——通称ハリー——は郵便局の仕事をおざなりにこなしていた。彼女は局長だから、どんなに誘惑に駆られても抜け出すわけにはいかないのだ。彼女が飼っているトラ猫のミセス・マーフィと、コーギー犬のティー・タッカーは動物用のドアを猛スピードで出入りし、そのたびに小さなフラップをパタパタいわせた。二匹は勢いよくドアを閉めるティーンエイジャーの動物版だから、ハリーはパタパタ音がするたびに彼らは自由に抜け出せるのに自分は閉じこめられている、と思うのだった。

ハリーは、よく知られているように、少しばかり計画性に欠けるが勤勉な人間だった。仕事のパートナーであるミセス・ミランダ・ホウゲンドバーは、ハリーは再婚すればすぐにでも人生の目的について自問しなくなる、と思っていた。ハリーよりかなり年上のミランダは、結婚を女性が果たすには不足のない目的として見ているのだ。

「何をハミングしているの？」

「《我等の神は頑強な砦》よ、マルチン・ルターが一五二九年に書いた」ミセス・Hは、ハリーにいった。

「知らなかったわ」

「聖歌の練習に来れば、詳しくなるのに」

「でも、それにはささやかな問題があるわ、わたしはあなたの教会のメンバーじゃないという問題が」ハリーは、キャンバスの郵袋をたたんだ。

「それはいますぐ解決できるわ」

「そんなことをしたら、ジョーンズ牧師はどうするかしら？　彼なのよ、クロゼット・ルーテル教会でわたしに洗礼を施したのは」

「くだらない」

そこへ、ミセス・マーフィが大きなコオロギをくわえて、猛スピードでドアから入ってきた。

そのすぐあとを追うのは、昼は隣の食料品店で働き、夜はハリーと一緒に帰宅する灰色のデブ猫ピュータだ。食料品店《マーケット》の店主マーケット・シフレットは、ピュータはいまだかつてネズミを捕ったためしがなく、これからも捕ることはなさそうだから、むしろ友達と遊んでいるほうがいいと断言している。

ピュータにいわせれば、彼女はまるくできているそうだ。なるほど、彼女の頭はまるく、小さくて繊細な耳もまるい。尻尾は短めで、自分では恰幅《かっぷく》がいいと思っている。歩くたびに灰色の太鼓腹が揺れるのは、「手術」を受けた結果であって、太っているからではないと当人は断言しているが、本当のところ、その原因はどちらにもあった。なにぶん、彼女は食べるために生きているのだから。

反面、ネズミ捕り名人のハンサムなトラ猫ミセス・マーフィは相変わらず健康でほっそりとしていた。

この二匹のあとに、コーギー犬のティー・タッカーが続いた。

ミセス・マーフィは身もだえするコオロギをくわえたまま、カウンターに飛び乗った。

「この子ったら、翼のある厄介者を捕まえてきたわ。殺すために生きているのね、この猫は」ミランダが抗議の声をあげた。

「コオロギには翼はないわ」

ミランダは、猫がくわえている光沢のある茶色い獲物に近づいた。「なんて大きなコオロギなの――これなら翼があってもおかしくないわ。ほんとに、カマキリにも引けをとらない大きさよ」顎に手をあてて、さもわかっているような顔をした。

ハリーがぶらぶらと様子を見にいくと、ミセス・マーフィは即座にコオロギの腹を噛んで仕留め、死骸をカウンターのうえに置いた。

そこで、タッカーが〈あなたはそのコオロギを食べないんでしょう？〉と訊いた。

〈食べないわ、コオロギはすごくまずいから〉

〈じゃ、わたしが食べる〉ピュータが名乗りをあげた。〈だって、誰かが体面をつくろうしかないでしょう！　なんといっても、わたしたちは捕食動物なんだから〉

「よしてよ、ピュータ、胸が悪くなるわ」デブ猫がコオロギにかぶりつくのを見て、ハリーは顔をしかめた。

「なんだか、ナチョ（薄切りのトルティーヤ）みたい」猫が獲物を噛みくだく音を聞いて、ミランダ・ホウゲンドバーはこういった。

「ナチョはもう二度と食べないわ」ハリーは、仕事のパートナーでもある友人を睨みつけた。

「歯ごたえはあるはずよ、お金を賭けてもいいわ」ミランダは相棒をからかった。

〈そのとおりよ〉年配の女性にこたえて、ピュータは唇のあたりを舌でなめまわした。そして、自分たち猫にはミセス・ホウゲンドバーと違って口紅をつける習慣がないことに感謝した。コオロギやネズミに口紅がついたら――おいしいものもマズくなる。

「やあ、お嬢さん方」正面の入り口から、ハーバート・ジョーンズ牧師が悠然と入ってきた。彼はありとあらゆる女性を「お嬢さん」と呼んだが、彼女たちはとっくの昔に過敏な反応をすることを諦めていた。九十二歳になるキャサリン・I・アーンハートも「お嬢さん」と呼ばれ、キャサリン自身、そう呼ばれると悪い気はしなかった。

「あら、牧師」ハリーは彼に微笑みかけた。「今日は遅いですね」

牧師はポケットから私書箱の鍵を取りだして真鍮の鍵穴に差しこみ、無用な広告が大半を占める一握りの郵便物を引っぱりだした。

「わたしがいつもより遅いとしたら、それはロスコウ・フレッチャーに車を貸したせいだよ。彼は一時までに車を返すことになっていたのに、かれこれ三時なる。だから、歩いてくることにしたんだ」

「彼の車が動かなくなったとか？」ミランダは裏口を開け、そよ風と陽の光を取りいれた。

「あれは最高の駄作だよ、彼のあの新車は」

それまで第二種航空小包の数をかぞえていたハリーが顔をあげると、郵便局の表にある駐車場にロスコウが車を止めるのが見えた。「噂をすればなんとかよ」

ハーブは振り向いた。「あれがわたしの車かい？」

「泥を落としたら見違えるわね」ハリーは笑った。

「いや、車を洗わなければいけないことも、トラックを直さなければいけないこともわかっているんだが、あいにく時間がなくて。一日がもっと長ければいいんだが」

「かくあらせたまえ《アーメン》」と、ミランダがいった。

「なんにしても、ミランダ、祈ってくれてありがとう」牧師は目を輝かせた。

「悪かった、ハーブ」といってから、ロスコウは後ろ手にドアを閉めた。「ホールでミム・サンバーンに呼び止められたとたんに、これは逃げられないと思った。クロゼットの女王がどんな話し方をするか、きみたちも知っているだろう?」

「いやというほどね」あとの三人は答えた。

〈どうして、みんなはミムのことをクロゼットの女王と呼ぶのかしら?〉ミセス・マーフィは前足をなめた。〈宇宙の女王も同然なのに〉

〈というか、太陽系がいいところじゃない?〉タッカーが吠えた。

〈それじゃ真実味に欠けるわ〉ミセス・マーフィは答えた。

〈人間は自分たちがすべての中心だと思っている。脳たりんの集団だわ〉ピュータはげっぷをした。

カウンターにコオロギの一部が吐き戻されると、ミセス・マーフィはぞっとして一歩、後ろに退いた。

「ところで、車は気に入ってもらえたかな?」ロスコウは、洗車とワックスがけをすませたばかりのスバル・ステーションワゴンを指さした。

「新車のようだ。ありがとう」

「礼をいうのはこっちだよ、車を貸してくれてありがとう。わたしの車は特約店《ディーラー》のギャリーが家に届けることになっているから、家まで乗せてもらえたら、なおありがたいんだが」

「ナオミはどこにいるの、今日は？」ミランダが訊いたのは、ロスコウの妻のことだ。

「スタントンに行ってるよ、三年生を連れて開拓博物館に」ロスコウは短く笑った。「こういうことは、わたしより彼女のほうが得意なんだ。ああいった下級生を相手にしていると、こっちは気が狂いそうになる」

「だから、彼女は下級学校の校長を、あなたは全体の校長を務めているのね。わたしたちはあなたのことを〝重要人物《ビッグチーズ》（間抜けな男の意味もある）〟と呼んでいるのよ」ハリーは微笑んだ。

「いや、わたしが校長をしているのは資金集めがうまいからだ。どなたか現金を吐き出したいお方は？」彼は声をあげて笑い、ヤニで黄ばんだ幅のある真っ直ぐな歯をのぞかせた。さらに、ポケットからトッツィー・ロール（ロングセラーのキャンディ）の包みを取りだして、みんなに勧めてまわった。

「石を絞っても血は出ないし、わたしが出たのはクロゼット高校よ」ハリーは手を振って、キャンディを辞退した。

「わたしもそうよ、卒業したのはこの人より少しまえだけど」ミランダはいたずらっぽくいった。

「わたしは一九四五年の卒業だ」ハーブは大胆にいった。

「きみたちを相手にしていれば、わたしは逮捕されないということだね？　きみたちはトッツィー・ロールひとつ受け取らないんだから」ロスコウは笑みを浮かべた。態度もさることながら、彼は陽気で快活な顔の持ち主だった。「じゃ、こうしよう、クジで当てたらセント・エリザベスに少しばかり寄付する。教育は大事だから」

〈あら、どうして？〉ピュータは彼を睨んだ。〈あなたたち人間は、お互いにやきもきしあうだけで、ほかには何もしてないのに〉

〈なかには農場を経営している人間もいるわ〉タッカーが答えた。

ピュータはカウンターのうえから、愛らしいコーギー犬を睨みつけた。〈だから？〉

〈生産的なのよ〉ミセス・マーフィがくわわった。

〈生産的といっても、人間はお互いに養うことができればそれでいいのよ。わたしたちにはなんの関係もないわ〉

〈どうってことないわ！〉

〈サカナを捕る人間もいるけど〉と、タッカー。

〈どうってことあるわよ、ツナが食べたいときは〉ミセス・マーフィが笑っていった。

〈どっちにしても、人間はなんの役にも立たない生き物よ〉

〈ピュータ、あなたがイライラしているのはあのコオロギのせいよ。お腹にガスが貯まっているからだわ。あなたは一度でも、わたしがああいったものを食べるのを見たことがある？〉ミセス・マーフィはいった。

「それにしても、わたしの車は新車のようだ」ハーブは青い目をふたたび、外のステーションワゴンに向けた。

「二九号線とグリーンブライア・ドライブの交差点にある洗車場に行った」ロスコウは牧師にいった。「わたしはあの洗車場を愛している」

「あなたは洗車場を愛しているの?」ミランダは疑わしげだった。

「あなたも一度、行ってみるといい。なんなら、わたしが連れていくよ」彼は肉付きのいい腕をおおらかに広げた。「あそこに行くと――カレン・ジェンセンをはじめ、うちの生徒が何人か働いていて、左側のタイヤを通路に誘導してくれる。あの子たちが働いているのは夕刻と週末だが――じつにいい子たちだ。それはともかく、コースはよりどりみどりだ。ちなみに、わたしが選んだのは〝ザ・ワークス〟で、これにすると、ビーッと音がしてなかに通され、ギアをニュートラルにしてラジオを消すようにいわれ、騒動のさなかに放り出される。まず、黄色いネオンが光って、水の壁が襲ってくる。つぎに青いネオンが瞬いて、目下、車台を洗浄しているところだと告げる。ほかにも、そこには白やピンクや緑のライトがあって――なんというか、そう、ブロードウェイのショウのようだ。しかも」――外を指さして――「結果は見てのとおり。大あたりだ」

「ロスコウ、その洗車場がきみをそこまで熱くさせるとしたら、きみの人生には刺激が必要だよ」ハーブは愛想よく笑った。

「そういうなら、行って自分の目で確かめるといい」

男たちが立ち去ったあと、ハリーとミランダが窓の外に目を向けると、ハーブがすべるように運転席に乗りこむのが見えた。

「あなたはその洗車場に行ったことがあるの？」

「ないから、せいぜいお洒落をして、いますぐ駆けつけたい気分よ」ミランダは豊かな胸のまえで腕を組んだ。

〈わたしはどこの洗車場にも行かないわ。ああいうのは苦手だから〉タッカーがぶつくさいった。

〈雷が鳴ると、あなたはベッドのしたに隠れるものね〉

タッカーはミセス・マーフィにぴしゃりといった。〈誰が隠れるものですか、へんなこといわないで〉

〈泣き言もいうし〉ミセス・マーフィはカウンターのうえにいるので、いくらでも嫌味な猫になれた。どう頑張っても、コーギー犬には手が届かないから。

〈あなたなんか、トラックのなかでオシッコをしたくせに〉タッカーはやり返した。

とたんに、ミセス・マーフィの瞳孔が開いた。〈あのときは病気だったのよ〉

〈嘘ばっかり〉

〈ほんとよ〉

〈あなたは怖じ気づいたのよ、あのときは獣医のところに行く途中だったから！〉

〈獣医のところに行く途中だったのは、病気だったからよ〉トラ猫は猛然と自分の立場を弁護した。

〈あら、年に一度の予防注射を受けに行ったのよ〉タッカーは四分の三拍子で歌うようにいった。

〈嘘つき〉

〈臆病者〉

〈もう二年もまえのことなのに〉

〈トラックは何カ月も臭ったわ〉タッカーは意地悪く繰りかえした。

ミセス・マーフィは後足で思いっきり郵便物の束を蹴って、タッカーの頭のうえに落とした。〈短足犬〉

「ちょっと、あなたたち！」ハリーが怒鳴った。「いい加減にしなさい」

〈ずらかれ！〉ミセス・マーフィは一目散にカウンターを離れると、雪崩のような郵便物に埋もれているコーギー犬を跳び越して、開いている裏口からビューンと飛び出していった。

タッカーは封筒を落としおとし、大急ぎでトラ猫のあとを追った。

ピュータは走ることを辞退して、カウンターのうえでくつろいでいた。

ハリーが裏口に様子を見にいくと、犬猫コンビは追いつ追われつ、目も覚めるような色とりどりのキクをかろうじてかわしながら、ミランダの家の裏庭を突っ切っていった。

「一度でいいから、あんなふうに遊んでみたいわ」

「不思議と気を紛らわしてくれるわね」一緒に二匹を見ていたミランダはやがて、きらきらした陽の光に目をとめた。「秋分というのは特別な日で、昼と夜の長さが等しくなるのよ」

ミランダが口に出さなかったのは、今日からは夜が徐々に長くなることだ。

2

ミセス・マーフィは仰向けになって宙に足を投げだし、艶のある漆黒のトラ模様でおおわれた背中と違って縞のないベージュ色のすらりとしたお腹をさらした。そうしていると、アウディ・クアトロが私道を四分の一マイルほど近づいてくるのが聞こえた。誰かが農場に入ってきたことにハリーが気づいたのは、それよりずっとあとだった。

いつも歩哨に立っているタッカーは、ハリーの農場とブレア・ベインブリッジの農場の南の境界にあたる小川に出かけていた。というのも、そこに立っている大きなヒッコリーの近くには、グラウンドホッグ(米国・カナダ北東部産のずんぐりしたマーモット、ウッドチャックとおなじ)が住んでいるからだ。牧畜犬であるタッカーには、ぜひとも獲物を仕留めたいという気持ちはなかったが、獲物を眺めたり、野生動物を会話に引きこむのは好きだった。ともあれ、タッカーはずっと遠くにいたから、私道に車が入ってきたことを警告できなかった。

もっとも、訪問者はハリーの幼年時代からの親友スーザン・タッカーだから、警告する必要があったわけではない。スーザンは近ごろ古いヴォルヴォを下取りに出してアウディ・クアトロに乗り換えたため、タイヤの音が違うのだが、タッカーはまだその違いに慣れていなかった。こうした音の違いを憶えるのは、タッカーよりミセス・マーフィのほうが得意だった。

キッチンテーブルのしたで眠っていたピュータは、訪問者のことを気にかけたくても気にかけようがなかった。というのは、サバをあしらった巨大なクロカジキの夢を見ていたからだ。この夢をとくべつおいしいものにしたのは、ほかの誰ともご馳走を分けあう必要がないことだった。

ハリーは片づけ熱に浮かされて、衣裳簞笥の中身をベッドのうえに空けているところだった。

車のドアがバタンと閉まる音がすると、ミセス・マーフィは目を開けた。もう一度、その音が聞こえると、今度は頭をあげた。いつもは、スーザンはひとりでハリーのところにやってくる。そうやって子供から逃れることで、精神的な健康を保っているのだ。裏口の網戸が開いて、スーザンが入ってきた。そのすぐあとに、彼女の十五歳になる美しい娘ブルックスが続いた。この日は子供から逃れるどころではなかった。

「じゃあね、バイバイ」スーザンが声をかけた。

不意に起こされたピュータは腹立ちまぎれにうなった。〈こんなに面白くないセリフは、生まれて初めてだわ〉

ミセス・マーフィはふたたび、前足に頭をあずけた。〈やけに機嫌が悪いのね〉

〈そりゃそうよ、ミセス・マーフィ、一生でいちばんおいしい夢を見ていたのに——それが消えたんだもの〉ピュータは失われた夢を嘆いた。

「ハーイ、ミセス・マーフィ」スーザンは、トラ猫のデリケートな耳の後ろを掻いた。

「ねえ、見て、キッチンテーブルのしたにピュータがいるわ」猫好きのブルックスは屈んでピュータを撫でた。その顔には赤褐色の髪がカーテンのようにかかっていた。

〈やってられないわ〉デブ猫は文句をいったが、出ていこうとはしなかった。ということは、いまの文句は見せかけにすぎないということだ。

「こっちは片づけの真っ最中よ」ハリーが寝室から答えた。

「おやまあ」スーザンは笑いながら、混沌とした寝室に足を踏みいれた。「これじゃ一晩じゅう片づけることになるわ、ハリー」

「これ以上、我慢できなかったの。左右揃った靴下を探すのに五分かかるし、それに」――痛ましい絹の半端物を指さして――「下着はくたびれているし」

「お母さんが亡くなってから、あなたは新しい下着を買ってないもの」

ハリーはベッドに飛び乗った。「そういうものは母が買ってくれていたから、それまでは自分で買う必要がなかったの――どっちにしろ、ヴィクトリアズ・シークレットのカタログを見るのは耐えられないわ、どこか卑猥な感じがして」

「自分のブラより大きなブラを見るのがいやなんでしょ？」

「わたしはそこまで貧乳じゃないわ」

スーザンは微笑んだ。「そうはいってないわ、ちょっとした競争心があるとほのめかしただけよ」

「それもないわね。あるわけがない。競争心があったら、クロゼットで女性郵便局長をしているかわりに、どこかに美術史の学位を申請しているわ」

「高校三年生のときの狂暴なフィールドホッケーの試合は？」

「あれは例外よ」

「あなたはあの頃から、ブーム・ブーム・クレイクロフトが好きじゃなかった」スーザンは思い出していった。

「巨乳といえば……彼女は選りすぐりの下着をつけて、わたしの元夫を誘惑したんですって」

「そんなこと、誰がいったの？」

「当のバカ女よ」

スーザンがベッドの反対側に座ったのは、笑いすぎて立っていられなくなったからだ。

「本当なのよ！　信じられないでしょう？　あのバカ女は自分から話したのよ、彼を電話で農場に呼び出したときに着ていた黒いレースのテディがどうのこうのと」ハリーはいいそえた。

ファラマンド・ハリスティーン――通称フェアー――はたまたま、ヴァージニア州でもっとも優れた馬専門の獣医のひとりだった。

「ママ、ピュータがお腹を空かせているわ」ブルックスがキッチンから声をかけた。

駆け足で戻ってきたタッカーは網戸を押しあけ、スーザンの足のうえに座りたい一心で彼女のもとへ急いだ。自分を育ててハリーに委ねたのはスーザンだから、タッカーはこの赤毛の女性をとくべつ身近に感じるのだ。

「ピュータはいつもお腹を空かせているのよ、ブルックス。だから、いつもの飢えた子猫の演技には騙されないで」

〈おだまり！〉ピュータはいいかえしてから、喉を鳴らしてブルックスの脚に身体をすりつけた。

「ママ、ピュータはほんとにお腹が空いているみたい」

「このペテン師」キッチンに引き返しながら、ハリーは狂おしげに喉を鳴らしているデブ猫に厳しくいった。「猫にアカデミー賞があるとしたら、あなたは間違いなく最優秀女優賞をとれるわ」

〈すごぉーく、お腹が空いてるの〉デブ猫は声を震わせた。

〈わたしに電動缶切りが使えたら、あなたに餌をあげるわ——あなたを黙らせるためにね〉ミセス・マーフィが起きあがって、口髭をさっと前後に動かした。

トラ猫とおなじ結論に達したハリーは、〈マリナーズ・ディライト〉の缶をつかんだ。

「何かあったの？」

「うちはいま、家族の危機に見舞われているの」ブルックスはくすくす笑った。

「見舞われているものですか」

「ママ」声の調子を変えることで、ブルックスは母親に異議を唱えた。

「一言も漏らさずに聞いているわ」ハリーが魚くさい食べ物をすくってやると、ピュータは喜びいさんで餌に顔を突っこんだが、ミセス・マーフィはずっと上品に食べ物に近づいた。前足で皿の縁をそっと叩き、匂いを嗅いでから、ご馳走をくわえ、丁寧に噛むのが彼女のやり方だった。こうすれば消化にいいし、体重を低めにキープできるはず。実際、なんでもガツガツ食べるピュータは高カロリー猫だった。

「今年は嫌いな先生にあたっているの——とくにホームルームは」ブルックスは、明るい色合いのキッチン・チェアに腰をおろした。

「ミス・タッカー、誰が椅子を勧めてくれたの？」スーザンは腰に手をあてた。

「ママ、ここはハリーの家よ。ビッグ・ミムの家やどこかにいるのとは違うわ」ブルックスが引合いに出したのは、エチケットを強要するミム・サンバーンのことだ。

「大切なのは日頃の行ないよ」

「どうぞ、お掛けください」ハリーは、すでに腰掛けているブルックスに椅子を勧めた。

「どうもありがとう」と、ブルックスは応えた。

「いまので、あなたがマナーを忘れていないことがわかったわ」

「期待しないほうがいいかも」ブルックスは母親を見て笑った。

この母娘は互いによく似ていて、口げんかはするものの、二人の間には深い愛情があった。

スーザンの長子ダニーもまた、限りない母性愛を享受していた。

不意に、ブルックスが立ちあがって外に駆けだした。

「どこに行くの？」

「すぐ戻るわ」

スーザンは椅子に掛けた。「わたしは毎日――ときには毎時間――自問するのよ、何を根拠に自分は母親になれると思ったのか」

「だめよ、スーザン」ハリーは手を振った。「お世辞を漁るのはやめて」

「漁ってなんかいないわ」

「良き母親だということは自分でもわかっているはずよ」

そこへ、ふたたびブルックスが現われ、手にしていた日曜版をテーブルのうえに置いた。

「失礼」

「あら、ありがとう。今朝はまだ、郵便受けまで行ってなかったわ」ハリーは折りたたまれた新聞から輪ゴムを外した。輪ゴムのすぐしたの白い小さな封筒には、今月分の請求書が入っていた。「なんだって、わたしはこの忌々しい新聞にお金を払っているのかしら？たいていは配達されないのに」

「今日にかぎって配達された」

「ハレルヤ。で、なんなの――？」ハリーは肩をすくめた。「その家族の危機というのは？」

「家族の危機に見舞われているわけじゃないのよ」スーザンは冷静に答えた。

「ブルックスが先生方を好きになれないというから、わたしたちは話しあいを――」

「というか、わたしがあの先生たちをひどく嫌っているから、ママはすっかり取り乱しているのよ。ママは自分がクロゼット高校を卒業したから、わたしにもクロゼット高校を卒業させたいんだわ。ダニーは今年、卒業する。だから、それでよしとするべきじゃない、ママ？　五割がたうまくいったわけだから」ブルックスが口をはさんだ。

ハリーは目を見開いた。「高校を中退するのはよくないわ、ブルックス」

「中退は望んでいないわ。わたしはセント・エリザベスに戻りたいの」

「あの学校はスノッブで、ものすごくお金がかかるのよ」スーザンは顔をあげ、大きな音を立てて餌を食べているピュータに注目した。「なんだか、歯のないお爺さんが食事をしているみたい」

侮辱されたピュータは振りむいてスーザンを見すえたが、口髭に餌の切れ端がついていたので、彼女の言葉を証明したにすぎなかった。

スーザンは微笑んだ。「口髭をきれいにできないお爺さんにそっくり」

〈あはは！〉ミセス・マーフィは笑い声をあげた。

〈ほんとにお爺さんみたい〉タッカーは同調して、ピュータが餌を貪っているカウンターのしたに座った。デブ猫が餌をこぼしたら、タッカーはおこぼれにありつくつもりだった。

「そういえば、クッキーがあったわ」ハリーがいった。

「せっかくだけど、朝食をしっかりとってきたから」

「じゃ、コーヒーか紅茶でも？」

「ううん」スーザンは微笑んだ。

「つまり、あなたは先生方とうまくやっていけないというか、彼らを大目に見ることができないのね？」ハリーは手元の話題に戻った。

「ミセス・ベリーヒルは最悪よ」

「あの先生はそれほどひどくないわ」ハリーは、数年前に夫を亡くした中年の女性を弁護した。

「ムカつくの」ブルックスは吐きもどすふりをした。

「そこまで嫌っていたら、何も学べないわね」

「ほらね、ママ、いったとおりでしょう？」

「大事なのは、見限るまえに一、二カ月、猶予をあたえることじゃない？」

「そのときにはもう、フランス語を落としているわ！」ブルックスには、母親が自分にとりわけフランス語を学ばせたいことがわかっているのだ。

「そんなにドラマチックにならないで」

「いいのよ、好きなだけドラマチックになって」ハリーはスーザンの腕を小突いて、ブルックスを鼓舞した。

〈そうよ、このところドラマに欠けているもの〉タッカーは、ハリーに同意した。

「このままだと、わたしは何も学べない。学習不足に陥って、世に忘れられ――」ハリーが言葉をはさんだ。「そう、その調子よ、ブルックス。あなたはいい小説を読んでいるか、語彙増幅法を学んでいるに違いないわ」

ブルックスは恥ずかしそうに微笑んで、先をつづけた。「死ぬまで不利な条件に置かれて――到底、スミスには入れない」

「いまのは汚いやり方よ」と、スーザンはいった。彼女はハリー同様、スミスの出身なのだ。

「そのうち、ガソリン・スタンドの店員と結婚して――」

「ハリー、娘をけしかけないで。学費を払うのはこの娘じゃないんだから」

「ネッドはどういってるの？」ハリーが尋ねたのは、スーザンの夫で弁護士をしている好人物のことだ。

「お金のことはやっぱり心配しているけれど、娘にはしっかりした基礎が必要だと確信しているわ」

「わたしにいわせればスノッブの集団だけど、セント・エリザベスはいい学校よ」ハリーはずばりいった。「ロスコウ・フレッチャーはいい仕事をしているわ。少なくとも、誰もがそういっている。教育はわたしの専門じゃないけれど、去年はイェールに二人、プリンストンとハーヴァードにそれぞれ一人ずつ送りこんだ」ちょっと間を置いた。「卒業生は全員、名のある大学に進んだはずよ。ええ、間違いなく」

「おなじ大金を払うなら、リッチモンドのセント・キャサリンに行かせるべきじゃないい？」スーザンはハリーにこう応えた。

「わたしは家から離れたいわけじゃないわ、ママ。ただ、クロゼット高校をやめたいだけなの。いずれ大学に入ったら家を出ることになるわ。そう、スミスに入ったら」ブルックスは母親に思い出させた。

「それはそうだけど――」スーザンはこれについて考えた。

「ロスコウ・フレッチャーに電話で訊くといいわ」ハリーが提案した。「ブルックスは二週間、クロゼット高校にいただけだもの。いますぐ転入できるか、二学期まで待たなければならないか訊いてみたらどう？」

スーザンは立ちあがって、自ら紅茶を淹れはじめた。

「さっきは要らないといったのに」とハリー。

「気が変わったの。あなたもどう？」

「ええ、もちろん」ハリーは椅子に深くもたれた。

「ロスコウにはもうかけたわ。そしたら、彼の差しでがましい美人秘書エイプリル・サイブリがでて、厳しく尋問されたの。ところで、この差しでがましい秘書という言葉には自己矛盾が含まれていない？（秘書は本来、人目につかないものとされている）」スーザンは一瞬、考えてから、先を続けた。「もちろん、彼はセント・エリザベスの驚くべき実績を語ったわ、誰もが聞きたがるような話を。それはそうよ、お金がほしくない校長なんていないもの」

「彼は相当な額を調達したそうよ、少なくとも、ミムはそういってる」ハリーはちょっと間を置いた。「そういうミムはマデイラを卒業したのよ、セント・エリザベスに行くことになっていたのに。リトル・ミムもそう、セント・エリザベスを卒業していない」

「ミムは自分の思うとおりにする人だもの」

「ミランダに訊けばわかるわ、ビッグ・ミムがあそこに行かなかった理由は」

「ミランダが話す気になればね。あの人ほど秘密を守る人はいないもの」スーザンはミランダ・ホウゲンドバーに好意を持っていたし、ミランダの奇癖にもすっかり慣れていた。日頃、ミランダが厳守している秘密は年齢と、様々な市民組織と教会組織にまつわるささやかな駆けひきだった。

「ブルックスが転入できるかどうかね、問題は？」

「もちろん、転入できるわ」スーザンは大きな声で答えた。「いまも平均三・八の成績を保っているし、あそこでは素晴らしい成績をとっていたもの、以前、あの下級学校に通っていたときは」

「ダニーはどうなの？　うらやましがらない？」

「大丈夫よ」ブルックスが答えた。「そのことはもう本人に訊いたわ」

ハリーが紅茶のカップを受け取ると、スーザンはふたたび椅子にかけた。

「わたしはアウディ・クアトロを買ったところよ」スーザンがうめいた。「どうやって、これだけの学費を捻出すればいいの？」

「放課後に働くわ」ブルックスが名乗りをあげた。

「それより、あなたにはこの先ずっと、いい成績でいてもらいたいわ。大学に行く頃には、奨学金が必要になるかもしれないから。同時に二人の子供を大学にやるなんて――妊娠するとき、どうして二年ではなく四年あいだを空けなかったのかしら？」スーザンは恐れをなしたふりをして嘆いた。

「どうしてかというと、二つ違いなら友達になれるし、ダニーはどこへでもブルックスを車で連れていけるからよ」

「それがまた問題なのよ」スーザンはぴしゃりとテーブルを叩いた。「二人の放課後の予定がそれぞれ違っているから、ダニーはどこへもブルックスを乗せていかないの」

「わたしの友達の半分はセント・エリザベスに通っているのよ、ママ。誰かが乗せてくれるわ」

「わたしはセント・エリザベスの生徒に惚れているわけじゃないのよ、ブルックス。あの子たちはあまりにも――表面的だし、校内にはドラッグがあふれているそうだし」

「寝ぼけたことといわないで。ドラッグならクロゼット高校にもあふれているわ。ドラッグがほしければ、どこの学校に通っていても手に入るのよ」ブルックスは眉をひそめた。

「とんでもないことだわ」ハリーが感情をこめていった。

「そうなのよ、残念ながら」スーザンはため息をついた。「ハリー、あなたも子供をもったら、世界は違って見えるわ」

「でしょうね」ハリーは同意した。「それよりブルックス、セント・エリザベスに通っている友達というのは？」

「カレン・ジェンセン。知っている子はほかにもいるけど、いちばん仲がいいのはカレンね」

「彼女はいい子だと思うわ」とハリー。

「いい子よ、ブルックスより歳はうえだけど」スーザンは失望していた。「でも、ほかの子たちは筋金入りの浪費家なの。嘘じゃないわ、ハリー、あの子たちの価値観はひどく表面的で――」

ハリーがさえぎった。「でも、ブルックスは表面的じゃないし、セント・エリザベスに戻ってもそうなることはないわ。以前もそうならなかったから、今度も大丈夫よ。ブルックスはブルックス、ほかの子とは違うわ、スーザン」

スーザンは紅茶にクローバー蜂蜜を入れ、ティースプーンでゆっくりとかきまぜた。彼女は精製した砂糖が苦手なのだ。「あなたはハリーの馬を見にいきなさい、ブルックス。ママは親友と二人だけで話がしたいから」

「わかったわ、ママ」ブルックスはしぶしぶキッチンをあとにした。

受け皿にティースプーンを置きながら、スーザンは身を乗り出した。「あの学校は競争が激しくて、なかにはついていけない子もいるのよ。去年、コートニー・フリーリィが精神的に参ってしまったことは憶えているでしょう？」

その出来事を思い出そうとして、ハリーはおぼろげな記憶をほじくり返した。「原因は成績不振にあったのよね？」

「両親を落胆させることと自分がいい学校に入れないことを恐れるあまり、彼女は大量に睡眠薬を飲んだのよ」

「そう、そうだったわ」ハリーはきりっと唇を結んだ。「でも、こういうことはどこで起きてもおかしくないわ、彼女はひどく緊張した子だから。あのあと、彼女はチューレーンに入ったんじゃなかった？」

「ええ」スーザンはこっくりうなずいた。「でも、競争が激しいのは生徒間だけじゃなく、教職員と経営陣とのあいだでもそうなの。サンディ・ブレイシャーズは相変わらず、自分が上級学校の校長職に就いていないことをぼやいているわ」

「どんな職業にも駆けひきはつきものよ。わたしの仕事にもあるわ」ハリーは冷静にいった。「あなたは心配しすぎよ、スーザン」

「あなたには母親の気持ちがわからないのよ！」スーザンはカッカしていった。

「だったら、どうしてわたしに意見を求めるの？」ハリーはやり返した。

「それは――」スーザンはティースプーンでテーブルをぴしっと打った。

〈ちょっと！〉タッカーが吠えた。

「静かにして、タッカー」とハリー。

「起こりうる最悪の事態は？」ハリーはスーザンの手からスプーンをもぎ取ってつづけた。

「ブルックスがそこを嫌っているなら、あなたは彼女をそこから引き出せばいいし、感心しない連中と付きあうようになったら、引き離せばいいわ」

「でも、この小さな回り道があの娘の輝かしい平均点を台無しにしたら？」

「そうなったら、わたしたちの母校ほど有名じゃない大学に行くか、一年か二年、短大に通って平均点を元に戻せばいいのよ。スーザン、ブルックスがあなたの期待どおりにならなくても、それはひとつの試練であって——破滅じゃないわ」

「わたしにはミセス・ベリーヒルがそれほどひどいとは思えないの」

「わたしたちは十五歳じゃないし、わたしたちにとってもミセス・ベリーヒルは必ずしも笑いの宝庫とはいえないわ」

スーザンは深く息を吸った。「あの娘がセント・エリザベスでつちかう交友関係が後々、貴重なものになればいいけれど」

「ブルックスはいい子だから、植えられたところで開花するわ」

「あなたのいうとおりね」スーザンは息を吐きだし、折り重ねられた新聞に手を伸ばした。

「新聞といえば、今日はいったい何が載っているのかしら？」

スーザンが一番うえに載っていた欄を広げると、ミセス・マーフィはその音に刺激されてカウンターを飛び出し、スポーツ欄、生活欄、および項目別小広告欄のうえに着地した。

「ちょっとどいて、マーフィ」ハリーはトラ猫のしたから生活欄を引き出そうとした。

〈こっちは新聞の座り心地を楽しんでいるところよ。一番いいのは贈答用の箱に入ってい

るティッシュだけど、新聞も悪くないわ〉

　トラ猫が不快そうに尻尾を振っているあいだに、ハリーはそのお尻をそっと持ちあげて生活欄を引き出した。「ありがとう」

〈どういたしまして〉お尻をもとの位置に戻されると、ミセス・マーフィはぶつぶついった。

「連邦予算をめぐって議会でまたひと騒動」スーザンは声に出して読んだ。

「ペテンもいいところ」ハリーは肩をすくめた。「どっちにしても誰も何もしないわ」

「それは真実じゃないでしょう？　そっちには何が載っているの？」

「二九号とハイドラリックの交差点で自動車事故。現場には、クリスタル・リムリック巡査が出動——」

「クープのことも何か載ってる？」スーザンが訊いたのは、アルベマール郡保安官事務所で保安官助手をしている共通の友人のことだ。

「なんにも」捜し物が見つからないので、ハリーはがっかりして生活欄をめくった。

「訃報欄に行きついたら、誰が天国にいったか見てみましょう」

「あなたはママとおなじくらい趣味が悪くなってきたわ」

「あなたのお母さんは素晴らしい女性だったし、訃報欄を読むのは市民のつとめよ。なんといっても、わたしたちはつねに駆けつける準備をしていなければいけないんですもの、亡くなったのが——」

スーザンが最後まで続けられなかったのは、ハリーが突然、手元の新聞をめくって訃報欄に行きつくなり、だしぬけに「うそぉー！」と叫んだからだ。

3

「き、きのうよ、彼と話したのは」ショックのあまり、スーザンは息をのんだ。何事かと席を立ってハリーの肩越しに紙面をのぞくと、そこには「ロスコウ・ハーヴィー・フレッチャー、四十五歳、九月二十二日に急死」とあったのだ。

「急遽、この訃報を載せたに違いないわ」ロスコウの死は、ハリーにも信じられなかった。

「訃報欄は最後に締め切られるのよ」スーザンはもう一度、その情報に注目し、目の錯覚ではないことを確かめた。「死因には触れていない。ううむ、これは問題だわ。触れていないということは、自殺か――」

「エイズだから」

「この新聞は誰の死因も伝えない。大事なのはこのことじゃない？」スーザンは新聞の上端をぴしっと打った。

「〝遺族は、寄付金をもとにロスコウ・ハーヴィー・フレッチャー記念基金を創設し、セント・エリザベスで奨学金として使われることを希望……〟いったい何があったのかしら？」ハリーは立ちあがって電話をつかんだ。

ミランダの番号をまわしたが話し中だった。つぎに、万人の万事に通じているドクター・ラリー・ジョンソンにかけた。が、こちらも話し中。そこで、ハリーはハーバート・ジョーンズ牧師の番号をまわした。

「牧師？」相手が電話をとるが早いか、ハリーはいった。「メアリー・マイナーです」

「声でわかるよ」

「ロスコウの死因はなんなんです？」

「わからない」牧師は声をひそめた。「わたし自身、出かけていって自分に何ができるか確かめようと思っているところだ。誰も何も知らない。ミムとミランダとは先刻、電話で話した。ショー保安官にも電話をかけて、夜更けに事故があったかどうか訊いてみた。誰もが憶測の域を出ないし、葬儀の案内はどこにもない。ナオミには斎場を選んでいる時間もなかったんだ。さぞ、ショックを受けていることだろう」

「彼女なら、ヒル・アンド・ウッドを利用するはずです」

「そう、わたしもそう思う、しかし――」牧師の声は先細りになったが、すぐに盛りかえした。「彼は病気ではなかった。ラリーに訊くと、ロスコウは〝健康そのもの〟だった。ということは、今度のことは何らかの事故によるものに違いない。ともあれ、わたしはいまから手伝いに行かせてもらうよ。続きはあとで話そう」

「ごめんなさい、急いでいるときに」ハリーは牧師を引きとめたことをわびた。

「いや、いいんだよ、かけてくれてありがとう」

「うちには誰からも——」

「じつは、ミランダがかけている。おたくの電話が留守番機能付きだったら、もっと早くわかったはずだよ。彼女は午前七時にきみにかけている、そう、新聞を見るとすぐに」

「その時刻には納屋にいたわ」

「そっちにもかけたそうだ」

「だったら堆肥スプレッダーを動かしていたんだわ、きっと。まあ、これはどうでもいいことだけど。それより、ちょっと片づけなければならないことがあるので、あとでフレッチャーさんのところで会いましょう。スーザンとブルックスが来ているんです。手伝えることは何でも手伝います」

「それはありがたい。じゃ、向こうで」彼は強く息を吸った。「さて、何がわたしたちを待っているやら」

ハリーが電話を切ると、スーザンは待ちかまえていたように立ちあがった。「それじゃ？」

「フレッチャー家に急行。ハービィはもう向かっているわ」

「何か？」二人は付きあいが長いので、互いに省略表現で話すことができた。言葉をまったく必要としないことも多々あった。

「ううん」

「じゃ、出かけましょう」スーザンは集合のサインをつくった。

タッカーはブルックスの助けを借りて、この集合にまぎれこんだ。彼女は農場とクロゼットの中程までアウディ・クアトロの床に伏せていた。置き去りにされたミセス・マーフィとピュータはいずれも激怒し、私道を離れていくアウディを不機嫌そうに睨みつけていた。

フレッチャー家に到着するなり、三人と一匹はあらたなショックに見舞われた。エドナム分譲地のその通りには、五十から六十台の車がならんでいたのだ。シンシア・クーパーは、交通整理にあたっていた。これは本来、彼女の仕事ではないが、週末になると警察はとかく人手が足りなくなるのだ。

「クープ？」ハリーは保安官助手に手を振った。

「こんなバカな話がある？」美形のクープがいった。

「どういうこと？」とスーザン。

「彼は死んでないの」

「なんですって？」三人は同時にいった。

この間、タッカーは時間を無駄にしなかった。弔問に訪れた途方もない数の友人、知人、セント・エリザベスの生徒のために開かれたままになっている玄関からなかに入ると、タッカーは床にお腹がつくほど身体を低くして人々のあいだを縫うように通りぬけ、キッチンに向かった。

ブルックスはすぐさま、友達のカレン・ジェンセンとジョディ・ミラーを見つけた。が、二人とも何も知らなかった。

ハリーとスーザンが居間に入っていくと、ロスコウはシャンパン・グラスを掲げ、集まった人々に呼びかけた。「わたしの死亡報告ははなはだ誇張されている！」シャンパンをすすり、「ビアス」といいそえた。

「トウェイン」サンディ・ブレイシャーズが訂正した。彼は英語科の主任にして、ロスコウ政権のライバルでもあった。

「アンブローズ・ビアスだ」ロスコウは微笑んだが、その歯は固く結ばれていた。

「どっちでもいいわ、ロスコウ、あなたは生きているんだから」三十代後半のハンサム・ウーマン、ナオミがグラスを掲げて夫の無事を祝した。

エイプリル・サイブリは血色のいい上司をうっとりと見つめながら、化学教師のエド・シュガーマンと互いにグラスを打ち鳴らした。

「いいぞ、いいぞ」声をあげる人々のなかには、ハリーの味方もいれば敵もいた。

ハリーの敵ではなく潜在的な求婚者であるブレア・ベインブリッジは、ビッグ・ミム・サンバーンの身なりのきちんとした娘マリリン——通称リトル・ミム——の隣に立っていた。

「いつ、家に戻ったの？」ハリーは早くも自分を解放してくれたロスコウにお礼をいってから、どうにかこうにかブレアに尋ねた。

「きのうの夜、戻ったところだ」

「おはよう、マリリン」ハリーはリトル・ミムに本名で挨拶した。

「会えて嬉しいわ」嬉しくなどなかった。マリリンは内心、ブレアが自分よりハリーに気があると思っているのだ。

抜きんでて背の高いフェア・ハリスティーンは、いまでも愛している元妻のところに大股でやってきた。「こいつは前代未聞の茶番じゃないか？」といって、彼は側卓に載っている大きなキャンディ・ボウルに手を入れた。ロスコウはいつもキャンディをそばに置いているのだ。

「すごく気味が悪いわ」ハリーはフェアの頬に口づけをしてから、ロスコウの親友モーリス・〝モーリー〟・マッキンチーが来ていないことに触れた。

その間、タッカーはこの家で飼われている賢くて親切なイングリッシュ・ブルドッグのウィンストンとキッチンにいた。互いに挨拶を交わしてから、タッカーは要点に触れた。

〈どうなっているの、ウィンストン？〉

〈わからない〉重苦しい答えが返ってきた。

〈このところ、彼はリッチモンドかニューヨークの医者に診てもらっているの？　どうしてかというと、ハリーはハーブ・ジョーンズから彼は健康だと聞いているからなの〉

〈ロスコウはどこも悪くないよ、女性にとくべつマメなだけで〉

コーギー犬はつんと頭をあげた。〈じゃ、これは悪ふざけなんだわ、今回の死亡説騒ぎは〉

〈今度のことで、ロスコウは自分が多くの人から愛されていることを実感した。ほかのみんなも自分自身の葬式に出られたら、さぞ喜ぶと思うよ〉

〈考えてもみなかったわ〉

〈ううむ〉ウィンストンはよたよたと裏口に近づき、ナオミが惜しみなく愛情を注いでいる緩やかに傾斜した庭を見つめた。

〈何を心配しているの、ウィンストン?〉

ブルドッグはどっしりとした頭をこちらに向けて、恐ろしいほど鋭い歯を見せた。〈もし、これが警告だとしたら?〉

〈誰がこんなことをしたのかしら?〉

〈ロスコウは大事なものをパンツのなかにしまっておけないんだよ、タッカー。彼が何回よその女と寝たか、ぼくはもう憶えてないけど、ナオミは怒りで煮えくりかえっている。彼女はそのたびに彼を捕まえ、彼はさんざん嘘をならべてから最後に白状する。こういうことはもう二度としないと誓う。だけど、三ヵ月か半年後には——軌道を外れて暴走している〉

〈誰と?〉

〈相手の女のことかい?〉しわの寄った額により深いしわが寄る。〈おおかた、エイプリルと。だけど、彼女は見え見えだから、このことは人間も気づいている。あとはそう、ニューヨークから来た若い女——名前は忘れた。それにそう、ロスコウはブーム・ブームに

もモーションをかけたことがあるけど、彼女はほかのことで忙しかったようだ。どっちにしろ、多すぎて数えきれない〉
〈でも、ナオミはしっかり数えている〉小さなコーギー犬は思慮深く応答した。

4

夕刻になると、深い霧がイエローマウンテンをゆっくりと降りてきた。納屋にいたハリーは外に出て、小川のうえに浮かぶ一条の霧を見つめた。霧は広げた指のように牧草地をおおい、やがて農場は灰色に包みこまれてしまった。

急速にさがっていく気温に、ハリーは身震いした。

〈ダウン・ヴェストを着ないと風邪を引くわ〉ミセス・マーフィが忠告した。

「何をいってるの、猫ちゃん？」ハリーはおしゃべりな飼い猫に微笑みかけた。

〈あなたのことよ、わたしがいってるのは。あなたにはやっぱり見張りが必要だわ〉トラ猫はため息をついた。どういうわけか、ハリーは自分自身の面倒を見るのがいちばん苦手なのだ。

タッカーが顔をあげると、湿った空気がいい匂いを運んできた。〈例のボブキャットが近くにいるわ〉

〈じゃ、納屋に入りましょう〉トラ猫は身体の大きな従兄弟を恐れた。

小さな家族が納屋に入ると、馬たちがいなないた。夕闇は霧とおなじく足早にやってきた。ハリーは馬具フックから赤いダウン・ヴェストを外して、ぱちんと明かりのスイッチを入れた。お祝いに転じたとはいえロスコウ・フレッチャーのところにあまりにも長くいたために、納屋の仕事は押せ押せになっていた。

この納屋で一番年長の馬トマホークは、こうした秋の到来を心待ちにしていた。正真正銘の猟《フォックスハンター》馬である彼は、この季節が待ちきれないのだ。若いジン・フィズとポップタルトは耳をそばだてた。

〈例の老いぼれボブキャットがうろついているわ〉ミセス・マーフィは、上段が開かれてニッケルめっきされたフックで固定されているダッチドアに飛び乗った。

トマホークは大きな茶色い目でトラ猫を見つめた。〈あいつがかい？〉

とたんに、干し草置き場の縁から、黒光りするビーズのような目がのぞいた。〈なんだって、ボブキャットがどうしたって？〉

〈あら、あなたはてっきり眠っているものと思ったわ、サイモン〉タッカーが吠えた。

オポッサムのサイモンはさらに縁に近づいて、薄ネズミ色の顔をすっかり現わした。

〈こう騒がしいと死人だって起きるよ。いつ何時、フクロウが舞い降りてきて、ぼくらを叱責してもおかしくない〉

サイモンが引き合いに出したのは、丸天井《クーポラ》に住みついている大きなフクロウのことだ。このフクロウは飼いならされた動物を、とりわけミセス・マーフィを嫌っていた。干し草置き場には冬眠中のクロヘビもいたが、彼女は夏場も社交嫌いで通っていた。この捕食者を肥やし満足させているのは、豊富なネズミたちだ。

干し草がおおっている面積は全体の三分の一だから、満杯のときに比べると、干し草置き場は明るくて風通しが良かった。ハリーはかつて、廃材を使って、納屋から三十ヤード離れたところに干し草小屋を建てたことがあった。この小屋を白い縁取りのある濃緑色に塗るのが、彼女の夏のプロジェクトだった。毎年、夏場には農場の改善につとめた。小屋を建てるのは楽しかったが、炎天下のもとで屋根板に釘を打った日には、この作業を再開するのは深くじっくり考えてからにしようと思った。

ミセス・マーフィは、干し草置き場に通じる梯子をのぼった。〈しかも、霧は豆のスープみたく濃いのよ〉

〈どうってことないよ。ぼくにはあいつのニオイわかるから〉サイモンは恐ろしいボブキャットのことをいった。

〈そうかもしれないけど、彼女は誰よりも足が速いのよ——この納屋の馬は別だけど〉

〈とにかく、ぼくは腹ぺこなんだ〉

〈だったら、ママに頼んで、わたしのボウルにドライフードを入れてもらうから、あなたはそれを食べればいいわ〉

サイモンは顔を輝かせた。〈そいつはいい〉

ミセス・マーフィは馬房の梁を歩きだし、馬の頭上を通るときはそのつど挨拶をした。つぎに、馬具部屋のドアの横にある背の高い常備薬戸棚のうえに飛び降りた。そこからは簡単に床に降りることができる。

馬に餌をやり終えると、ハリーは飼料部屋で四つん這いになった。板壁の小さな穴は、ネズミたちの勤勉さを物語っていた。ハリーは飼料容器の内側に錫を張ってネズミたちを阻止していたが、彼らは床に落ちた屑を残らずかっさらっていった。そのうえ、ハリーのバーンジャケットに穴を開け、彼女を激怒させていた。

〈無理よ、ママには一匹も捕まえられないわ〉

「なんとかしてよ、マーフィ！」

トラ猫はハリーの横に座って、壁の穴をそっと叩いた。〈彼らは一大組織をもっているのよ、ニューヨークの地下鉄網みたいな組織を〉

「あなたはほんとに口数が多いのね」ハリーはいった。

〈だけど、あなたはわたしのいっていることを一言も理解していない〉トラ猫は微笑んだ。

〈お腹が空いたわ〉

「マーフィ、頼むから、ボリュームをさげて」

〈食べ物、すてきな食べ物――〉トラ猫はミュージカル《オリヴァー》の一曲を歌った。

馬具部屋で休んでいたタッカーが叫んだ。〈あなた、わたしとおなじくらい歌が上手なのね〉

〈それはどうも。どうせなら、そのことは死ぬまで知らずにいたかったわ〉

トラ猫の嘆願は、はたして功を奏した。ハリーは袋を振って三角形のドライフードをボウルに空け、タッカーにとられないように常備薬戸棚のうえに置いた。

〈ありがとう〉サイモンが階上の干し草置き場からお礼をいった。

〈いつでもいって〉ハリーを喜ばせるために、ミセス・マーフィは何口かドライフードをほおばった。

「ピュータはきっとお腹を空かせているわ」ハリーは時計をチェックし、「あの子はアウトドア派じゃないから」といって笑い声をあげた。

〈いまよりピュータが少しでも太ったら、ママは赤いワゴンを買って、あの巨大なお腹を運搬するしかないわよ〉ミセス・マーフィはこうコメントした。

ハリーは古い馬具トランクのうえに座って、あたりを見まわした。そこにはつねにやらなければならない雑用があったが、餌やり、水やり、糞の始末、馬具の手入れ、納屋の掃除といったいつもの作業は終わっていた。

馬たちが餌を食べ終えたら、ハリーは早速、彼らを外に出すつもりだった。例年、十月半ばに降りる初霜を合図に、彼女は馬たちのスケジュールを逆転させ、日中は外で、夜間は馬房で過ごすようにさせていた。暑い夏のあいだ、彼らが日中、納屋のなかで過ごすのは、そこにはつねに山から涼しい風が吹きこんでくるからだ。この風は、蠅を追い払ってもくれた。

ハリーは膝を鳴らして立ちあがり、開いている納屋の扉のところに歩いていった。「だけど、今年は霜が早く降りそうだから」フィズの馬房に引き返した。「そろそろスケジュールを逆転したらどうかしら？」

〈そうそう、それがいい。何日か暑い日があったら、日中はなかにいるよ。ぼくたちは融通がきくから〉

〈このままなかにいよう〉ポップタルトはオオアワガエリを擦り砕いた。

〈例のボブキャットともめたがるやつがどこにいる？　ぼくはごめんだね〉トマホークは理性的にいった。

ハリーは顎に手をあてた。「それじゃ、秋のスケジュールでいきましょう」

〈いいぞ、いいぞ！〉三頭は大声でいった。

「おやすみ」ハリーは声をかけて明かりを消した。

納屋と家とはせいぜい百ヤードしか離れていなかったが、ハリーと犬猫コンビは裏口に着くまでに濃い霧と靄でずぶ濡れになっていた。

ポーチのところで、犬と猫は身体を震わせて水滴を払いおとした。二匹がキッチンでおなじことをしたら、ハリーは癇癪を起こしたはずだが、彼女自身、思わず身体を震わせた。ひとたび家のなかに入ると、お茶を淹れようと思い、急いでやかんを火にかけた。身体は寒さに震えていた。

カラフルな枕に頭をあずけてソファでくつろいでいたピュータは満足そうに喉を鳴らした。〈きょうは家のなかにいて正解だったわ〉

〈あなたはいつだって家のなかにいれば正解なんでしょう？〉と、タッカー。

ハリーはぐずぐずと時間を過ごした。お茶を飲んでから、ふたたび寝室に入っていく。「あ、いけない」彼女はこの朝、大騒動のさなかにスーザンとブルックスを連れて飛びだしたため、寝室の惨状を忘れていたのだ。ベッドは一面、衣裳簞笥の中身でおおわれていた。「パンツに征服されるわけにはいかないわ」

一気に紅茶を飲みくだすと、ハリーは穴が開いたり生地が薄くなった下着を容赦なく捨てはじめた。結果、靴下は引き出しに半杯、サテンのブラは一枚、パンツは三枚しか残らなかった。

〈こうなったら買うしかないわね、ママ〉買い物は大好きだが滅多にその機会に恵まれないミセス・マーフィがいった。

ハリーは古着の山を見つめた。「使いきる、着つくす、利用する、あるいは無しですませる」

〈だけど、ここにあるものはもう着られないわ。くたびれているもの〉ピューターは古着の山の真ん中に座っていった。〈そういうわたしもくたびれたよ〉

〈何もしていないのに？〉と、ミセス・マーフィが笑いながらいう。

ハリーは食料戸棚のところに急ぎ、大きなハサミをもって戻ってきた。

〈何を始める気かしら？〉ピューターは疑問を口にした。

〈ぼろきれをつくる気よ。まだ何かに使えるものをそのまま捨てることがママには耐えられないの。ひとまず、古着を正方形か長方形に切って、それを家と納屋のあいだで山分け

するのよ〉

〈ブラも？〉

〈ううん、ブラはもうなんの役にも立たないと思うわ〉と、ミセス・マーフィ。

〈ハリーは倹約家なのね〉と、ピュータはいった。そういうピュータは浪費家だ。

〈というか、ハリーは倹約するしかないのよ〉コーギー犬にとっては難しい芸当だが、タッカーは後ろ足をきれいになめた。〈郵便局のお給料でまかなえるのは食費とガソリン代だけだもの。さいわい、死んだ両親は彼女に農場を遺していったわ。農場のローンは完済しているけど、ほかにこれといった財産があるわけじゃないの。わずかばかり貯金と父親が遺していった債券が少しあるけど、死んだ父親も投資の天才じゃなかった。ハリーの唯一の贅沢は、いやしくもそれが贅沢といえるなら、あの馬たちね。もちろん、彼らは彼らで牧草を刈るのを手伝っているけど〉

〈人間て面白いわね〉ピュータは考え深げにいった。〈ビッグ・ミムのところにはうなるほど財産があるのに、ハリーのところにはこれっぽっちしかない。どうして、ミムはハリーに物をあげないの？〉

〈あなたが忘れているだけよ、ミムは彼女にポップタルトをあげたわ。あの馬はミムとフェアが半分ずつ出しあったのよ〉

〈たしかに忘れていたわ。だけど、あなたにはわたしのいわんとすることがわかっているはずよ〉

タッカーは肩をすくめた。〈物には面白いところがあるのよ。物は人間にとってすごく意味があるの。たとえば、骨がわたしたちにとってそうであるように〉

〈骨はどうでもいいわ、イヌハッカなら話はべつだけど〉トラ猫はイヌハッカのご馳走を夢見ながら上機嫌でいった。

〈それより、あのTシャツを見たことがある？　ほら、例の「もっともくだらないもので死ねば大成功」って書いてあるシャツのことだけど？〉ピュータはこう訊きながら、できたばかりのぼろきれの山に寝そべった。

〈あるわよ。サムソン・コールズはよくあれを着ていたわ――第三者預託金に浸かって面目を失うまえはね〉タッカーはクスクス笑った。

〈馬鹿なTシャツ！〉ミセス・マーフィは勢いよくいった。〈死んだらそれまでよ。何も得られないわ〉

〈それで思い出したわ。今夜は例のボブキャットがうろついているのよ〉タッカーがピュータにいった。

〈どっちにしろ、外に出るつもりはないわ〉

〈それはわかっているけど〉ミセス・マーフィはしゅっと尻尾を動かした。〈フレッチャー家の人たちは誰が新聞にニセ死亡記事を載せたか見つけだすと思う？　あの人たちが見つけなかったら、ママが見つけるわ。ママはすごく詮索好きだから〉

そこへ電話が鳴った。ハリーはハサミを置いて受話器を取りあげた。

「もしもし？」

ブレア・ベインブリッジの深い声には、聞く者の心をなだめる響きがあった。「昨日は帰宅直後に電話を入れなくて悪かった、死ぬほど疲れていたんだ。今日は今日で、たまたまカフェにいたら、マリリンが飛びこんできてロスコウが死んだといった。だから、二人で彼のところに行って、そこできみと――」

「いいのよ、ブレア。彼女はあなたに夢中なんだし、そのことはあなたもわかっているはずだわ」

「というか、彼女は寂しいんだよ」ブレアはアメリカでもっとも稼ぎのいい男性モデルのひとりだから、女性たちが自分にクラっとなることはわかりすぎるほどわかっていた。そうならないのはハリーだけだった。だから、ブレアは彼女に惹かれるのだ。

「明日、教会から戻ったらスーザンと馬に乗ろうと思っているの、あなたもどう？」

「ありがとう。時間は？」

「十一時」

ブレアは陽気にいった。「じゃ、十一時に会おう。でもって、自分で馬具をつける。ぼくはどの馬に乗ればいい、ハリー？」

「トマホーク」

「やった！　じゃ、そのときに。さよなら」

「さよなら」

動物たちは何もいわなかった。ハリーがブレアと話していることはわかっていたし、そこがまた彼らの意見が分かれるところでもあった。タッカーは、ハリーがフェアのもとへ戻ることを望んでいた。タッカーの知るかぎり、離婚後に再婚するカップルは珍しくなかった。ピュータは、ブレアのほうが〝おすすめ〟だと考えていた。というのも、ブレアは金持ちで、ハリーはこの方面で助けを必要としているからだ。ミセス・マーフィはどちらの男性にも惹かれていたが、相応しい男性はまだ現われていないと繰り返していた。辛抱強く待つように、と。

ふたたび電話が鳴った。

「クープ？　どう、元気？」

「くたくたよ。実際、あなたを悩ませるつもりはないけれど、例のニセ死亡記事を新聞に載せた人物に心当たりはない？」

「ないわ」

「ロスコウは手がかりひとつないといってる。ナオミはこの件をロスコウほど面白がっていない。ハーブにも心当たりはないけれど、エイプリル・サイブリはカレン・ジェンセンがやったと考えている。カレンはイタズラ大好き娘だから。ブーム・ブームによれば、これはモーリー・マッキンチーの仕業で、彼はみんなの反応を映画の基礎に使うつもりだとか。学校付き聖職者のマイクル神父にもあたってみたけれど、彼はどっちつかずだったわ」

「どういうこと？」

クロゼットとシャーロッツヴィルのあいだにある〈よき羊飼い教会〉の司祭であるマイクル神父は、セント・エリザベスと深い結びつきがあった。セント・エリザベスは本来、特定の宗教色を掲げていないものの、一年ごとに地元の聖職者を学校付きに迎え、生徒たちに異なった宗教的アプローチを提供しているのだ。今年はカトリック教会の番だった。過激な連中が少しばかり不平を漏らす以外、この交替システムはうまく機能していた。

「神父はぴたりと口を閉ざしているの」

「それは妙ね」

「わたしもそう思っているわ」

「リックはどう思っているの？」ハリーがいったのは、ショー保安官のファーストネームだ。

「彼は今度のことにユーモアを感じているけれど、誰の仕業か突き止めたがっているわ。背後に子供たちがいるとしたら、みんなをあんなふうにぞっとさせてはいけないことを教えなければならないから」

「何か耳にしたら電話するわ」

「ありがとう」

「働きすぎないでね、クープ」

「あなたにいわれてもピンとこないわ。じゃまた。バイバイ」

ハリーは受話器を置いて、廃棄品の小山をかかえあげた。それから、あらたに切ったぼろきれを注意深く半分に分け、勝手口のかたわらに置いた。こうしておけば、朝、納屋に持っていくことを思い出すだろう。気がつくと、夜の十時になっていた。

「時間はどこへ行くのかしら？」

ハリーは急いでシャワーを浴び、ベッドにもぐりこんだ。

ミセス・マーフィ、ピューター、それにタッカーはすでにベッドのうえにいた。

「あなたたちはロスコウのニセ死亡記事をどう思っているの？」と、動物の友達たちに訊いた。

動物好きの多くがそうであるように、ハリーも動物たちに話しかけ、精いっぱい彼らを理解しようとした。当然、彼らは彼女を理解していたが。

〈ジョークだと思ってるわ〉ピューターは爪を突き出して、キルトを引っかけた。

〈同感〉タッカーは同意した。〈だけど、ウィンストンにいわせるとナオミは彼に腹を立てているそうよ。殺してもおかしくないくらいに〉

〈人間は退屈しているのよ――〉ピューターは伸ばした腕に頭をあずけた。

「やっぱり、あなたたちはわたしとおなじように考えているのね」ハリーは毛布のしたで身体をくねらせた。「なんとも馬鹿げているって。案外、ロスコウは自分でやったのかもしれないわ。彼はその程度の人間だから」

〈ウィンストンの話では、ロスコウは女たちを追いかけているそうよ。女と見たら放っておけないんですって〉タッカーは、ブルドッグとの会話に戻った。

〈案外、これはジョークじゃないかも〉一夫一婦制を強く支持するミセス・マーフィは、ハリーの枕に身体をあずけて彼女と頭を並べた。

〈よしてよ、マーフィ、じきに静まるジョークよ〉タッカーはひたすら眠りたかった。

5

サンディ・ブレイシャーズのパイプから立ちのぼるのは、高級タバコのウッディな香りだった。しかも、愛用のツィード・ジャケットの革の肘当てには、ちょうどいい具合に年季が入っていた。英国式に左から右にストライプが走る畝織りのシルクタイは、オックスフォード大学自動車クラブに由来するものだ。なるほど、彼はハーヴァードを卒業したあと、オックスフォードで学んでいた。おまけに、ネクタイの濃紺のストライプを際だたせる濃紺のカシミアのVネックセーターが、彼の英文学教授風の外見を完璧なものにしていた。

だが、運命の女神たちも、サンディ自身も、そのようなものではなかった。彼は大学に属していないばかりか、いくら優秀な大学進学予備校《プレップスクール》とはいえ高校で英文学を教えているのだ。この現実は、彼が優秀な学生だったころに彼の教師や彼自身が描いたヴィジョンではなかった。

それでも、サンディが一度も堕落しなかったのは、つまずくほど高いところに達したことがないからだ。彼はまだ四十二歳だが、気の弱さとアルコールは早くもその恵まれた容貌を損なっていた。気の弱さについていえば、まだ余裕があるときに彼が尻込みする理由はどうやら彼だけが知っているようだった。反面、彼自身、わかってないのかもしれない。

だが、校長のロスコウ・フレッチャーが公然と自分を侮辱していることはわかっていた。昨年の学年末にピーター・アボット老人が上級学校の校長を引退したとき、サンディは自動的にアボットの後継者に推薦されてしかるべきだった。それなのに、ロスコウはしぶり、ためらい、しまいにはサンディを暫定的な校長に任命し、内部からの昇格を希望するのはやまやまだが人選には厳正な調査がなされるべきだと宣言したのだ。

この動きは理事会を分裂させ、大半はサンディが校長に就任して当然だと考えていた教職員を激怒させた。ロスコウのいうようにポストが空くたびに調査委員会が開かれるとしたら、教職員の誰が自信をもってことに当たれるだろう？

さいわい、ブルックス・タッカーはこうした学校内の駆けひきについては何も知らなかった。人気のあるシェイクスピア選択クラスでミスタ・ブレイシャーズがマクベス夫人の倫理的堕落について語っているあいだ、ブルックスは彼の話に聞きほれていた。

「もしマクベス夫人が率直に行動していたら、つまり自身の野心を夫に向ける必要がなかったら、どうなっていたでしょう？」

ロジャー・デイヴィスが手を挙げた。「夫である王に公然と挑んでいたと思います」

「アホらしい」美人のジョディ・ミラーが手を挙げるまえに口走った。

「テーマを展開させるのは指名されてからにしてください」サンディは顔をしかめて、モデルなみに背の高い美少女にいった。

「すみません、ミスタ・ブレイシャーズ」ジョディはくるりと鉛筆を回したが、これはイライラすると出る癖だった。「マクベス夫人は心が曲がっていたから、公然と王に挑むなんて彼女らしくないし、社会的境遇が彼女のこうした性格を変えるとも思えないわ。たとえ男に生まれてきたとしても、彼女は蛇のように卑劣な人間になったはずよ」

ブルックスは眉をしかめて、本当にそうだろうかと思った。できるものなら参加したかったし、クラスメイトの多くは課外活動を通じて知っていたが、彼女はあたらしい環境のなかで尻込みしていたのだ。

つづいて、フットボール・チームの花形ハーフバック、ショーン・ハラハンが指された。彼は低い声で、「マクベス夫人の心が曲がっているのは、ジョディ、彼女には野心を隠す必要があるからだよ」といった。

ジョディ・ミラーを喜ばせることはなかったが、ショーンのこの意見はサンディ・ブレイシャーズを喜ばせた。十年前には女性にかかる圧力を理解する男子生徒はほとんどいなかったが、じゅうぶんな進歩がなされ、彼が教えている男子生徒はこうした心の重圧を伝えるテキストを読みとれるようになったのだ。

この学年でいちばん人気のある女生徒、金髪に緑色の目をしたカレン・ジェンセンが甲高い声でいった。「ひょっとして、彼女、ツイてない一日を送っていたとか？」

これにはクラスの全員が笑い出した。

授業が終わると、ブルックスとカレンとジョディはカフェテリア——通称〝食中毒市《プトマイン・ピ》場《ット》〟に向かった。そのあとを、背は伸びたが相変わらず痩せているロジャー・デイヴィスが追った。彼はブルックスと話したかったのだが、どう切りだそうかと相変わらず不器用に脳ミソをしぼっているところだった。

ためらう者は敗北する。ショーンはロジャーの脇を駆けぬけ、まんまと三人の横に並んだ。

「校長の奥さんはマクベス夫人だと思わないかい？」

それまでどおり三人で食堂に向かいながら、ジョディが皮肉をこめていった。「いまごろ気がついたの、ショーン？」

「それもきみのおかげでね、ジョディ」ショーンは自惚れて顔をのけぞらせた。

この様子を後ろから見ていたロジャーはぐっと唾を飲んで、大きく二歩、前進して彼らに追いついた。

「やあ、やせっぴー」ショーンはぞんざいに挨拶した。これで美人トリオの注意を独り占めできなくなると思うと嬉しくもなんともなかったのだ。

ロジャーが生意気野郎だったら、ショーンを罵っていただろう。なるほどショーンは優秀な生徒だが、その態度はほかの男子生徒を激怒させるのだ。反面、ロジャーはどこまでも人が善いから他人をへこますことができなかった。彼はロジャーをへこますかわりに笑みを浮かべ、ブルックスにいおうとしていたことを忘れてしまった。

幸運にも、彼女のほうから切りだしてくれた。「あなたはまだ、あの洗車場で働いているの？」

「うん」

「ほかにも誰か募集していないかしら？　要するに、わたしも仕事がしたいから——」ブルックスの声が横にそれた。

「ジンボーはいつでも募集しているよ。ぼくが訊いてあげる」ロジャーはきっぱりといった。いまや、彼はひとつの使命に、ブルックスを助けるという使命に満ちていた。

縦横ともに巨大なジンボー・アンサンはこの洗車場のほかに、地元の暖房用燃料会社と、元オーナーのケリー・クレイクロフトが急死した際に買い取った小さなアスファルト工場を所有していた。いわば資本主義的な人生展望の持ち主だが、ジンボーは与《くみ》しやすい人物でもあるから、ブルックスはまず間違いなく、洗車場でアルバイトできるようになるだろう。

その午後、ブルックスは勝手口から家のなかに入っていくと、母親が電話でロジャーと話していたので、驚いた。彼は早くも、ブルックスのために洗車場の仕事を獲得していたのだ。放課後に働くか、週末に働くか、あるいはその両方にするか、決めなければならなかったが。

ブルックスはロジャーにたっぷりお礼をいってから、母親と相談しなければならないから、かけ直すといった。

「たしかにその必要がありそうね」娘が電話を切るのを待って、スーザンは彼女を睨みつけた。

「ママ、セント・エリザベスはお金がかかるのよ。だから、自分でも稼ぎたいの」

「でも、うちは食料スタンプに頼っているわけじゃないわ。少なくとも、いまはまだ」スーザンはため息をついた。お金のことで何度かネッドと喧嘩になったことを認めるのは不本意だった。

「わたしが自分で服や何かを買うようになったら、少しは役に立つでしょう?」

スーザンは夫とおなじ淡いハシバミ色をした二つの瞳を見つめた。一人前に責任をとろうとするブルックスの意気込みは嬉しかったが、スーザンはなぜか寂しさを覚え、懐古の念に駆られた。気がつくと、子供たちは目覚ましい速さで成長し、人生はどこか霧の彼方に過ぎ去っていた。この美しい娘を腕に抱き、その小さな手足に目をみはったのはつい昨日のことではなかっただろうか?

スーザンは咳払いをしてから、「あなたを誇りに思うわ」といった。それから、ちょっと間を置いた。「いまから二人でその洗車場を見にいかない、あなたが決心するまえに」

「やったあ」ブルックスは微笑み、歯科矯正の見事な成果を披露した。

「イヤッホー!」勝手口の外から大きな声が届いた。

〈わたしも一緒よ!〉と、タッカーが吠えた。

ミセス・マーフィとピュータはいずれも、自分たちの存在をあつかましく告げようとはしなかった。

タッカー家で飼われているコーギー犬で、ティー・タッカーの兄にあたるオウエン・チューダーが勝手口に駆けつけると、申し合わせたようにドアが開いた。二匹の母親はこの春、老衰で亡くなったので、オウエンはいわば一匹所帯だった。

〈タッカー〉オウエンは妹にキスした。相手が手際よく回避しなかったら、彼は二匹の猫にもキスしていただろう。

「トラックの音が聞こえなかったけど?」と、スーザン。

「死んだの。今回はキャブレターよ」ハリーはため息をついた。「数年以内にあたらしいトラックを買ってみせる」

〈そしたら、牛が空を飛ぶわ〉ピュータが皮肉を込めていった。

〈案外、ママは宝くじを当てるかも〉生まれつき楽天的なタッカーは耳をそばだてた。

「なんなら家まで送るけど?」と、スーザン。

「歩くわ。そうすれば自分のためにも、この子たちのためにもなるから」

〈わたしのためにはならないわ〉ピュータは即座に異議を唱えた。〈わたしの手足はすごくデリケートだから〉

〈あなたは太りすぎよ〉ミセス・マーフィがぶっきらぼうにいった。

〈というか、わたしは骨太なのよ〉

〈ピュータ――〉タッカーは何かいいかけたが、手を伸ばして頭を撫でてくれたスーザンにさえぎられた。

「それより、みんなで車に乗って、あの洗車場まで行ってみない？ ブルックスはあそこで仕事を見つけたけれど、母親としては下見をしておきたいの。あなたが一緒に来てくれたら心強いわ」

「オーケイ」

そして、みんなでアウディに乗りこんだ。ミセス・マーフィはこうしたドライブを好み、ピュータはどうにか我慢し、二匹の犬は最初から最後まで楽しんだ。反面、コーギー犬はすこぶる体高が低く、窓から外を眺めるには誰かの膝に乗るしかないのだが、膝に事欠くことはなかった。

彼らは途中、ベントレー・ターボRでクロゼットに戻ってきたビッグ・ミムに手を振った。

後ろの窓際に横たわっていたミセス・マーフィは、豪華かつ力強いマシンが滑るように走りさるのを眺めていた。〈ミムは相変わらずババリア人を気取ってる〉

〈どういうこと？〉とタッカー。

〈キジの羽がついた帽子に、ボイルドウールの上着。わたしの知るかぎり、彼女はいつも膝丈の革ズボンか、一トンもあるロングスカートを穿いている〉

〈わたしがドイツ人だったら、アメリカ人にそういう格好をされたら赤面するわ〉ピュータがとりすましていった。

〈ぼくがドイツ人だったら、ドイツ人にそういう格好されても赤面するよ〉オウエン・チューダーが先をつづけ、動物たちを笑わせた。

「みんな、いくらなんでも騒ぎすぎよ」と、ハリーが犬猫をたしなめた。

「この子たちはただ話しているだけよ」ブルックスが抗議した。

「もし口がきけたら、動物たちは何を話すと思う？」スーザンはさらにこういった。「何を食べる？　食べ物はどこか？　食べ物と一緒に寝てもいいか？　オーケイ、一晩寝て考えてもいいか？」

〈ムカつく〉ミセス・マーフィは怒ってうなった。

〈どうってことないわ〉ピュータはスーザンのあざけりを軽く受け流した。

〈人間にできるのは、自分たちのほうが優れていることについて冗談をとばすことだけさ。見さげた自尊心だよ〉オウエンは短く笑った。

〈それはそうだけど、誰であれその言葉を考えついた人間は日暮れに吊るされるべきね〉心理学的考察を好まないミセス・マーフィは、ハリーの肩に片足を乗せた。〈実際、人間は幼年期にすっかり形成されるという考え方は馬鹿げているわ。人間だけよ、こんな考えを提唱しているのは〉

〈そうするしかないのよ、人間は〉と、タッカー。

〈いいえ、しっかり口をつぐんでいることもできるはずよ〉ミセス・マーフィは強く提案した。

〈たしかにブーム・ブーム・クレイクロフトはくだらないことを触れまわっているけど―

——〉タッカーはこの女性を毛嫌いしていた。反面、相手もタッカーを毛嫌いしていた。

〈あなたたちはまだ最新情報を聞いてないわ！〉それまで後部座席でブルックスにもたれていたピュータがおおげさに座りなおした。

〈どういうこと？〉ほかの動物たちはピュータのほうに身を乗りだした。

〈マーケットのところで聞いたの〉

〈だから何を？〉ミセス・マーフィが傲慢に促した。

〈やってられないわ、始めるまえから不作法に遮られたら——〉

〈わたしがいつ邪魔をしたというの？〉タッカーが気短にいった。

オウエンが割ってはいった。〈いいから、タッカー、彼女の話を聞こう〉

〈とにかく、ブーム・ブームはそのとき、小さなガラス瓶と大量の綿棒を買っていたの、アルベマール郡じゅうの耳を掃除できるほど大量の綿棒を。だから、マーケットは当然、「そんなに大量に買ってどうするんだい？」と彼女に訊いたわけ。そしたらどうなったと思う？　かわいそうなマーケット、彼女は待っていたとばかりに香水療法の説明をはじめたわ。ほんとよ。ある種のエッセンス（精油のアルコール溶液）は興奮状態をつくりだすとか、ある種の香りは人間の病気をいやすとか。ぺちゃくちゃ四十五分間しゃべりつづけたはずよ。そんな彼女をあざ笑っているうちに、わたしはカウンターから落ちそうになったわ〉

〈彼女はどうかしているね〉と、オウエン。

〈マーケットが例を求めると〉ピュータは話に味付けをした。〈ブーム・ブームはエッセンスをもっていないと主張したうえで、たとえば、マーケットが頭痛に襲われそうになったら、明かりを消して静かな部屋に座り、水を入れたポットをストーブに載せ、そこにセージのエッセンスを数滴たらすといいといったの。薪ストーブなら、なおいいそうよ。そのうえにセージのエッセンスを入れた小さな加湿器を置けるから〉

〈戯言のエッセンスだわ〉ミセス・マーフィが茶化すようにいった。

「みんな、静かにしてくれない？　迷惑にもほどがあるわ。スーザンはもう二度と車に乗せてくれないわよ」

〈わたしはそれでもいいけど〉ピュータの軽妙な返事に、動物たちはまた笑い声をあげた。ブルックスはピュータのまるい頭を撫でた。「この子たちにはこの子たちの言葉があるのよ」

「そんなふうに考えるとぞっとするわ」スーザンは犬と猫に囲まれてバックミラーに映る娘の顔をちらっと見た。「わたしのかわいいオウエンと、いまは亡きチャンピオン犬ビアティチュード・オブ・グレイス――」

〈ただ単にショートストップと呼べばいいのに。ぼくはスーザンにママのフルネームを使ってほしくないんだ〉オウエンは悲しげな目をした。

〈ママはチャンピオンだったわ。一流のコーギー犬をごっそり打ち負かしたのよ、ピュータとマーフィの身体についているノミより大量に〉と、タッカー。

ミセス・マーフィはタッカーの短く切った尻尾の根をぴしゃりと叩いた。〈尻尾があっ

たら、粉々に嚙み砕いてやるのに〉

〈でも、わたしはあなたが身体を掻いているのを見たわ〉

〈でも、ノミがいたからじゃないわ、タッカー〉

〈じゃ、あのときはなんだったの、女王様？　湿疹？　乾癬？　蕁麻疹？〉

〈お黙り〉ミセス・マーフィは勢いよくタッカーを殴った。

「いい加減にしなさい！」助手席にいたハリーは身体をねじって二匹を捕まえようとしたが、車が真新しい洗車場の入り口について止まった拍子に前方に投げ出され、まんまと逃げられてしまった。

洗車トンネルの入口の横にある小さなガラス張りのブースから、ロジャーが飛び出してきた。

「こんにちは、ミセス・タッカー」彼は満面に笑みを浮かべた。「ハイ、ブルックス、ミセス・ハリスティーン……それにみんな」

「ジンボーにはここで会えるの？」

「ええ」

彼らの後ろに車が一台止まり、さらにもう一台止まった。二台めの車のなかでは、ロスコウ・フレッチャーがじれったそうに身体を動かしていた。

「そのまえに、この途方もない仕掛けをびゅーんと通り抜けるわ、ロジャー」スーザンは財布に手を伸ばし、外側のみの洗車料金——五ドル二十五セント——をとりだした。

「〝ザ・ワークス〟にしてみない、ママ？」

「十一ドル九十五セントになります」

「貢献するわ！」ハリーは尻ポケットから五ドルとりだしてロジャーに渡した。

「そんなことしないで、ハリー」

「つべこべいわないの、スーザン、わたしたちは交通を妨げているのよ」

「はい、残りの一ドル」ブルックスが一ドル札を差しだした。

「では、少し右に寄せてください、ミセス・タッカー。はい、結構です。ギアをニュートラルに入れて、ラジオがついていたら切ってください。あ、それにそう、窓を閉めてください」

スーザンが運転席の窓を閉めると、ロジャーは長いブラシを手にしてヘッドライトとフロントグリルを、カレン・ジェンセンは後ろのバンパーをごしごし磨きはじめた。カレンは手を振った。

「あら、カレンがここで働いていたとは知らなかったわ。ジョディもいる」見ると、ジョディはレジの後ろに座ってマスカラをつけていた。

「間違っても窓を開けたりしないでね、ブルックス」そういったとたんに、スーザンは左側の車輪のしたに軌道のベルトが掛かるのを感じ、同乗者はみな、前のめりになった。

〈やだ、やだ、なんにも見えない！〉ピューターが悲鳴をあげた。

〈その歳で夜盲症？〉黄色いネオンライトがきらめき、ベルが鳴り、水の壁が勢いよく叩きつけたとたんに、ミセス・マーフィは意地悪くいった。

清浄の各行程――ワックスがけ、ボデー下部のスクラブおよびコート、リンス――には、いずれも、ベルとブザーの騒音をともなうネオンライトが先行した。乾燥に行きつくころには、ピュータは口から泡をふいていた。

「かわいそうに」ブルックスはピュータをそっと叩いた。

〈ほんとは大丈夫なのよ、ピュータ。危険でもなんでもないわ〉ミセス・マーフィはデブ猫をいじめたことを後悔した。

それでもまだ、デブ猫は震えていた。

「この子を連れて洗車場に入るのは最後にするわ」ハリーもピュータの苦境に同情した。

最後に、車はドスンといって洗車トンネルを抜けた。スーザンはギアを入れ、洗車場の反対側にある駐車場に車を止めた。

スーザンとブルックスが車を降りてジンボー・アンサンに会いにいくと、その間にハリーはピュータをなぐさめた。ピュータはすごすごとハリーの膝に乗ってきたが、ほかの動物たちはおとなしくしていた。

熱心にデブ猫をなぐさめていたので、ハリーは軽く窓を叩かれてびっくりした。

「あら、ロスコウ。あなたのいったとおり、ブロードウェイのショウのようだったわ、いくつもネオンが瞬いて」

「楽しいだろう?」彼はフランス生まれのラヴォアジェの缶に入った小さなキャンディー

――ミニチュア・ストロベリー――を差しだした。「見つけたところなんだ。レ・フレーズ・ボンボン・フルーツにはすごい効きめがある。ひとつ試してごらん」

「オーケイ」ハリーは手を入れて、ミニチュア・ストロベリーをつまんだ。「ウーッ！」

「いやでも唇がすぼむだろ。ナオミはできるだけ、ぼくに砂糖をとらせないようにしているが、ぼくは甘いものに目がない」彼は、ブルックスとスーザンがジンボー・アンサンと小さなオフィスにいるのに気づいた。「彼女は学校のことを何かいってたかい？」

「気に入っているそうよ」

「よし、よし。きみは獣医に行ってきたのかい？」

「いいえ、家族でドライブに出かけたところよ」

「ミセス・マーフィとタッカーを連れてないきみを最後に見たのはいつだろう？　いまじゃ、ピューターまで連れている。マーケットがいってたよ、ピューターは彼の店を食いつぶしているって」

〈うそぉ―〉ピューターが声を震わせたのは、身体が震えているからではなく侮辱されたからだ。

〈だったら、ピューター、わたしたちが仕返しをしてあげるわ。彼の郵便物のうえでオシッコをするの、ママが仕分けして私書箱に入れるまえに〉ミセス・マーフィは陽気にいった。

〈ビリビリに破いてもいいけど、請求書はべつよ。やっぱり請求書はそのままにしておかないとね〉

セント・エリザベス宛の郵便物は直接、学校に配達されるが、私信はクロゼット郵便局に届けられるのだ。

〈そうね〉ピュータは活気づいた。

「会えて楽しかったよ、きみたち動物にも」ロスコウは手を振り、ハリーはボタンを叩いて窓を閉めた。

その直後、彼女は彼を呼び止めた。「このストロベリー・ドロップはどこで買ったの?」

「フーズ・オヴ・オールネイションズ」これが彼の返事だった。

ハリーはつぎに、彼が通りすぎたあとカレン・ジェンセンが顔をしかめるのに気づいた。それを見てロジャーは笑った。「子供ね」と、ハリーはひとり思った。それから、ハリー自身、いちばん嫌っていた教師のデスクの鍵穴という鍵穴に接着剤を注入したときのことを思い出した。

十分後に、スーザンとブルックスは車に戻った。

ブルックスは興奮していた。「フィールドホッケーの練習がないから、月曜の放課後に働くわ。それと日曜日に。やったぁ!」

「よかったわね」ブルックスが後部座席に転がりこむと、ハリーは片手をあげてハイタッチを求めた。

スーザンはエンジンをかけた。「これなら練習を休まなくてすむわね。けっきょく、学校にだってお楽しみはあるんだもの」

〈もう家に帰れるんでしょう?〉ピュータがわめいた。

「ロスコウはここに住むといいわね」スーザンは軽々しくいって、駐車場をあとにした。

6

電話のダイアルからハリーの注意をそらしたのは、馬具部屋の壁越しに聞こえるネズミの鳴き声だった。彼女はもう一度ダイアルし直すために電話を切った。ミセス・マーフィはぶらぶらと馬具部屋に入ってくると、足を止め、さっと耳をまえに動かした。

〈なんですって？〉ピュータは黄色がかった薄緑の目を片方だけ開けた。

〈大宴会！〉

〈ネズミの宴会よ。聞こえないの？〉

ピュータは開いた目を閉じた。〈聞こえるけど、やきもきするほどのことじゃないわ〉

ハリーは電話を切ったまま、受話器を肩にのせた。「彼らはいったい何をしているの、マーフィ？」

〈パーティを開いているのよ〉トラ猫には獲物を捕まえられないことが腹立たしかった。

ハリーは肩から受話器を外し、外した受話器でトラ猫を指した。「毒を置くわけにはいかないのよ。あなたが毒のまわったネズミを捕まえたら、あなたまで死んでしまうから。馬具部屋が水浸しになるから、壁の穴にホースを入れるわけにもいかないの。この問題はてっきり、あなたが解決してくれたと思っていたわ」

〈一匹でも飛び出してきたら、解決するわ〉トラ猫は怒り、ドスンドスンと足を踏みならして出ていった。

「まあ、抑えて、抑えて」ハリーは後ろから声をかけたが、この呼びかけは事態を悪化させただけだった。

ハリーが再度、ダイアルをまわしはじめると、ミセス・マーフィは彼女に背を向けたまま納屋の通路に座り、さっと耳を後ろに動かした。

「ハイ、ジャニス？　ハリー・ハリスティーンよ」

「元気？」電話線のもう一方の端から明るい声が届いた。

「きわめて好調よ。あなたは？」

「絶好調」

「ちょっと甘えていいかしら？　訊きたいことがあるの。あなたはいまも訃報欄の編集をしているんでしょう？」

「ええ。一行九十五セント。写真は五ドル」ジャニスの声が穏やかになった。「近頃、どなたか――」

「いえ、そうじゃなくて、ロスコウ・フレッチャーの死亡記事がどんなふうに新聞に載ったのか個人的に興味があるの」

「ああ、あれね」ジャニスは声を落とした。「おかげで面倒なことになったわ」

「お気の毒さま」

「唯一、明言できるのは、二日前にハラハン斎場から電話があって、ロスコウの住所氏名はもちろん遺体も預かっているといわれたことだけよ」

「ということは、わたしが電話で誰かの死を知らせることはできないのね？」

「できないわ。あなたが亡くなった人の家族か親友だったら、電話やファックスで詳細を知らせるでしょうけど、わたしたちはその人の死を斎場か病院に確認しているのよ。ふつうは、むこうから電話がかかってくるわ。といっても、死因は病院も明かさない。遺族が知らせてくる場合もあるけど、わたしたちから情報を求めることはできないわ、その人が亡くなったことを確認するだけで」ジャニスは深く息を吸った。「しかも、わたしはそれを確認したのよ！」

「ふだん、各斎場のおなじ担当者と付きあっているの？」

「そうよ、だから、声でもわかるの。電話でロスコウの死を知らせてきたのは、スキップ・ハラハンよ」

「そのことは保安官に話したんでしょう？」

「ロスコウにもね。もう、うんざり」

「悪かったわ、ジャニス。おなじ話を繰り返させて」

「それとこれはべつよ――あなたは友達だもの。スキップはとんだ食わせものよ、実際の話。そんな電話は絶対にかけていないと誓っていってるの」

「誰がかけたのか、わかるような気がするわ」
「じゃ、教えて」
「ええ、確信が持てたらすぐにね」

7

ロスコウ・フレッチャーの車の光沢は、ミム・サンバーンが母方の一族アーカート家から受け継いだ大邸宅に至る二マイルの私道をくだっていくあいだに、赤い土ぼこりに屈してしまった。

彼は堂々たる邸宅のまえを通りすぎ、その四分の一マイルほど奥にある感じのいいコテージのまえに車を止めた。コテージの私道に沿ってきれいに並んでいる車は、そのなかで集まりが開かれていることを物語っていた。

セント・エリザベスのための資金調達は、リトル・ミムの重要な仕事のひとつだった。この仕事を通して、彼女は自分が母親とおなじくらいパワフルになれることを示したいと思っていた。

リトル・ミム邸の玄関を通り抜けたとたんに、ロスコウはモーリー・マッキンチーが「不死鳥は自らの灰のなかから復活する！」と叫ぶのを耳にした。

大半は卒業生で構成されている資金調達委員会のメンバーは、映画監督のとっさの名言に笑い声をあげた。

「なのに、きみは復活パーティに出席しなかった」ロスコウはマッキンチーの背中を叩いた。「パーティは夜明けまで続いたのに」

「ロスコウにとっては毎日がパーティよ」早くも速記ノートを開いているエイプリル・サイブリが崇めるようにいった。

エイプリルは――委員会のメンバーではなく――校長秘書としてあらゆる会合に出席しているので、委員会の開催時刻が勝手に決められることはなかった。これはまた、ロスコウが重要と見なした情報だけが丁重にタイプされることを意味した。最終的には、この二人に「一緒にいられる合法的な口実」を与えていた。

「今回はどちらに？」ジョディの母親アイリーン・ミラーが訊いた。その声に非難めいた響きがあったのは、彼女が察するにモーリー・マッキンチーはしょっちゅう会合をサボっているからだ。

「ニューヨークに行ってきた」ロスコウが席に着くのを待って、マッキンチーは先を続けた。「いい知らせがある」出席者たちは、彼のほうに身を乗り出した。「コロンビア大でウォルター・ハーネットに会った。ハーネットは、われわれが考えている映像学科におおいに関心を持ち、ビデオカメラを二台、約束してくれた。型は古いがじゅうぶん使える。新しいのは一台、五万四千ドルで売っている。このとおり、われわれは目的に近づいているわけだ」といって、彼は顔を輝かせた。

拍手が鳴りやむと、資金調達委員会の長リトル・ミムが口を開いた。「これほどエキサイティングなニュースはありません！　当委員会で準備をすれば、理事会からカリキュラムを発展させる承認を得られるものと思います」

「ただ、この学科に融資さえ確保できれば」ロスコウは手を組みあわせた。「あのとおり理事会はどこまでも保守的だ。読み、書き、算術。まさにこれだ。しかし、少なくとも一年の融資を確保できたら——しかも、そこに元金があれば——われわれは生徒および父母から肯定的な反応を得て、翌年の難局を乗りこえられると思う。そして、理事会は否が応にも二十世紀に押しやられる」——効果をねらって間を置く——「まさに、われわれが二十一世紀に進んでいくように」

出席者は声をあげて笑った。

「教職員はわたしたちの味方なの？」と、アイリーン・ミラーが訊いた。彼女は何であれ、自分が望んでやまない社会的地位を約束してくれる運動を支持したくてたまらないのだ。

「顕著な例外を除けば、そうだ」と、ロスコウは答えた。

「サンディ・ブレイシャーズ」エイプリルは思わず口走ったが、すぐにぴたりと口を閉ざした。陶器のような頬を赤らめ、「あのとおり、彼は純粋主義者だから」と口ごもった。

「だったら浣腸してやれ」といったあと、モーリーはほかの出席者が唖然としているのに気づいた。「悪かった。撮影現場ではよくこんなふうにいうんだ。まわりをウンざりさせるやつがいると、そいつはクソったれと呼ばれる」

「モーリー」アイリーンはさも困惑したように目を伏せた。

「悪かった。が、事実は変わらない、あいつは障害だ」

「サンディの面倒はわたしが見る」ロスコウ・フレッチャーは穏やかに断言した。

「誰かがそうしてくれないと困る」といって、地元銀行の頭取ドーク・ミンサーはため息をついた。「サンディはこの件に積極的に圧力をかけてきた。映像学科は一年限りの実験的なプログラムで、経済的に独立しているといっても、別会計だといっても、なんといっても、彼は断固、反対してきた」

「学究的な世界にはその余地はないそうよ、彼にいわせると」アイリーンもまた、ずっと圧力をかけてきた。

「あなたが九月半ばに連れてきた映写技師はどうなの？　わたしはあれで熱意が生まれたと思っているわ」マリリンは鉛筆でロスコウを指した。

「彼女は大当たりだった。何人か人気のある生徒を撮影したが、そのうちのひとりはジョディだったね、アイリーン」

「彼女自身、楽しんでいたし」アイリーンは微笑んだ。「あなたが父母の反対にあうこともないわ。子供が新しい技術を習得することに反対する親がどこにいるというの？　あるいは、モーリーのようなプロに教わることに異議を唱える親が？　誰もが期待に胸を躍らせるはずよ」

「ありがとう」モーリーは、ふだんは雇われた写真家のためにとっておく大きな笑みを浮かべた。

モーリーは一九八〇年代には充実した監督人生を送っていたが、その充足感は彼の妻が九〇年代に女優としてブレイクしたとたんに失われた。彼女はたびたびロケに出かけるので、彼は妻がいることを忘れるほどだった。反面、彼はこうした状況に無頓着になろうと思えばいくらでもなれた。

彼はまた、ドーラは年に一度、セント・エリザベスで講義すると請けあっていたが、その旨をドーラ――芸名ドーラ・キーン――に告げることは怠っていた。本名はミシェル・ガムバチャー。彼はいずれ彼女をおだてて、この名前を介護ホームのひとつに掲げさせるつもりだった。

「アイリーン、見込みのあるドナーのリストは持ってきたの？」リトル・ミムが訊くと、アイリーンはうなずいて、寄付してくれそうな人物の退屈なリストを熱心に読みあげはじめた。

会合が終わると、モーリーとアイリーンは彼のカントリーカー、レンジ・ローヴァーに向かった。ポルシェ911は、晴れの日のためにとってあるのだ。

「ケンドリックはどうしてる？」彼はアイリーンの夫のことを尋ねた。

「相も変わらずよ」

ということは、ケンドリックはゼロから立ちあげて、ようやく利益を生むようになった園芸センターの仕事しかしていないということだ。

アイリーンは、ローヴァーの助手席に置かれた小さなガラス瓶の詰まった箱に目をとめ、た。「これはなんなの？」

「それはその」――長い沈黙がつづいた――「エッセンスだ」

「なんですって？」

「エッセンス。頭痛に効くのもあれば、成功をもたらすのもある。信じているわけじゃないが、鎮静効果はあると思う」

「これもニューヨークから持ち帰ったの？」アイリーンは片方の眉をあげた。

「ああ――いや。これはブーム・ブーム・クレイクロフトから買ったものだ」

「おやまあ」アイリーンは踵を返し、イギリス王室に愛されている高価な車のかたわらに彼をひとり残していった。

その夜、リトル・ミムがしぶしぶ母親に会合のことを話したのは、彼女の母親はなんでも知っておかないと気が済まないからだ。いずれにしても、リトル・ミムはその際に、「どうやら映像学科を実現できそうよ」といった。

「そうなったら勝利ね」

「そう熱くならないで、お母様」

「もともと熱心なのよ、わたしは。ひとことでいえば静かな熱狂者。その点、ロスコウはもっぱらスターと仲良くすることを楽しんでいるわ。相手もたいしたスターじゃないけれど。グレタ・ガルボ、彼女こそスターだったわ」

「そうね、お母様」

「それに、モーリーは――なんというか、その、西海岸的で、ヴァージニア的じゃない」

白人と黒人が等しく密かに用いる「ヴァージニア的ではない」という表現は通常、基準に達しない人々を引き離すためのもので、そこには大多数の人間が含まれた。

これを聞いて、リトル・ミムは苛立った。「西海岸の人たちは、なんというか、開放的で偏見がないわ」

「開放的で偏見がない？　というか、抜けているのよ、あの人たちは」

8

「自分のために何かいうことはないのか？」血色のいいスキップ・ハラハンは、ハンサムな息子を睨みつけた。

「ごめんなさい、父さん」ショーンはぶつぶついった。

「わたしに謝ってどうする？　彼に謝れ！」

「ごめんなさい、フレッチャー先生」

ロスコウは胸のまえで組んでいた腕をほどいた。「謝罪は受けいれるが、きみはわたしの死亡記事を載せて本当に面白いと思ったのかい？」

「ああ――そのときは。いえ、そうじゃなかったと思います」ショーンは弱々しく答えた。

「きみの声はお父さんの声と大違いだね」ロスコウは身を乗り出した。「罰としての居残りはなしだ――が、毎週四時間、病院でボランティアをしてもらう。わたしはそれで満足だ」

「それでなくても新聞配達の仕事があるのに。病院で働くなんて無理だよ、父さん」

「こいつがきちんとその仕事をするように、せいぜい目を光らせます」いまだに屈辱感を覚えながら、スキップはがみがみいった。

「途中でぐらついたら、フットボールはやめてもらうよ」

「えっ？」ショーンはぎょっとして、椅子から飛び出しそうになった。

「聞こえただろ？」ロスコウは冷静にいった。

「ぼくがいなかったらセント・エリザベスは勝てない」ショーンは横柄に予言した。

「ショーン、フットボール・シーズンは、きみが〝行為には結果がともなう〟ことを学ぶほど重要じゃないんだよ。優秀なハーフバックだという理由で、きみに責任逃れをさせたら、わたしは哀れな校長になるだろう……きみはいずれ自ら窮地に陥るはずだから。行為には結果がともなう。きみにはいますぐ、このことを学んでもらうよ。一週間に四時間、元日まで病院で働いてもらう。いいね？」ロスコウは立ちあがった。

「はい、先生」

「まえにも訊いたが、最後にもう一度、訊かせてくれ。今回の悪ふざけは、きみがひとりでやったことなのか？」

「はい、先生」ショーンは嘘をついた。

9

地平線からじわじわと昇ってくる赤い太陽。早起きのマイクル神父は日頃、大半の人が日の入りを楽しむように日の出を楽しんでいた。ささやかな贅沢である熱いジャマイカ・コーヒーを用意して、きれいに手入れされた教会の墓地を望むパイン材の小さな朝食用テーブルについて新聞を読むのだ。

適度に裕福な信徒に恵まれた〈よき羊飼い教会〉は、神父のために教会の敷地内に小さいながらも心地よい住まいを用意していた。大いに必要とされる手伝いは、有能な秘書ルシンダ・ペイン・コールズが月曜から金曜まで提供していた。神父はルシンダが気に入っており、ルシンダ自身、辛い時期にあるにもかかわらず、よく辛苦に耐えていた。

夫のサムソンが全財産を無くくし、おまけに不倫騒動で不意打ちをくらったあと、ルシンダは落胆の淵に沈んだ。それでも、教会の仕事に空きができると、彼女はこれに応募し、生まれてこのかた一日も働いたことがないにもかかわらず、幸運にも雇われたのだった。タイプは満足に打てたが、それよりも重要なのは、彼女がみんなを知っていて、みんなも彼女を知っていることだった。

サムソンについては、マイクル神父が日々、祈りのなかで彼を思い出していた。サムソンはその後、ケンドリック・ミラーの園芸センターで肉体労働に従事していた。少なくとも、最高の体調を手に入れ、仕事仲間にメキシコからの移民がいるせいで流暢なスペイン語を身につけつつあった。

ブラウン・シュガー二つとデヴォンシア・クリーム少々を入れた二杯めのコーヒーを飲みだしたとたんに、神父は目をしばたたかせた。朝靄のなかを歩いていく人影を見たような気がしたのだ。

神父を椅子から引きはがしたのは、カフェインの必要な揺さぶりだった。彼は防水のジャケットをつかんで外に急ぎ、こそこそと墓地を行く人影にそっと近づいていった。

アンズリ・ランドルフの墓に花束を供えたのは、サムソン・コールズだった。

華奢なマイクル神父は踵を返して忍び足でコテージに戻りかけたが、サムソンには聞こえていた。

「神父?」

「邪魔をして悪かったね、サムソン。霧でよく見えなかったし、子供たちがここで酒を飲むことがあるから、現行犯で捕まえられそうな気がして。いや、すまない」

サムソンは咳払いをした。「誰も彼女を訪ねてやらない」

「彼女は自ら身を滅ぼした哀れな女性だ」マイクル神父はため息をついた。

「それはわかっている。いずれにしても、わたしは彼女を愛していた。まだルシンダを愛していたのに……アンズリから離れていられなかった」サムソンはため息をついた。「どうしてルシンダはわたしを見捨てないんだろう？」

「彼女はきみを愛しているから、許しを施しているんだ。わたしたちに必要な教訓は神様が与えてくださる」

「わたしに必要なものが謙虚さだとしたら、わたしはそれを学びつつある」サムソンはちょっと間を置いた。「あなたはわたしをここで見かけたことを彼女にいいませんよね？」

「いいませんよ」

「当然といえば当然だが……ひどく気に入らないことがあるんです。ウォレンは彼女の墓を訪れないし、二人の息子も訪れない。少なくとも一度は母親の墓を訪れてよさそうなものを」

「あの子たちは若いから、苦悩や損失は無視すれば薄れると思っている。しかし、そういうものじゃない」

「そうですね」サムソンは振りむいて神父とともに墓地をあとにし、錬鉄の門扉を注意深く閉めた。

墓地の北西の角では、復讐する天使の堂々たる像が二人を目で追っているようだった。

「最高においしいジャマイカ・コーヒーがたまたま手元にあるので、一杯付きあいませんか？」

「でも、お手数でしょう？」

「とんでもない」

二人は素晴らしいコーヒーを飲みながら、愛情と責任、この秋のヴァージニア・フットボール・チームの勝算、それにニセ死亡記事が明らかにした人間の詮索好きな一面について話しあった。

裏口を叩くかすかな音を聞きつけて、マイクル神父は席を立った。ドアを開けると、教会区民のひとりであるジョディ・ミラーが戸口に立っていた。フィールドホッケーの早朝練習に行く途中の彼女はスウェットを着ていたが、その頬には顕著な打撲傷が、目の横にはじきに黒くなると思われる赤い傷跡が見てとれた。

「マイクル神父、あなたにいわなければいけないことがあります」彼女はテーブルにサムソンの姿を認めた。「ああ――」

「さあ、入りなさい」

「でも、練習に遅れるので」裏の煉瓦の舗道を駆けていくジョディを、マイクル神父は焦げ茶色の目で追ったが、最後にはドアを閉めた。

「詮索好きといえば」サムソンはなかば微笑んでいった。「あの年頃には何もかもが途方もなく重要だ」

それは真実だった。

サムソンが去った五分後に、スキップ・ハラハンがショーンを助手席に乗せてマイクル神父のところの私道に入ってきた。ショーンはしぶしぶ車を降りた。

「神父！」スキップは大声を出した。

マイクル神父は裏口から顔を出した。「お入りなさい、スキップにショーン。そう大きな声を出さなくても聞こえているよ」

「悪かった」スキップはもぐもぐいったと思うと、席に着くまえにショーンの悪行を非難しはじめた。

スキップが三十分ほどがなりたてたあとで、マイクル神父は彼に何分か席を外すようにいった。

「ショーン、わたしにはきみが電話で死亡を伝えたことが面白おかしく思える。実際、ユーモアが感じられる。しかし、きみは自分がどれほどまわりの人たちを慌てさせたかわかっているのかい？　ミセス・フレッチャーのことを考えてごらん」

「いまになって、ようやくわかってきました」ショーンは残念そうに答えた。

「それなら、ミセス・フレッチャーに電話をかけて謝るというのはどうだろう？　死亡欄の担当編集者ジャニス・ウォーカーにも電話を入れて謝罪し、最後に詫び状を書いて『読者からの手紙』に送るといい。それでも、新聞社はきみから配達の仕事を取りあげるだろう」善良な神父は精いっぱい、ショーンに報復を受ける準備をさせようとした。

ショーンは長いこと、じっとしていた。「わかりました、神父、そうします」

「きみは何にとりつかれてこんなことをしたんだ？　よりによって校長に」

「というか、狙いはそこにあったんです」ショーンは笑いを噛み殺した。「どうしてって、面白くもおかしくもないでしょう、ぼくが電話で伝えたのが、たとえば、そう、あなたの死だったら？」

マイクル神父は指先でテーブルをコツンと叩いた。「なるほど。とにかく、きみは詫びをいいなさい。わたしはお父さんの怒りを鎮めるから」といって立ちあがり、スキップ・ハラハンを呼びよせた。

ショーンも立ちあがった。「ありがとうございます、神父」

「さあ、帰った、帰った」神父は親しみをこめて若者の背中をポンと叩いた。

10

どんな村や町にも中心、いいかえれば人々が集って噂話《ゴシップ》を楽しむ場所がある。けれども、男たちはその楽しさを認めているわけでない、彼らにとってゴシップはあくまでも〝情報交換〟なのだ。

バターを思わせる小春日和の陽射しに恵まれた十月最初の月曜日に、数人の男が郵便局の外に立っていた。ハーバート・ジョーンズ牧師、フェア・ハリスティーン、ネッド・タッカー、クロゼットの町長ジム・サンバーン、それにサンディ・ブレイシャーズは、ヴァージニア大学、工科大学、ウィリアム・アンド・メアリー大学の各フットボール・チームについて激しく語っていた——メリーランド大学については身震いとともに。

「勝つのはメリーランドだが、それを口に出すのは忍びない」ジョーンズ牧師が節をつけていった。「ジョン・クロスナーのまえでは口が裂けてもいえない」

牧師と親しいジョンはメリーランド大の卒業生で、親しい仲間には決してそのことを忘れさせなかった。

もうひとりの「仲間」アート・ブッシーはヴァージニア軍事大学《VMI》の出身だが、この朝は欠席していたので、意見の衝突が生じる理由はどこにもなかった。軟弱なVMIチームにはスクワットさえできないが、それはこの大学を愛する者にとっては惨めな現実で、そうでない者にとっては喜び以外の何物でもなかった。

「今年はヴァージニアの年だよ、ハーブ。いままでメリーランドがどんなに熱くなっていようと、わたしは気にならない」サンディ・ブレイシャーズは胸のまえで腕を組んだ。

「ところで、今日はどうして学校に行かないんだ?」ハーブが訊いた。

「このところキング・フレッチャーとスケジュールを練ってきた、結果、月曜は昼まで行かないことになった」サンディは息継ぎをした。「知ってのとおり、わたしは若者が好きだが、彼らは大人をヘトヘトにさせる」

「若いから、大人に何を求めているのかわからないんだ」フェアは爪先で砂利を蹴った。

「それより、すっかり話題から逸れるまえに、ぼくとしてはウィリアム・アンド・メアリーのために口添えしたい」

「はっ!」六十代半ばの巨漢ジム・サンバーンがばか笑いした。背丈はフェアとほとんど変わらないのに身幅は倍もある。

「そいつは諦めたほうがいいぞ、フェア」ネッドが笑った。

「近いうちに、ザ・トライブは勝つ」学部卒業生のフェアは、ザ・ヴィクトリー・ファイブを引き合いに出した。

「どうしてオーバーンを応援しないんだ? きみが通ったのはあの獣医学校なのに?」サ

ンディがいった。

「そりゃ、オーバーンも好きだよ」

ハリーが内側から郵便局のドアを開け、陽射しのなかに立った。「何を男同士でしゃべっているの？　ここは政府の建物よ。下等な連中の来るところじゃないわ」

「きみは帰らないといけないようだ、フェア」ネッドが茶目っ気たっぷりにいった。

ほかの男たちは笑った。

「今年、それぞれに応援するチームを選んでいるところなんだ」ジムは、個々の選択の裏にある理由を説明した。

「じゃ、わたしはスミス！」

「いつからスミスにフットボール・チームができたんだい？」サンディ・ブレイシャーズが無邪気に訊いた。

「ないけど、あったらVMIを叩きのめしているわ」ハリーは返事をした。「いまからアート・ブッシーに電話して、そういっていじめてやろうかしら？」

この言葉はさらなる笑いを引き出した。朝のうたた寝から覚めたミセス・マーフィは開いているドアのところに行き、戸口に腰をおろした。ふっと息を吐いて前足をあげ、その横をなめ、なめたところで顔をぬぐった。トラ猫はフットボールが好きで、ときにはテレビ画面を横切る小さなボールを捕まえようとすることもあった。自身の頭のなかでは、数えきれないほどたくさんのボールを捕まえていた。けれども、今日のフットボールは面白くもなんともなかった。トラ猫はいったん毛を逆立てて落ちつかせると、郵便局と食料品店のあいだの小道をぶらぶらと歩いていった。ハリーと男たちが互いにからかっているのが聞こえた。そこにミランダが合流し、まえにもまして笑い声があがった。

ミセス・マーフィは生涯をヴァージニアのこの地区で暮らしてきた。毎日六時と、ときには十一時のニュースを見たが、それまでにはたいてい眠りに落ちていた。ハリーが新聞を読むときはいつも、彼女のまえに座って一緒に読んだ。トラ猫の知るかぎり、都会の人間は惨めな暮らしをしていた。実際にそうなのか、あるいは新聞社が惨めさを強調するピューリタン主義に取り組んで読者に自分たちの暮らしのほうがましだと思わせているせいだろう。理由はともあれ、トラ猫には人間界のニュースは退屈に思えた。一件の殺人と自動車事故、相次ぐ自然災害。

ここでは、人々は互いに好意を抱いていた。住人同士、互いによく知っていて、ときおり現われる新来者は彼らに刺激と推測をもたらした。けれども、クロゼットでは決して悪いことが起こらないということではない。そこにもあるがままの人間の暮らしが、いいかえれば嫉妬や強欲や肉欲が存在していた。捕らえられた者は代価を払った。だが、概してクロゼットの住人は善良で、どちらかというとペットの面倒をよく見ていた。

マーケット・シフレットの店の裏から、くぐもった小さな泣き声が聞こえた。トラ猫がそちらに急ぐと、ジョディ・ミラーが頭を抱えてさめざめと泣いていた。その足下では、ピューータがときおり慰めるようにジョディの脚に手を伸ばしていた。

〈ここにいたのね〉ミセス・マーフィはピュータと鼻を触れあわせると、つぎに少女を見つめた。

殴られて黒くなった目がトラ猫の注意を引いたのは、ジョディが顔から手を離したときだった。ジョディは手の甲で鼻を拭き、涙に濡れた目をしばたたかせた。「おはよう、ミセス・マーフィ」

〈おはよう、ジョディ。何があったの?〉ミセス・マーフィは少女の脚に身体をすりつけた。

ジョディは路地を見つめ、放心状態で二匹の猫を撫でつけた。

〈あなたには何かいった?〉

〈ううん〉ピュータは答えた。

〈かわいそうに。こっぴどく叩かれてる〉ミセス・マーフィは後ろ足で立ってジョディの左膝に前足をかけ、傷の具合を念入りに見た。〈叩かれたばかりだわ〉

〈たぶん、学校に行く途中でケンカに巻きこまれたのよ〉

〈彼女はフィールドホッケーの早朝練習に行ってるのよ——ブルックスも行ってるわ〉

〈ああ、そうだったわ〉ピュータは首をかしげ、ジョディの注意を引こうとした。〈じゃ、お父さんにやられたのね、きっと〉

ケンドリック・ミラーは、凶暴な気質の持ち主だった。家族のほかには彼が妻や一人娘を殴るのを見た者はいないが、人々はときおり遠まきに彼を見ていた。

ザクザクっという軽い足音に、猫たちは身構えた。まだ泣いていたので、ジョディには何も聞こえなかったが、不意に足を止めたのは、食料品店の裏に車を止めていたサンディ・ブレイシャーズだった。

「ジョディ！」サンディは叫び、彼女を助けようと急いで身を屈めた。

ジョディはさっと身体を振りほどき、猫たちはその場を引き払った。「大丈夫です」

サンディは、目のまわりの黒あざをのぞきこんだ。「よく頑張ったね。いまから、ラリー・ジョンソンのところまで乗せていくよ。医者に診てもらって悪いことはない。両目を危険にさらすわけにはいかないからね、ハニー」

「ハニーなんていわないで！」その激しさに、ジョディは我ながら驚いた。

「悪かった」彼は赤面した。「さあ、行こう」

「行きません」

「ジョディ、ドクター・ジョンソンのところに連れていかせないなら、家まで送りとどけるしかないよ。きみをここにおいていくわけにはいかないんだから」

郵便局の裏口が開き、ジョディの声を聞きつけたハリーが一歩、足を踏みだした。そのすぐ後ろに、ミランダがつづいた。

「おや、まあ」ミランダはささやいた。「ジョディ、それじゃ痛むでしょう？」

ハリーは近くにやってきた。

「大丈夫です！」ジョディは立ちあがった。

「それはどうかな」サンディは癇癪を起こしつつあった。

ミランダは母親のような腕で少女の肩を抱いた。「何があったの?」

「べつに」

〈こてんぱんにぶちのめされたの〉と、ピュータがいった。

「だから、ラリー・ジョンソンのところに連れていくといっただろう――大事をとって」

サンディはコーデュロイのズボンのポケットに手を突っこんだ。

ジョディは傷ついていないほうの目で憎々しげにミランダを睨んだ。「こんな顔、誰にも見られたくないわ」

「だったら、二週間、隠れている? そのタヌキみたいなアザが消えるのに二週間はかかるわ」ハリーは少女の悪意に満ちた目が気に入らなかった。

「ともかく、わたしのいうことを聞いて、ジョディ」ミランダは粘った。「わたしはいまから、あなたをラリー・ジョンソンのところに連れていくわ。あなたの健康を危険な賭にさらすわけにはいかないから。ブレイシャーズ先生、あなたはフレッチャー先生に電話を入れて診療所にいるというのよ、学校で面倒なことにならないように」

「わたしのことなんか誰も心配してないわ。だから、フレッチャー先生に電話するのはやめて。彼を巻きこむことはないわ」

「みんなが心配しているけど」ミランダは少女を軽く叩いて抱きしめた。「いまはわたしと一緒に来るのよ」

こんだ。

ミランダになだめられ勇気づけられたジョディは、大昔のフォード・ファルコンに乗り

ハリーは気遣わしげに眉をしかめた。サンディもおなじことをした。そうとは知らずに、二人は互いに鏡像をなしていた。

最後に、サンディが口を開いた。「ホールヴァード・コーチはときに荒れることもあるが、あそこまで荒れることはない」

「ことによると、学校でほかの生徒とケンカになったのかもしれないわ」ハリーは考えを口に出した。

〈ケンカの原因は？〉と、ピュータが訊いた。

〈男の子か、ドラッグか、はたまた月経前困難症か〉ミセス・マーフィは苛立たしげに尻尾を打ちつけた。

〈あなたっていくらでも冷笑的になれるのね〉ピュータは、サルスベリの木にカマキリがとまっているのに気づいた。

〈冷笑的じゃなくて、現実的になるのよ〉

郵便局から、タッカーがよたよたと出てきた。ぐっすり眠って目を覚ますと、郵便局はもぬけの殻になっていたのだ。〈どうなってるの？〉

〈ハイスクール・ドラマをやってたのよ〉猫たちは嫌なことをしつこくいってコーギー犬を悩ませた。〈あいにく、あなたは見逃しちゃったけど〉

ラリー・ジョンソンが電話をかけると、アイリーン・ミラーはすぐに診療所にやってきた。けれども、ジョディはずっと口を閉ざしていた……とりわけ、母親のまえでは。

午後も遅くなってから、ジャニス・ウォーカーが郵便局に立ちよった。

「ハリー、あなたは刑事になるべきよ！　どうして犯人はショーン・ハラハンだとわかったの？　昨日、あなたから折り返し電話をもらって、そういわれたときは自信がなかったけれど、今朝、謝りにきたのよ、彼。そのために学校まで休んで」

「事実を考えあわせたのよ」ハリーは郵便室とパブリック・エリアのあいだの仕切りをあげた。「彼の声は父親に似ている。生意気だけど、あんなことをするほど乱暴な子には見えない。彼はセント・エリザベスじゅうの英雄になるわ」

「そんなふうに考えたことは一度もなかったわ」と、ジャニス。

「そのこと、わたしは電話でブーム・ブーム・クレイクロフトの死亡を伝えようかと思っていたところよ」ハリーは目を輝かせていった。

ジャニスはどっと笑い出した。「ひどいひと！」

11

ロスコウは部屋の窓から、セント・エリザベスの中心部を、いいかえれば美しい中庭を眺めた。赤煉瓦のシンプルな連邦様式の建物が芝生を取りかこみ、その両端にそびえるオークの巨木は感動的なオレンジ・イエローの葉を繁らせていた。〝本塁《ホーム》〟と呼ばれる建物の背後にはあとから建てられたビルが並び、その向こうでは体育館とグラウンドが広大な駐車場をはさんで手招きしている。

ロスコウのオフィスに魅惑的な雰囲気を添えているのは、温かみのあるオークの羽目板だ。大きな部屋の中央には節のある木でできた対面共用机が置かれ、革張りのソファと一対の椅子と本におおわれたコーヒーテーブルが一方の壁を占領している。

学問的ではなかったが、ロスコウは驚くほど優れた校長だった。彼に立派な経歴がないことは、そもそも自分たちのひとりが校長になることを望んでいた教師陣を――サンディ・ブレイシャーズはもとよりエド・シュガーマンをも――やきもきさせた。だが、ロスコウは過去七年にわたり、彼らの大半を首尾よく味方に引き入れてきた。ひとつには、彼には〝ウケる〟人柄と豊富なビジネス・コンタクト同様、資金集めのノウハウが備わっているし、またひとつには優れた管理者であるからだ。これには、ペンシルヴェニア大学ウォートン校で取得した経営管理学修士号《MBA》が大いに役に立っていた。

「どうぞ」確固たるノックに応えた直後に、ロスコウは「やめておきなさい！」と叫ぶ声を耳にした。

素早くドアを開けると、秘書のエイプリルとサンディ・ブレイシャーズが互いにいがみあっていた。

エイプリルが詫びた。「彼はアポを取っていません。わたしの横を歩いていっただけです」

「エイプリル、あれこれ指図するのはやめてくれ」サンディは彼女を払いのけた。

「あなたにはここに乱入する権利はありません」エイプリルはきゃしゃな腰に手を当てた。

ロスコウはパッドの入った彼女の肩に手を置き、なだめるような声でいった。「いいんだよ、ミスタ・ブレイシャーズの性急な行動はいまに始まったことじゃないから」

ロスコウがなかに入るようサンディに合図しながらエイプリルにウィンクすると、彼女は喜んで顔を赤らめた。

「で、わたしにどうしろというんだ、サンディ？」

「たまげろ」といいたいところだったが、サンディはいわずに咳払いした。「ジョディ・ミラーのことがどうも気がかりで。近ごろは引きこもりがちだし、今朝は今朝で郵便局の裏にいた。頬と目のまわりにアザをこしらえていたが、それについてはどうしても話そう

組んだ。

「あの家庭には不安定なものがある。それは追々、ジョディに現われることになっていた」ロスコウはサンディに椅子を勧めなかった。かわりに机にもたれて、胸のまえで腕を組んだ。

「目のまわりのアザは不安定以上のものを訴えている。あの子には助けが必要だ」

「サンディ」ロスコウは注意深く、明確に系統立てて述べた。「彼女の協力なしには、虐待で両親を訴えることはできない。そもそも、ケンドリック・ミラーが娘を殴ったといい切れるのか？ 殴ったのはほかの人間かもしれない」

「よくもまあ、そんなふうに退けられるものだ」

「退けてはいない。状況は調べるつもりだ。しかし、きみにはもっと賢くあってほしい。状況が明らかになるか、あるいはジョディ自身が証言しないかぎり、どんな非難もはなはだ無責任なものになるから」

「説教はたくさんだ」

「こっちこそたくさんだ」

「あなたは彼女の心の安定などひとつも気にかけていない。ひたすら気にかけているのは、例の映像学科新設プロジェクトに彼女の父親がどれほど貢献するかだ――どこかよそでも使える金のことだけだ」

「わたしにはやるべき仕事がある。この件については調べるといっただろう？」ロスコウは組んだ腕をほどいて、サンディの上気した顔を指さした。「帰りたまえ。藪をつついて蛇を出さないうちに」

「その陳腐な隠喩が意味するところは？」サンディは歯嚙みしていった。

「きみの秘密を知っているということだ」

サンディは青ざめた。「秘密などない」

ロスコウはふたたび、サンディの顔を指さした。「だったら、試してみるといい。どこであれ、きみは二度と教壇に立てなくなるぞ」

激怒したサンディは力まかせにドアを閉めて出ていった。入れ替わりに、エイプリルがブロンドの縞が入った頭をのぞかせた。

ロスコウは微笑んだ。「放っておけばいい。あの男は感情的な場面を生き甲斐にしている。学校がはじまった最初の週には、協力に代わる競争の促進を公然と非難した。先週は、ショーン・ハラハンは性差別発言をしたことを咎められるべきだと主張した——その発言というのはどうやら、カレン・ジェンセンに対してなされたものらしい、〝ヘイ、ベイビー！〟」ロスコウはショーンの口まねをした。「今日は今日で、ジョディ・ミラーが目のまわりにアザをこしらえていたという理由で口から泡を吹いた。やれやれだ」

「どうして、そんな人に我慢しているんですか？」エイプリルは同情するようにいった。

「それがわたしの仕事だから」ロスコウはおおらかに微笑んだ。

「二番でモーリー・マッキンチーがお待ちです」

「一番で待っているのは？」

「奥様です」

「わかった」彼は一番を押した。「やあ、こっちからかけなおす。オフィスにいるんだろう？」

ナオミはそうだといった。彼女のオフィスは、中庭をはさんで向きあう建物のなかにある。ロスコウはこのあと二番を押した。「もしもし」

「ロスコウ、フットボールとフィールドホッケーの練習を撮らせてくれないか……ほんの数分でいい。十二月に予定されている同窓生の夕食会に動きのあるイメージを合わせたいんだ」

「考えている日時は？」

「つぎの数試合を撮るというのはどうだろう？」監督は間を置いた。「チェックしてもらいたいフィルムもある。気に入ると思うよ」

「わかった」ロスコウは微笑んだ。

「今度の土曜に四人でどうだろう？　九時にケジックで？」

「結構だ」

ロスコウは電話を切った。つぎにブザーでエイプリルを呼びだし、「さっきはサンディ・ブレイシャーズをうまく捌《さば》いてくれたね」といった。

「腹立たしいったらありません。彼はわたしを押しのけたんですよ！」

「ほんとによくやってくれた。きみの仕事内容には、パートタイムの校長やフルタイムのお節介やきは含まれてないのに」

「ありがとうございます」

「モーリーがフットボールとフィールドホッケーの試合を撮影することをそれぞれのコーチに伝えるよう、わたしに注意してもらいたい」

「承知しました」

ロスコウはインターコムのボタンから指を離して回転椅子にかけ、自己満足に浸った。

12

ハリーは自分宛の郵便物をえり分け、その大半をゴミ箱に投げすてた。朝はいつも郵便物を分けて私書箱に詰めこんでいるので、自分宛のそれに取りかかるころには寄付の訴えや、カタログや、チラシに苦労して目を通す根気は底をついているのだ。夕方にはいつも、自分宛の郵便物が詰まったキャンバス地のトートバッグを古いフォード・トラックのベンチシートに投げだした。天気のいい日に徒歩で帰宅するときは、そのバッグを肩にかけた。とはいえ、来週は天候にかかわりなく歩くことになる。というのも、ハリーのトラックはキャブレターの調子が悪いだけでなく、スターター・ワイヤをネズミにすっかり囓られていたからだ。ミセス・マーフィに、齧歯類の取締りを強化してもらわなければ。

ハリーは請求書を恐れていた。どんなに頑張っても、出費に追いつくことは不可能だった。彼女は予算の範囲内でつましく暮らしていたが、どんなに周到に計画を立てても、電話会社はレートを変更し、電気会社はじりじりとその価格をあげ、郡行政委員会の委員たちはアルベマール郡の税金を引きあげるために生きていた。

彼女はしばしば、「子供がいる人たちはどうやっているのだろう?」と思った。そして、

「郵便局で働いてなければ、もっとうまくやれるはずだ」と勝手に結論づけた。

灰色の雨雲はますます低く垂れこめてきた。最初の大きな雨粒が落ちてきたとき、ハリーは家から二マイルほど離れたところにいた。ティー・タッカーとミセス・マーフィは足を速め、ピュータは濡れたくない一心でどんどん走った。

「あの子があんなに速く動くのを見るのははじめて」ハリーは大きな声でいった。

そこへ、シェヴィの暗緑色の半トン・トラックがゆっくりと近づいてきた。フェアがブレーキをかけたので、ハリーは手を振った。

「さあ急いで、みんな」ハリーが声をかけると、三匹はフェアのほうへ走っていった。

まるで示しあわせたように、ハリーがトラックの助手席のドアを閉めた瞬間、雲が裂けて雨が降りだした。

「肥料を撒けるといいんだが」

「農場のはずれの未耕地に？」ハリーはぶっきらぼうに答えた。

誰もが無言で乗車していると、フェアはつぎのカーブにそなえてスピードを緩めた。

「陽気なメアリーはどこへいったんだい？」

「べつのことを考えていたわ。ごめんなさい」

彼らはまっすぐ農場に入っていった。ハリーはトラックから飛び降りて、レインコートをはおった。フェアは黄色いスリッカーを着るとすぐにトラックをバックさせ、ピュータが濡れずになかに飛びこめるように家に横付けにした。それから、ハリーのところに行き、餌をもらえるだけでも幸せな馬たちを連れ戻すのを手伝った。

ミセス・マーフィとタッカーは納屋のなかにいた。

「この子たちは調子がよさそうだね」フェアはジン・フィズと、トマホークと、ポップタルトを見て微笑んだ。

「ありがとう。ときどきトマホークが何歳になるか忘れるけど、自分の歳を忘れることもあるわ」

「ぼくたちはまだ三十代だよ。いい時期じゃないか？」

ハリーはひしゃくでドジョウツナギをすくった。「そう思う日もあれば、思わない日もあるわ」ひしゃくを飼料容器のなかに投げ入れた。「無理に手伝う必要はないのよ、フェア。道であなたに行きあったのはもっけの幸いだったけど」

「大勢でかかれば仕事は楽になるし、今夜は乗馬向きじゃない」

雨は灰色のシーツのように家を覆い隠していた。

「予報官はこの雨を予告しなかったわ、それをいうならミランダも」

「彼女の膝も当てにならないな」フェアは笑った。ミランダは膝がずきずきするか否かによって雨を予告するのだ。

ハリーは愛用のレインハットがわりの、大昔のカウボーイハットをかぶった。「急いで逃げたほうがいいわ」

〈だったら、わたしをレインコートのしたに入れてくれない？〉ミセス・マーフィは丁重に頼んだ。

その悲しげな声を耳にすると、ハリーはふと足を止め、すぐに猫を抱きあげてコートのしたに入れた。

「位置について、用意、スタート！」フェアは大きな声でいって、納屋の明かりを消した。そして最初に裏口に着くと、ハリーと濡れたタッカーのためにドアを押さえていた。ひとたび家のなかに入ると、彼らは雨を払い落としてコートを掛け、床を踏みならしてキッチンに飛びこんだ。あたりには雨とともに冷気が降りてきていた。気温はマイナス十度にさがり、なおも下降しつつあった。

フェアが犬猫トリオに餌を与えているあいだに、ハリーは新鮮なコーヒーを淹れた。彼女のところには、今朝食べ残したドーナッツがあった。

二人はテーブルについて、星なしの食事を堪能した。空腹でいるよりはましだ。

「ところで――？」

「ところで、なんなの？」口にものが入っている状態で話したくなかったので、ハリーは食べ物を飲みくだした。

「何があったんだい？」

ハリーはグレーズのかかったドーナッツの残りを皿に置いた。「ジョディ・ミラーは殴られて目のまわりにアザをこしらえているのに、誰にもその経緯を話そうとしないの。かわいそうで見ていられないほど激しく泣いていたわ」

「きみはどうしてそのことを？」

「どうしてって、彼女が授業をサボって食料品店の裏の階段に座っていたからよ」

〈わたしが最初に見つけたのよ〉ピュータが餌の入ったボウルから顔をあげた。

〈ピュータの超エゴイスト！〉

〈あなたにはいわれたくないわ！〉灰色のデブ猫は辛辣にいいかえした。〈あなたなんか、太陽は自分を中心にまわっていると思ってるくせに〉

「ミランダが彼女をラリー・ジョンソンのところに連れていき、アイリーンがやってくるまで付き添っていたの。ミランダの話によれば、アイリーンはあまり役に立たなかったそうよ、つねに確かな筋であるはずなのに」

「ジョディは気の変わりやすい子だ」

「あの年頃の子は誰でもそうじゃない？」

「かもしれない」フェアは立ちあがって、コーヒーのお代わりを注いだ。「ようやく暖まってきたよ。もちろん、きみのおかげだろうけど」

〈げーっ、吐きそう〉ピュータがギャグをかませた。

〈あなたの身体にはロマンチックな骨が一本もないのね〉タッカーが嘆いた。

〈実際、誰が見てもあなたの身体に骨があるとは思えないわ、ピュータ〉

〈ハハ〉灰色のデブ猫はそっけなくいった。

「アイリーンに電話をするのは、余計なお節介かしら？　わたしとしては心配しているんだけど」

「ハリー、クロゼットの住人は全員、お節介やきだから、それは問題じゃないと思うよ」フェアは微笑んだ。「それに、ジョディを見つけたのはミランダときみなんだから」

〈あら、彼女を見つけたのはわたしよ〉ピュータが怒って口をはさんだ。

「あなたはもう、ご馳走を食べないの？」ハリーが指を振りたてると、デブ猫はくるりと背を向け、この腹立たしい人間と関わりあうことを拒んだ。

ハリーは古い壁掛け電話をとりあげてダイアルを回した。「もしもし、アイリーン、メアリー・マイナーよ」少し間を置く。「いえ、ぜんぜん。ミランダも力になれて喜んでいるわ。で、ジョディは大丈夫だったの？」

電話口の向こうでアイリーンは説明した。「あの子ったら練習中に——誰とはいわないけれど——仲間のひとりと喧嘩になったあと、化学のクラスに行って抜き打ちテストでDをとったの。Dをとるなんて生まれて初めてよ。でも、じきによくなるわ。電話をかけてくれてありがとう、それじゃ」

「それじゃ」ハリーはゆっくりと受話器を戻した。「わたし同様、アイリーンは何も知らないわ。彼女にいわせると、ジョディはフィールドホッケーの練習中に誰かと喧嘩になって、化学の抜き打ちテストでDをとったんですって」

「これで気が済んだだろう？　求めていた答えは得られたんだから」

「フェア」——ハリーはお手上げのポーズをしてみせた——「あの自惚れやさんが真っさ

らな黒アザをつけて化学のクラスに出るわけがないわ。ジョディ・ミラーは映画スター以上にメイクにうるさいんだから。それに、エド・シュガーマンは彼女を養護室に行かせたはずよ。アイリーン・ミラーはよほどの間抜けか、本当のことを話してないかのどちらかだわ」

「ぼくは間抜け説を支持するよ」彼は微笑んだ。「きみはくだらないことを大げさに騒ぎ立てている。たとえジョディ・ミラーが母親に嘘をついたとしても、それは連邦裁判所が調査すべき事柄じゃない。きみ自身、お母さんにときどき小さな嘘をついていた」

「そうしょっちゅうじゃないわ」

「鼻が伸びてきたぞ」フェアは笑い声をあげた。

ハリーは化学教師のエド・シュガーマンに電話をかけた。「もしもし、エド、メアリー・マイナー・ハリスティーンよ」一瞬、言葉を切った。「化学《ケミストリー》の授業を受けたいかって？そうね、それはあなたがどんな種類の化学について語っているかによるわ（〝ケミストリー〟には相性の意味もある）」ハリーは間を置いた。「まず第一に、お節介なのはわかっているけど、ジョディ・ミラーが今日、あなたの授業に出たかどうか教えてもらえない？」

「ジョディはどの授業にも出てないよ、今日は」エドは答えた。

「つまり——そういうことなのね」

「実際、彼女の両親に電話をかけようと思っていたところだ。今朝、学校に来るときに車でフィールドの脇を通ったから、ジョディがフィールドホッケーの練習に出ていたことはわかっている。何かよくないことでも？」

「いえ――それがよくわからなくて。少なくとも、今朝はマーケットの店の裏で派手に泣いていたわ、目のまわりに黒いアザをこしらえて」

「かわいそうに。頭はいいのに、成績はずるずる下がっている……」エドはためらった。

「家庭に問題がある場合によく見受けられるケースだ」

「ありがとう、エド。願わくは、あなたの邪魔をしていませんように」

「邪魔だなんて」彼は言葉を切り、余談のようにいった。「わかったよ、ハニー」それから、ふたたびハリーに戻った。「ドリスがきみによろしくといってる」

「ドリスに、わたしからもよろしく伝えて」と、ハリー。

ハリーはエドにさよならをいって電話を切り、少しのあいだ考えこんだ。

「映画を見に行かないか？」

「この降りよ、どこにも出る気がしないわ」

雨はトタン屋根をますます強く打ちつけていた。「まるで弾丸だ」

「《英国万歳！》を借りてあるから、あれを見てもいいわね」

「ポップコーンは？」

「あるわよ」

「電子レンジを買えば、あっという間にポップコーンができるのに」彼はポップコーンの袋の裏に記された説明書を読んだ。

「電子レンジを買うつもりはないわ。うちのトラックには新しいスターター・ワイヤが――ネズミに囓られたから――必要だし、新しいタイヤも要るの、いまもボロボロになるまで乗ってから換えているけど」ストーブのうえにポットを投げだすように置いた。「それにそう、新しいキャブレターも要るわ」

映画のあとで、フェアは「泊まっていくように」といわれるのを期待した。だから、どれほど路面が滑りやすくなっているか、繰り返しコメントした。

とうとう最後に、ハリーは「客間で寝て」といった。

「きみと寝たいと思っていたのに」

「今夜はやめておくわ」ハリーは微笑んで、フェアの感情を傷つけることを回避した。そうすることで彼女自身の感情もはぐらかしていたので、このやり方はかなり功を奏した――いずれにしても一時的には。

翌朝、フェアは新聞を取りにいった。雨はやむことなく降り続いていたので、彼は急いでキッチンに引き返した。ビニールの覆いをとって新聞を開くと、8×10インチの黒枠の入った折り込みが床に落ちた。フェアはそれを拾いあげた。「な、なんだ、これは？」

13

「モーリー・マッキンチー、四十七歳、十月三日、自宅にて急死」映画人としてのモーリーの業績と彼がフットボールの名手としてUSCの優秀選手賞をもらった事実を読みあげながら、フェアはぶつぶつ文句をいった。彼はさらに、自ら新聞に飛び乗って記事を読みはじめたミセス・マーフィの身体ごしに紙面を熟視した。

人間たちとトラ猫はいずれも、一心不乱に折り込み広告を読んでいた。ピュータはカウンターのうえで休んでいた。ミセス・マーフィに先を越されたのだ。朝から喧嘩をしてもはじまらない。関心はあったが、タッカーはテーブルのまわりを駆けめぐり、最後に母親の足下に座った。

〈どうなってるの?〉タッカーが訊いた。

〈モーリー・マッキンチーが死んだのよ、タッカー〉ミセス・マーフィが答えた。

「ミランダ」ハリーは電話を取りあげていった。「いま、あの折り込みを見たところよ」

「だけど、わたしはモーリー・マッキンチーがうちと郵便局のあいだをジョギングしていくのを見たばかりよ、まだ十分も経ってないわ!」

「うう、気味が悪い」ハリーは平静な声でいった。「例のネズミの尻尾みたいな髪型に負けず劣らず気味が悪いわ」彼女が引き合いに出したのは、モーリーがうなじに垂らしている貧弱なポニーテイルのことだ。確かに、あれはヴァージニア的ではない。

「カラー・コーディネイトされたジョギング・スーツを着ていたわ。実際、特別なものよ、彼がまとっていたのは」ミランダは鼻から息を吐き出した。「ロスコウと一緒に走っていたの」

「たぶん、彼はまだ新聞を読んでないんだわ」ハリーは笑った。

「そうね」ミランダは間を置いた。「とくべつ珍しいことじゃないけど。今回もショーンのしわざだとしたら、彼は電話で死亡を知らせるのはもはや不可能だと知っている。けれど、ショーンではあり得ない――きっと父親に殺されるから」考えていることを口に出していった。

「しかも、彼は新聞配達の仕事を失った。というか、クビになった。少なくとも、わたしはそう聞いているわ」と、ハリーがいいそえた。

〈爆撃！〉ピューターがカウンターからテーブルに飛び乗って新聞を襲撃すると、二匹の猫は新聞もろともテーブルから滑りおちた。

「ピューター」フェアが思わず叫んだ。

「ハハーン！」背後にフェアの声を聞きつけて、ミセス・ホウゲンドバーは声をあげた。

「あなたたちがいずれ、よりを戻すことはわかっていたのよ」と、さも満足そうにいった。

「早まらないで、ミランダ」郵便局で浴びせられるに違いない尋問を思い、ハリーは歯を食いしばった。

「それじゃ、郵便局で」ミランダはトリルで歌うようにいった。

14

「悪ふざけは一度でたくさんだ！」ハーバート・ジョーンズ牧師は郵便物を受けとりながら、その朝、新聞に差しこんであった訃報についてこうコメントした。

「決心のついていない権威像（心理学用語、たとえば子供にとっての親・教師など）と一緒にいる不道徳な人間はつねに矛盾しているわ」ブーム・ブーム・クレイクロフトは節《ふし》をつけていった。「こういった悩める魂を浄化するのはカモミールとパセリの強力な混合物よ」

「むかつくし、ひとつも面白くない」ビッグ・ミム・サンバーンは激しく糾弾した。

「病的なジョークだわ」といって、ルシンダ・ペイン・コールズは自分宛の郵便物と、〈よき羊飼い教会〉宛のそれを取りあげた。

「確か、モーリーとあなたは例の卒業生を対象にした大がかりな資金調達ディナーに取り組んできたはずだけど？」ハリーが訊いた。

「ええ」と、リトル・ミム。

「セント・エリザベスでは何が起こっているの？」ハリーは表のほうに歩いていった。

「べつに。単にロスコウとモーリーが学校を連想させるからといって、こういったことの責任が学校にあるとはいえないわ――こういったことというか、なんといえばいいのかしら？」

すると、濃紺のカシミアを惜しげなくまとった彼女の母親がまるめた雑誌で娘の手を叩いた。

「早まった死亡通知といえばいいのよ」ミムは笑っていった。「遅かれ早かれ、こうした通知は正確なものになるわ。ショーン・ハラハンはすでに関係者全員に謝罪した。少なくとも、彼の父親はわたしにそういったわ。いまは誰が新聞を配っているのか？　これが論理的な質問よ」

マリリンは鼻を鳴らした。彼女の母親はほかの誰よりも早く、他人を苛立たせることができるのだ。「ロジャー・デイヴィスが配っているわ」

「だったら、彼の母親に電話をかけて」ミムはぴしゃりといった。「それで……ねえ、聞いているの？」

「ええ、お母様」

「誰であれ、こういった物騒なものを書いている人物は、ロスコウのこともモーリーのこともよく知っているわ」

「あるいは、調査に長けているかだ」ハーブが由々しい声で同調した。

「わたしの顔を見ないで」ハリーは軽口を叩いた。「わたしは正しい脚注の付け方も知らないのよ。その技術がなかったら有能な調査員にはなれないわ」

「馬鹿なことをいわないで。脚注の付け方も知らないで、スミスを優秀な成績で卒業できるわけがないでしょう?」ビッグ・ミムはまるめた雑誌を広げたが、爆破されたバスの表紙に顔をしかめ、すぐにまるめなおした。「間違った脚注よりいただけないのは……マナーの欠如よ。わたしたちが育んできた社会生活を営む技術は大いに廃れて、お礼状を書くこともなくなったし……書くとしても正しく綴れないわ」

「お母様、そのことがロスコウとモーリーのニセ死亡記事とどんな関係があるの?」

「無礼というか不作法なところが共通しているわ」ミムは雑誌でカウンターの縁をきびしく叩いた。

「あら!」リトル・ミムが入り口のほうを向いて、だしぬけに口走った。

モーリー・マッキンチーはドアを押し開け沈黙を見て取ると、おどけた調子で「誰が死んだって?」と訊いた。

「あなたよ」ハリーが茶化すように答えた。

「そ、そんな、わたしの最新作はそこまで悪くなかったぞ」

「あなた、まだ新聞を広げてないの?」リトル・ミムはじりじりと彼のほうに近づいた。

「いや、まだだ」

そこで、ハーブが例の折り込みをモーリーに手渡した。「見てごらん」

「ひえーっ、驚いたなあ」モーリーは口笛を吹いた。

「誰の仕業だと思う?」ミランダは素早く要点をついた。

モーリーは心の底から笑った。「二人の元妻たちならやりかねない。しかし、彼女らならば、まずわたしを撃つだろう。死亡記事が本物になるように」

「ほんとに心当たりはないのかい？」ハーブは疑わしげに目を細めた。

「ひとつもない」モーリーは声だけでなくゲジゲジ眉毛もつりあげた。

ビッグ・ミムは高価なシャフハウゼン（スイス北部の州）製の時計をチェックした。「そろそろガーデン・クラブに行かないと。今日はどのエリアを美化するか投票して決めるのよ。いつものように大乱闘になるわ。それじゃ、お先に。みなさんが真相をきわめることを祈っているわ」

「さよなら」彼らは背後からミムに声をかけた。

ハンサムだが、モーリーは腹が突き出していた。太鼓腹はランニングで取り除かれると当人は期待していた。監督として、彼はつねに主導権を握り、あれこれ指図してきたが、クロゼットではそれが通じないこともわかっていた。それを知ったときのショックは、ダーラが一家の稼ぎ手になったときより大きかった。彼はこのところ、彼自身のキャリアをふたたび軌道に乗せてくれる映画を模索していた。月に一度、ロサンゼルスに飛び、残りの時間は電話とファックスの回線を焼きつくしていた。

「お母様は古い駅舎のまわりに庭を造りたがっているわ。あなたは母が我が道を行くことに何を賭ける？」リトル・ミムはあらたな話題に飛びついた。いいかえれば、ニセ死亡記事のことで彼女にできることはもう何もないということだ。

「勝ち目は彼女のほうにあるわ」ハリーは紙屑があふれている背の高い金属性のゴミ箱を持ちあげた。

「それはわたしがやるよ」モーリーはハリーの手からゴミ箱を奪った。「どこに空けてくればいいんだい？」

「マーケットのあたらしいダンプスター（金属製の大型ゴミ収集箱）」と、ミランダがいった。

「一分で戻る」

モーリーがいなくなると、リトル・ミムはすかさず「彼って、ひどい浮気者じゃない？」といった。

「そう思うなら、彼のことは気にかけないことね」と、ハリーは助言した。

「といっても、わたしは彼に悩まされているわけじゃないのよ」

モーリーは外から戻ると、人々が郵便物を分けているテーブルの横にゴミ箱を置いた。

「ありがとう」ハリーはお礼をいった。

彼はウィンクをしてみせた。「どういたしまして。これで、きみは今日、天使に会ったといえる」

「どういうこと？」とハリー。

「死んでも、わたしはアップタウンに行くってことだよ、ハリー、ダウンタウンじゃなくて」彼は笑い声をあげ、手を振りながら帰っていった。

スーザン・タッカーがやってきたのは、フェアが一晩、泊まったことについてミランダが過酷な取り調べを始めたところだった。

「ミランダ、どうしてわたしをこんな目に遭わせるの？」ハリーは自棄《やけ》になった。

「どうしてって、あなたに幸せになってもらいたいからよ」

「元夫が一晩、泊まったとみんなにいいふらしても、わたしは幸せにならないし、さっきもいったでしょう、ミランダ、何もなかったと。こういうのはもう懲りごりよ」

「思うに、婦人はむきになって否定する」ミセス・ホウゲンドバーはとりすましてシェイクスピアを引用した。

「もう、お願い！」ハリーは両手をうえにあげて降参した。

スーザンは片方の眉をあげていった。「でも、何かあった。オーケイ、セックスはなかったかもしれないけど、彼はうまいこと入りこんだ」

「でもって、客間にしけこんだ。外は土砂降《キャット・アンド・ドッグ》りだったのよ」

〈なんですって？〉郵便カートのなかでくつろいでいたミセス・マーフィが大きな声でいった。

「はい、はい」ハリーはてっきり、トラ猫はカートを押してもらいたいのだと思った。

〈ううむ、たまらないわ……〉トラ猫はカートの横に前足をかけた。

「ハリー、わたしは待っているのよ」

「何を？」

「フェアとあなたはどうなっているのか」

「どうにもなってないわ！」

ハリーの叫びを聞いて、タッカーが吠えだした。

騒ぎを聞きつけて、ピュータは動物用の出入り口から飛びこんできた。〈どうしたの？〉

〈ミセス・Hとスーザンは、ママがフェアに惚れていると思っているの。ゆうべ、彼がうちに泊まったものだから〉

〈ふうん〉ピュータはパン屑はないかとゴミ箱をチェックした。〈だったら、一時停戦して、お茶にするしかないわね〉

スーザンは両手をうえにあげた。「あなたはあまりにも神経過敏になっているわ」

「あなたたなら過敏にならずにいられる？」ハリーはいいかえした。

「ううん、わたしもそうなると思う」

「わたしとしても、ハリー、あなたを動揺させるつもりはなかったのよ」深く罪を悔いている様子のミランダは小さな冷蔵庫のところに行き、前の晩に焼いておいたパイを取り出した。

ピュータはうっとりした。

ハリーは聞こえよがしにため息をついた。「彼の愛はほしいのに、彼そのものはほしいと思わない。わたし自身、ひねくれているんだわ」

「あるいは、執念深いといったほうが的を射てるかもしれないわ」ミランダは遠慮せずにいった。

「やれやれ――わたし的には自分はもっとましな人間だったと思いたいけれど、どうやらそうじゃないみたい」ハリーは表の大きな窓の外をのぞいた。「今日はよく晴れそうね」

「晴れるのはいいけれど、わたしの天使は晴れても降ってもフィールドホッケーの試合に出ているわ」スーザンがいった。「ダニーはダニーでフットボールの練習があるから、今日はブルックスの試合の前半と、ダニーの練習の後半を見るつもりよ。ああ、同時に二つの場所にいられる方法があればいいのに！」

「雑用がすんだら、寄ってみるわ」ハリーはいった。「ブルックスの攻撃《アタック》は必見だから。アタックといえば、トラックが直ったかどうか電話で確かめないと」

「わたしはてっきり、あなたにはトラックを直すお金がないと思っていたわ」と、スーザン。

「払いは分割にしてくれるそうよ」ハリーが電話をかけているあいだに、ミランダとスーザンは何やら小声で話していた。

「ねえ、ミランダ、このところのニセ死亡記事はハロウィーンと何か関係があると思う？」ハリーは電話を切るなり訊いた。

「さあ、どうかしら」

〈まだ十月の第一週だから〉タッカーは考えを口にした。〈ハロウィーンはずっと先よ〉

〈だったら、こんなふうに郵便物を滞らせているクリスマス・カタログはどうなの？〉ピュータはパイにつきまとって離れなかった。

〈なんにしても、人間は心配するのが好きなのよ〉と、タッカーは明言した。

〈考えてみて、いまからクリスマスの心配をしていたら、彼らはクリスマスまで生きられないんじゃない？〉ミセス・マーフィはうまいことをいった。

あとの二匹は笑った。

〈もし、わたしがそういう人間のひとりだったら、どうすると思う？〉ピュータはパイのうえにかぶせてあった布巾をさっと払いのけた。〈アラブの国に行くわ。そうすれば、クリスマスの問題は片づくから〉

〈ほかにもたっぷり片づけなさい〉ミセス・マーフィは皮肉をこめていった。

だが、きわどいところでミランダに気づかれてしまった。「シーッ、シッ！」

ハリーは電話をつかんだ。「訃報欄の担当者をお願いします」

とたんに、ミランダとスーザンと犬猫トリオはその場に凍りついて耳をそばだてた。

「はい、訃報欄」

「ジャニス、例の折り込みのことはもう聞いた？」

「聞いたけど、折り込みが入っていたのは一部の新聞、ロジャー・デイヴィスが配った新聞だけだから、この件でわたしが非難されるいわれはどこにもないのよ」

「わたしとしては、いますぐロジャー・デイヴィスの立場に立つのはごめんだわ」と、ハリーはいった。

15

「ぼくはやっていません」ロジャーはズボンのポケットに手をつっこんだまま、校長と学科主任をじっと見つめた。

「きみはリオ通りにある販売所から新聞を受け取っただろう?」サンディが訊いた。

「はい」

「新聞のなかを見たかい?」

「いいえ、ぼくは配るだけですから。なかにミスタ・マッキンチーの死亡通知が入っているなんて考えもしませんでした」

「今朝は、誰かと一緒だったかい? たとえばショーン・ハラハンとか」

「いいえ」ロジャーはロスコウ・フレッチャーに答えた。「ショーンのことは好きじゃありませんから」

サンディは別の側面から攻めてみた。「きみとショーン・ハラハンはライバルだというのかい?」

ロジャーは天井を見あげてから、サンディに視線をおろした。「いいえ。彼は好きじゃない。ただそれだけです」

「彼はけっこうなスターだよな」サンディは自分の路線で話を進めた。

「優秀なフットボール選手はたいていそうです」

「いや、そういう意味じゃない。彼はミスタ・フレッチャーの偽の死亡通知を新聞に入れたことで、今や時の人だという意味だ」

ロジャーはサンディからロスコウへ視線を移し、またサンディに戻した。「あれはすごくかっこいいと思っている人もいます」

「きみはどうかな?」ロスコウが尋ねた。

「いいえ、そうは思いません」ロジャーは答えた。

「きみが気がつかないうちに誰かがきみの配る新聞に細工することはできたかな?」ロスコウは椅子を回転させて窓の外をちらりと見た。授業のあいだに子供たちが元気に歩きまわっているのが見えた。

「誰でもできたと思います。配達ルートをもっているぼくらはそれぞれ、新聞が置いてあるところから持っていきますから。ルートによってお客の数が違うので、それぞれが配る新聞はルートごとにきまった場所に置いてあるんです。ぼくたちはみなおなじ部数を配ることになっているんですが、キャンセルがでたりするのでその数は変わってきます。地域によっては他より早く配りおえることもあります。だから、ぼくらは新聞の集積所に行って、自分の場所からその日配る新聞をとってくるんです。あとは新聞を折って新聞受けに入れるだけです。雨の日はビニール袋に入れて」

「誰かがきみの新聞をいじることはできたわけだ」ロスコウはくいさがった。

「確かにそうですが、誰にも見られずにできたかどうかはわかりません。あの時間にはそう多くはありませんが、集積所にはいつも人がいますから」ロジャーは少し考えた。「でも可能だったかもしれません」

「誰かがきみの後をつけて新聞受けから新聞を抜いて、なかに訃報を入れた可能性は？」

サンディはロジャーのことが気に入っていたが、信じてはいなかった。「例えばきみの友達のひとりが？」

「可能性はありますが、骨が折れるでしょうね」

「きみの配達ルートを知っているのは？」ロスコウはアン女王朝様式の時計をちらりと見た。

「みんな知っています。つまりぼくの友達はみんな」

「オーケー、ロジャー。もういいよ」ロスコウはロジャーに退席するよう手を振った。

サンディは長身の若者のためにドアを開けてやった。「本当にきみがやったのでないといいと思っているよ、ロジャー」

「ミスタ・ブレイシャーズ、ぼくではありません」

サンディはドアを閉めてロスコウのほうを向いた。「どうですか？」

「わからない」ロスコウは両手をあげた。「彼はあんなことをやりそうにはないが、状況は明らかに彼に不利だ」

「困ったものだ」サンディはぶつぶつつぶやいてから、はっきりといった。「ジョディ・ミラーの件はさらに調べましたか？」

「ホールヴァード・コーチに話したが、彼女は練習の時に喧嘩などなかったといっている。今日あとで、ケンドリック・ミラーに会うつもりだ。さて、どう話したらいいものか」

16

セント・エリザベスへ車をガタガタ走らせながら、ハリーは気持ちがますます沈んでいくのを感じた。トラックの修理は二八九・一六ドルもかかり、完全に予算オーバーだったのだ。ローンにすれば助かるが、二八九ドルかかることには変わりない。泣き出したい気分だったが、金のことで泣いてもしかたがない。そのかわり鼻をすすった。

〈お金を稼ぐ手段はあるはずよ〉ミセス・マーフィがつぶやいた。〈何エーカーもイヌハッカ・ビジネスはどうかしら〉ピューータが偉そうにいった。〈何エーカーもイヌハッカを育てて、乾燥させて売るのよ〉

〈悪くないアイデアだけどあなたはイヌハッカに手をつけないでいられる?〉

〈あなたはどうなの?〉ピューータは挑むように返した。

ハリーは何台ものメルセデス・ベンツ、BMW、ヴォルヴォ、数台のポルシェ、そして一台のフォード・ファルコンが止まっている学校の駐車場に車を入れた。

フィールドの中央で、カレン・ジェンセン率いるセント・エリザベスとダーシー・ケリー率いるシャーロッツヴィルのセント・アンズ・ベルフィールドの試合が始まったところだった。

ロスコウはサイドライン側の一番いい席に座っていて、ナオミはその隣に、エイプリル・サイブリがロスコウの左側に座っていた。ロスコウが何かをいうたびにエイプリルがメモをとっていたので、ナオミはひどく頭にきていたが、なんとか怒りを抑えようとしていた。ハリーがスタンドをあがっていくと、スーザンとミランダが手を振った。リトル・ミムはロスコウの真後ろに座り、モーリーはうわついた調子でスターのふざけた行動などハリウッドの話をして彼女を面白がらせていた。整形や二百ドルのヘアーカット、素晴らしい照明の助けが必要なハリウッドの女たちよりリトル・ミムのほうが生まれながらにして美しいとお世辞をいった。そういわれると、リトル・ミムは気分が晴れやかになってきた。

美人のレニー・ホールヴァード・コーチは輝くような内巻きのブロンドをなびかせながらサイドラインを進んだ。セント・アンズが最初のトスをとった。カレン・ジェンセンはフィールドの中央に駆けだし、もうひとりのミッドフィルダーであるジョディ・ミラーは期待してスティックを振りまわしていた。

アイリーンとケンドリック・ミラーはよく見えるようスタンドの高い位置に座っていた。ケンドリックは、試合の後でロスコウと話をしたいと申し入れていた。ケンドリックは仕事が忙しくてめったに学校の行事に現われないので、彼が来ていることは人目を引いた。

ショーン・ハラハンとロジャー・デイヴィスが試合に来ていないことは、みんなの話題になっていた。この件については、みんながみんな、意見を持っていた。

フィールドホッケーとラクロスで有名なセント・アンズは、積極的に攻撃をしかけてきたが、力強く速いカレン・ジェンセンが巧みなプレーで攻撃陣からボールを奪ったため、レッドホークのサポーターは総立ちになった。

攻撃のブルックスはサイドからカットインするという基本的なパターンをとり、素早く敵のディフェンダーを蹴散らしてカレンからの正確なパスを受けとった。そしてセント・アンズの鉄壁の守り、州一番と聞こえの高いゴールキーパーめがけてシュートを放った。

最初のクォーターはスピーディだったが、両チームとも無得点に終わった。

「ブルックスはプレッシャーがかかっているのにバランスがいいわね」ハリーは若いブルックスを自慢に思った。

「その必要に迫られるわ」スーザンは予言した。

「試合らしい試合ね」ミランダはクロゼット高校でフィールドホッケーの選手をしていた一九五〇年当時を思い出して、頬を紅潮させていた。

次のクォーターはますますスピードと激しさが増した試合になった。セント・アンズのダーシー・ケリーが先制点を叩き出すと、カレンはセンターに駆けもどり、チームに声をかけた。すぐに矢のようなパスを三回出し、ロジャーの姉エリザベス・デイヴィスのスティックからゴールが生まれた。

ハーフタイムに両コーチは選手たちを集め、それぞれのトレーナーは選手の体力回復に奔走した。敵の当たりは容赦なく、選手たちは消耗していた。

遅れて到着したサンディ・ブレイシャーズはスタンドの端のほうに座った。

「ジョディはいいプレーをしてる」ロスコウがサンディのほうへ身を寄せて低い声でいった。「思ったより簡単に勝てそうだな」

「そうだといいですね」

「ロスコウ」モーリー・マッキンチーがからかった。「生徒に偽の死亡通知を新聞に入れられるなんて、あんたはいったいどんな校長だい？」

「そういうあんたと一緒だよ、モーリー。歩く死者だ」ロスコウは大声でいった。

「そりゃ、ハリウッドだけの話だ」モーリーは面白がっていった。「まあ、ぼくはあらゆる面で多くの間違いを犯してきたからな」

モーリーの隣に座っていたマイクル神父がいった。「過ちは人の常、許すは神の業」

「過ちは人の常だが、許すのは特別なことだな」ロスコウはくすくす笑った。

二人がともに押しだまったのは、目ざといというか予言者然としていることで有名なラテン語教師のミセス・フローレンス・ルビコンが赤とゴールドのレッドホークのペナントを振りまわして叫びはじめたからだ。「Carpe diem（今を楽しめ）」

さらにサンディが、〝明日を当てにするな〟という意味のラテン語「Quam minimum credula postero」と叫んで、文を完成させた。

ラテン語を思い出した面々は笑った。

ハリーは寒気がして震えた。

「寒いの？」ミランダが訊いた。

「いいえ。ただ――ハリーは肩をすくめた――気のせいよ」

試合は素晴らしい展開になっていた。両チームとも声をかぎりに声援を送ったが、最後の最後でセント・アンズのテレサ・ピエトロが強烈なゴールを決めて決着がついた。レッドホークはうなだれてフィールドを引きあげた。敗戦のショックがあまりにも大きく、いい試合をしたにもかかわらず喜ぶ気にはなれなかった。伝説的な試合をともに戦ったことに気づくにはまだ時間がかかるだろう。

ジョディ・ミラーはテレサ・ピエトロにものすごいスピードで抜かれてしまったので完全に打ちのめされ、うなだれてフィールドを後にした。アイリーンはジョディを慰めに飛びだしていき、ケンドリックはスタンドに残って人々と言葉をかわしながら、いつものように人々に取り囲まれているロスコウを待った。

モーリー・マッキンチーがジョディをなだめようと歩み寄ると、ジョディはいきなりスティックで彼の腹を殴って卒倒させた。

アイリーンはぞっとして、娘の手からスティックをうばった。ケンドリックのほうを見たが、彼はこの一件を見すごしていた。

ホールヴァード・コーチは慌てて飛んできた。ブルックスをはじめ、カレン、エリザベス、他のチームメイトたちは信じられないという面持ちで見ていた。

「ジョディ、ロッカーへ行きなさい。今すぐに」コーチが命令した。

「わたしと一緒にうちへ帰ったほうがいいと思いますわ」アイリーンは、きっといった。「ミセス・ミラー、わたしがジョディを家まで送っていきます。ちゃんと車で送り届けますが、まず彼女と話をしなくてはなりません。彼女の行動はチーム全体に影響を与えますから」

ジョディは血の気の失せた唇でみんなを睨みつけたが、突然笑いだした。「ごめんなさい、ミスタ・マッキンチー。せめてテレサ・ピエトロを殴ればよかったわ」

モーリーは喘ぎながら、無理に笑みを浮かべた。「ぼくのどこがテレサ・ピエトロに似てるって？」

「大丈夫ですか？」ホールヴァード・コーチがモーリーに訊いた。

「ああ。贅肉がついててよかったと思ったのは初めてだ」

ホールヴァード・コーチはジョディの肘をとって、ロッカーへ連れていった。

ロスコウは振りむいてケンドリックを見あげたが、彼は事件のことを詳しく聞かされている最中だったので、隣に座っている妻にささやいた。「行ってモーリーのためにやってやれることがないか見てやってくれ」それから、近くにいたエイプリルにいった。「ホールヴァード・コーチや選手たちとロッカーへ行ってくれ、いいな？」

「わかりました」エイプリルはフィールドを小走りで横切って、ナオミに追いついた。ナオミは連れができて嬉しいというふりをした。

マイクル神父はその朝、自分に会いにきたジョディの後を追わなかったことに心の痛みを感じていた。ジョディがどれほど神父を必要としていたか、よくわかったからだ。

困惑したブルックスが他のチームメイト同様おとなしくロッカールームに引きあげるあいだに、セント・アンズの選手たちはバスに乗りこんだ。ミセス・マーフィは、みんながサイドラインのほうへ降りて誰もいなくなったスタンドのあたりをうろついているあいだに、強い香水の残り香を感じてさっと頭をあげた。〈うっ〉ピュータがそれを後押しした。

二匹が見ていると、ハリーが友達と事件について話しているあいだにロスコウはおもむろにケンドリックに近づいていった。サンディ・ブレイシャーズもこの様子を目を細めて見ていた。

ロスコウとケンドリックはそこに猫たちがいるとは思わずにスタンドに戻った。

ケンドリックはフィールドの向こうにアイリーンとナオミに付きそわれてやっと立ちあがったモーリーの姿をちらりと見た。「あいつはわれわれの妻をはべらせている。生きながらえるに違いないね」

ロスコウはケンドリックの冷ややかな反応に驚いた。「まるでモーリーの存在がうとましいように聞こえますね」

ケンドリックは一段高いベンチに片足をかけて立ちあがった。「あいつは虫が好かない。金をちらつかせた都会育ちの気取り屋で、自分はわれわれより立派だと思っている。あのとってつけたようなおちゃらけた態度も見えすいている」

「そうかもしれないが、彼はセント・エリザベスにとてもよくしてくれています」

すぐにケンドリックはいい返した。「あんたの立場はよくわかりますよ、ロスコウ校長。あんたは必要とあれば、たとえ悪魔からでも金をとる。優秀なビジネスマンですからね」

「わたしはむしろ優秀な校長でありたい」ロスコウは冷静に答えた。「ジョディのことを気にかけているんだから、もっと評価してほしいですね」

「ジョディがモーリーを殴ったから？」ケンドリックは声を荒げた。「見たかったですよ」

「いや、あれは今日の事件です。先日、彼女は目のまわりにアザをつくって学校を休みました。ジョディは練習中についたアザだといいましたが、ホールヴァード・コーチによれば、殴ってもいないし、彼女の知るかぎりでは練習後に喧嘩などもなかったとのことです。近所の子供たちと喧嘩したか、それとも――」

「わたしが娘を殴ったとでも？」ケンドリックは顔を曇らせた。「わたしのいないところで人がわたしのことを何といっているか知ってますよ、ロスコウ校長。わたしは自分の娘を殴ったりしない。妻にも手をあげたことがない。家にほとんどいないから、家族に腹を立てることもない。確かに、わたしは怒りっぽいですがね」

ロスコウは反論した。「お願いですから、誤解しないでください。わたしの関心はセント・エリザベスの生徒たちすべてが幸せになることです。ジョディは若くて魅力的な女性ですが、最近浮き沈みが激しい。去年と今年の成績がまったく違うんです」

「最初の成績表が出たら心配しますよ」ケンドリックは膝を乗り出した。

「来月出ますから、その前にまとめてグレードアップしましょう」ロスコウは口元に笑みを浮かべたが、その目は笑っていなかった。

「あなたはわたしが悪い父親だといっている」ケンドリックは睨みながらいった。「わたしの妻にもずっとそういっているんでしょう?」妻という言葉が毒気を含んでいた。

「まさか、そんなことはいっていませんよ」ロスコウの忍耐は底を突きつつあった。

「あんたはとんでもない嘘つきだ」ケンドリックは耳障りな声で笑った。

「ケンドリック、時間を無駄にして悪かった」ロスコウはベンチを離れて下へ降り、怒りに震えているケンドリックを残して反対方向へ去っていった。

サンディ・ブレイシャーズがフィールドのはずれでロスコウを待っていた。「彼はすこぶる機嫌がよさそうには、とても見えませんね」

「あいつはバカだ」イライラしてうんざりしていたロスコウはサンディの口調に非難がましいところがあるのを感じた。

「お待ちしていたんですよ、今日の敗北をどう扱うかについて、大なり小なり会合を開く必要があると思いまして。ジョディの態度は度が過ぎています」

ロスコウは盛りあがった肩をすくめた。「そんなに大げさにする必要はないと思うが」

「わたしとあなたとでは意見の一致をみることがないんでしょうね」サンディがいった。

「わたしがなんとかする」ロスコウが断固としていいはった。

沈黙が続き、しばらくしてサンディが口を開いた。「わたしはあなたを怒らせたくないし、邪魔をする気もありません。でも、これは勝ち負けの問題を話すいいチャンスです。スポーツはとかく大げさに扱われすぎますから」

「確かに大げさかもしれないが、スポーツは金が集まる」ロスコウは足を踏みかえた。「ここは学業をするところであって、スポーツの学校ではありません」

「サンディ、あとにしてくれないか。もう我慢の限界なんでね」ロスコウが警告した。

「今がだめなら、いつですか？」

「今は一般的な中等教育、とりわけセント・エリザベスの中等教育の方向性について哲学的な話をする時間でも場所でもない」ロスコウはストロベリー・キャンディを口に放りこむと、女子のロッカールームへ向かって去っていった。おそらくエイプリルが何らかの情報をもたらしてくれるだろう。ナオミがモーリーにつきそって中庭のほうへ向かうのが見えたので、ロスコウは彼女が自分のオフィスで彼にコーヒーか紅茶、あるいはアルコールをふるまうのだろうと思った。そうやって彼女は人としっかりふれあうのだ。

猫たちはベンチのしたから飛びだして、駐車場で彼らを呼んでいるハリーに追いついた。

17

夜更けには、黒々と沸きたつ雲間を三日月が急いで横切っていた。眠れないミセス・マーフィは、納屋に一番近い放牧場で狩をしていた。一陣の風にミセス・マーフィは地面から鼻をあげ、空気のにおいをかいだ。嵐が、それも大きな嵐が猛スピードで迫っていた。サイモンが、彼にしては早足で小川のほうから走ってきた。頭上では、フラットフェイスが急降下して体を斜めに傾けたと思うと、嵐が来るまえにもう一撃とばかりに遠くの畑に飛びたっていった。

〈ぼくにはちょうどいいや〉サイモンは開いている納屋のドアへと向かった。〈それでなくても、ボブキャットが小川のあたりをうろついてるんだから〉

〈うってつけの理由ね〉

〈きみもなかに入る?〉

〈すぐにね〉ミセス・マーフィは、ネズミのような長い尻尾をもった灰色の動物がするりと納屋へ入るのを見ていた。

かすかな風に木の葉がカサカサと音を立てた。納屋の角にあるハリーの小さな菜園では、トウモロコシの茎が揺れているのが見えた。これは菜園が肥料の手ごろな貯蔵庫になる証拠だ。まだ大人になりきっていないキツネが一匹、端からすべるように現われたが、肩越しにちらりとミセス・マーフィを見ると、つんと鼻をあげて立ち去った。

ミセス・マーフィがキツネを嫌うのは、同じ獲物を争うからだ。

〈うちのトウモロコシ畑から出ていって〉ミセス・マーフィはうなった。

〈あなたが世界を牛耳っているわけじゃないでしょう〉喧嘩腰な答えが返ってきた。

遠くで鋭い叫び声が聞こえ、二匹は震えあがった。

〈殺し屋だわ〉キツネは一瞬身を伏せたが、また立ちあがった。

〈嵐とボブキャットのはさみうちよ。うちはどこ？〉

〈教えないわ〉

〈いわなくてもいいけど、早く帰ったほうがいいわよ〉大きな雨粒がミセス・マーフィのうえに落ちてきた。彼女はキツネの窮状を思った。〈嵐が去って、ボブキャットが行ってしまうまで小屋に入っていなさい。いつも当てにされたら困るけど〉

何もいわずにキツネは小屋に走りこみ、甘い香りのするかんなくずのしたにもぐりこんで、嵐の直撃をやり過ごした。

トラ猫は目を大きく見開いて耳を澄まし、ボブキャットの様子をさぐった。いま一度、女の悲鳴のような鳴き声がはるか遠くから聞こえ、彼女が本来の住処である森へと帰っていったことがわかった。落ちた穀物や、つるに残った乾燥した果物をたらふく食べてまるまる太ったネズミなど、秋には獲物がたくさんとれるので、ボブキャットは人里まで近づいてくるのだ。

風は強まり、木々は大きく身をたわませた。ミセス・マーフィが気長に追いかけまわしていた野ネズミは濡れるのが嫌さに、巣から鼻を出そうともしなかった。

さらに雨が激しくなったので、ミセス・マーフィは納屋のなかに入った。梯子をのぼっていくと、サイモンが自分の寝床をこしらえていた。彼のまわりには擦り切れたタオル、革の乗馬手袋、新聞の切れ端、まさかのために備えているキャンディ・バーなど、宝物が散らかっていた。

〈サイモン、あなたはなんでもとっておくのね〉

彼は笑った。〈ママにもいわれたよ、ぼくはオポッサムじゃなくて、モリネズミ（何でもためる人のこと）だって〉

激しい雨が容赦なく、あたかも野球のバットで殴るように、納屋の北側を打ちつけていた。そんななか、フラットフェイスが鉤爪を剝きだして屋根にとまった。彼女は二匹の友達をちらりと見おろし、羽を逆立てると、すぐに目を閉じた。彼女は飛べない動物を見くだしているのだ。

〈フラットフェイス〉サイモンが呼びかけた。〈寝るまえに教えてよ。ボブキャットはどれくらい大きい？〉

〈あんたなんか、ひと飲みにしちゃうくらい大きいわ〉ホーホーいいながら彼女は笑った。

〈本当はどれくらい？〉サイモンがせがんだ。
彼女は大きな頭を九分通り上下さかさまにした。〈三十ポンドから四十ポンドってとこかしら。まだ大きくなるわ。稲妻みたいにすばしこくて、頭がいい。あんたたちが構わなければ、わたしはもう寝るわよ。嫌な夜になってきたし〉
ミセス・マーフィとサイモンは、そのあと、最近できたビーバーのダムとキツネの巣穴とハクトウワシの巣のありかを教えあった。ミセス・マーフィは偽の死亡通知のことをサイモンに話した。
〈変じゃない？〉
サイモンは藁をくりぬいて作った巣のなかにタオルを引っ張りこんだ。〈人間はマシュマロを差しだしてアライグマを捕まえる。ぼくらにもそうだ。ぼくらはマシュマロが大好きだから、まず間違いなく手を出してしまう。運がよければ、人間はただぼくらを見て楽しむ。運が悪いと、ぼくらはワナにかかるか毒入りマシュマロを食わされる。どうやら人間は他の人間にもマシュマロを差しだすらしい〉
ミセス・マーフィはしばらくじっと座ったまま、尻尾の先をゆっくりと前後に動かしていた。〈これはおそろしく奇妙な餌よ、サイモン、誰かに彼は死んだと知らせるのは〉
〈誰かにだけじゃなくて、みんなにね〉

18

嵐は二日間にわたってセントラル・ヴァージニアを痛めつけ、しまいには北へ移動して北部人《ヤンキー》を悩ませた。

ハリーの父親は、嵐は自然の剪定だといっていた。大きな木の枝が何本か落ちたくらいで、農場はさほどのダメージを受けてはいなかったが、ブレア・ベインブリッジの家に通じる道には木が倒れていた。

土曜日に、ハリーはブレアから千ドルもする電動洗浄機を借りた。黄色とグリーンの古いジョン・ディア製トラクターと、トラック、肥料散布機を嬉々として洗ったあげく、掃除の鬼と化して納屋のなかも——クモの巣ひとつ残らないくらい——完璧に洗浄した。

三頭の馬たちはこの様子を遠くの放牧場から眺めていたが、こうしたハリーの春と秋の発作にはみんな慣れっこになっていた。

土曜日には、他の人間たちも同じように駆り立てられた気分になって立ち働いていた。ミランダはリネン類を乾燥させながら、春の球根を植えていた。植えおえるには日曜日いっぱいかかりそうだった。

ジョーンズ牧師は薪を積みあげると、山高帽に触れてエントツアマツバメ（煙突のなかに巣を作るツバメ）に挨拶した。ちょっとしたおまじないなら牧師稼業にも差しさわりはないだろう。

フェア・ハリスティーンは診療所にある馬用の薬の在庫品調べをすることにしていたが、そのためにまる一日がつぶれてしまったことを後悔した。

ブーム・ブーム・クレイクロフトは自分のアロマエッセンス・リストにオレンジ・ゼストを加えようと、一ダースも皮をむいた。

スーザン・タッカーは屋根裏の掃除にとりかかった。その一方で、ネッドは庭木や花壇を整えていたが、機械の振動で歯の詰め物が落ちると思ってやめた。

ビッグ・ミムは、かつて一度沈没したことのあるポンツーン船のオーバーホールに立ちあった。

リトル・マリリンは、セント・エリザベスの後援者の古い記録をパソコンに移した。フェアと同様、彼女もこの作業を始めたのを後悔していた。

サンディ・ブレイシャーズは、『マクベス』のテスト問題を作りあげた。

ジョディ・ミラーはブルックス、カレン、ロジャーと洗車場で働いていた。

嵐のおかげで洗車場は大繁盛だった。ランチをとる暇もないくらいだったので、ジョディがみんなの注文をとった。この日は彼女が、二九号線を渡って南西の角にあるガソリンスタンドのデリにサンドイッチを買いにいく番だった。洗車場と交差点の間にはテキサコのスタンドもあった。このスタンドにデリがありさえすれば、交通の激しい高速道路を渡らなくても済むのに。

ジンボー・アンサンは、ジョディに自分の分も含めたみんなのランチ代として二十五ドルを渡した。みんな、お腹がペコペコだった。

時間がたつにつれ、気温は二十度ちかくまであがり、車の列はさらに伸びて、二九号線にはみだした。

ロスコウ・フレッチャーは泥だらけのメルセデス・ステーションワゴンでやってきて、辛抱強く列に並んで待っていた。彼はすでに二九号線を離れて、テキサコの正面近くまで進んでいたが、洗車場はこのスタンドの裏になるので生徒たちは校長先生が列に並んでいることにまだ気がついていなかったし、彼自身も自分の前に何台並んでいるのかわからなかった。カーステレオから『フィガロの結婚』が流れてくると、彼は大きな声で楽しげに歌った。

列は少しずつ前進していった。

ジョディは交差点に向かったが、五分後には慌てて事務所へ戻ってきた。

「食べ物は？」お腹をすかせたロジャーが、乾いたタオルに手を伸ばしながら訊いた。

「ミスタ・フレッチャーが列に並んでいるの！　見られなかったと思うけど、彼が列を抜けたらすぐに行ってくるわ」

「ぼくはそれまでに餓死しちゃうよ」ロジャーがいった。

「校長先生はもう怒ってないわよ」カレンがドアからのぞくと、ロジャーはビンに入ったアルミ・ホイール用のワッシャーを彼女に投げわたした。

「たぶんね。でも、お説教は聞きたくないの。たしかにミスタ・マッキンチーを殴ったのは悪かったわ」ジョディは声を荒らげた。「やるべきことは、ほとんどやったわ。わたしが悪かった。だからあやまった。だけど、あなただって校長先生には会いたくないでしょう？」ロジャーを指さしたが、無視されてしまった。

「それより、先生がテキサコを通り過ぎたわ。机のしたに隠れたほうがいいんじゃない？」カレンが叫んだ。「まったく、今日は世界じゅうの人がここに来ているみたい」二九号線でクラクションを鳴らす音が聞こえる。ロスコウの後ろにアイリーン・ミラーがつづき、その後ろにはナオミ・フレッチャーが青のミアタで続いていた。ロスコウの前にいるのは車内に香水を満載したブーム・ブーム・クレイクロフトだ。

ロジャーが他の車に手を振って誘導した。運転手が窓をさげたので、彼は長身を屈めて顔を近づけた。「どうしますか？」

「洗車だけでもいい？」

「もちろん。ニュートラルにしてラジオを切ってください」

運転手が指示に従っている一方で、カレンとブルックスは大きなブラシを洗剤液に浸し、がんこにこびりついているドロをごしごしこすった。

「あら、マイクル神父だわ」カレンが神父の古い黒のマーキュリーに気づいた。「教会はもっといい車をくれればいいと思わない？」カレンが大声で叫んだので、机のしたに身をひそめているジョディにも聞こえた。

「いいのよ、走るんだから」ブルックスがいった。

「いったい何台つながってるんだろう?」ロジャーが手の甲で額の汗を拭きながらいうと、ジンボーは交差点まで歩いていき、運転手たちに二列になるよう指示した。シャーロッツヴィルを南北に走る幹線の交通障害を取りのぞく必要があるのだ。

「二十二台めが入ってきたわ」ブルックスが答えた。

「嘘みたい」カレンは呆れかえった。

ロスコウが窓をさげると、モーツァルトの曲が洗車場に響きわたった。あと三台で彼の番だ。

「きみたちはみんなモーツァルトを学ぶべきだな」彼が呼びかけた。「この世で一番優れた作曲家だ」

ナオミが車のなかから叫んだ。「今日は週末よ、ロスコウ。生徒たちにあれこれ指図しないで」

「正解!」カレンは笑って、ナオミに向かって手を振った。

「きみはメリッサ・エセリッジやソフィー・B・ホーキンスを聴いているんだろう?」ロスコウはストロベリー・キャンディを差し出したが、カレンは断わった。

「ええ」カレンは前の車に注意を向けた。「二人とも素晴らしいですよ。ビリー・レイ・サイラスとリーバ・マッキンタイヤも好きです」

アイリーンが窓をさげた。「ジョディはどこかしら？」

「ぼくたちのランチを買いにデリに行っています。早く帰ってこないかな」ロジャーは半分嘘で半分本当のことをいった。

「バッハはどうかな？」ロスコウは音楽の話題に固執したまま、大きな声でいった。

「ビートルズですね」カレンがいった。「バッハのロック版といえば」

「いや。ビル・ヘイリーとコメッツのほうがバッハのロック版に近いよ」ロスコウはキャンディをしゃぶりながらいった。「ジェリー・リー・ルイスも」

生徒たちは深呼吸してから、一緒に腰を揺らして叫んだ。「エルヴィス！」

ロスコウの順番になって左の車輪が軌道ベルトに載るまで、みんなは《ハウンド・ドッグ》を歌い、彼を笑わせた。ロスコウは、ジョディが事務所から外をのぞいているのに気づいた。笑い声につられて思わず机のしたから出てきたのだ。

ロスコウはジョディを指さしていった。「きみは《ハウンド・ドッグ》（〝見さげはてたやつ〟の意味）以外の何者でもない」

ジョディは笑ったが、母親が叫んでいるのを見て笑みをひっこめた。「デリに行ってたんじゃなかったの？」

「行く途中よ。わたしたち交替だったから」ロジャーが話していたのを聞いていたので、ジョディはそういった。

「ミスタ・フレッチャー、窓を閉めてください」ロスコウの車が洗車場に入ってきたので、カレンが指示した。

「ああ、わかった」ロスコウがボタンを押すと、窓は音を立てて閉まった。

メルセデスの後尾が水の壁に消えて、黄色いネオンがつくと、カレンはアイリーンを誘導した。「ほんとにやっかいな先生だわ」カレンは小声でいった。

ブーム・ブーム・クレイクロフトが窓から大声で文句をいった。「イライラするわね、アイリーン、すごくストレスがたまるわ。洗車が終わったらルビー・チューズデーの店で会わない?」

「オーケー」アイリーンは賛成した。左側の車輪が軌道ベルトに載ると、アイリーンは「ザ・ワークスをおねがい」といって、十五ドルを差しだし、カレンからおつりをもらった。

ロジャーは軌道を操作するボタンのところで、ロスコウが終わるのを待っていた。次の車を通していい合図のライトはまだついていない。数分が過ぎた。

「急いでいるんだけど」アイリーンは努めて明るくいった。

「一日じゅうこんな感じなんです、ミセス・ミラー」カレンは無理に微笑んだ。

ブルックスはラインを見おろした。「たぶんミスタ・フレッチャーが車を出したのに、ライトがつかなかったんだわ。ちょっと見てくる」

ブルックスは洗車ブースの脇を通って、茶色いステーションワゴンが鼻を突きだしている後部に回った。車の後尾はまだ軌道ベルトのうえにあり、車体を小さな金属の止め具が押していた。

ブルックスは窓をノックした。ロスコウはまっすぐ前を見て姿勢よく座っていたが、返事はなかった。

「ミスタ・フレッチャー、車を出してください」

返事がないので、ブルックスはさらに強く窓を叩いた。それでも返事はなかった。

「ミスタ・フレッチャー、お願いですから車を動かしてください」ブルックスはしばらく待ってから、車のドアを開けた。最初に気づいたのは、ミスタ・フレッチャーのズボンが濡れていることだった。ショックを受けた彼女がつぎに気づいたのは、彼が死んでいることだった。

19

不謹慎だが、リック・ショーは笑いたくなった。モーツァルトがスピーカーから鳴りひびき、車の後部は途切れることなく洗われてダイヤモンドのように光っていた。

ショックを受けたナオミ・フレッチャーは警官につきそわれて家へ帰った。

救急救命士のダイアナ・ロブは、リックとクーパーが丹念に車を調べているあいだ、辛抱強く待っていた。

ジンボー・アンサンは、リックのOKが出るのを待って水を止めた。

ロジャー・デイヴィスは並んで待っている車のまわりで交通整理をしていたが、若い警官がパトカーでやってくると、ほっとした。

「まだ、ここにいてくれ」トム・クラインはロジャーにいった。「手助けしてほしい」

いわれたとおり、ロジャーは車の流れを脇道のグリーンブライア通りへと誘導しつづけた。ショックを受けているブルックスを慰めてやりたかったが、それは後まわしにするしかなかった。

リックは小声でクープにいった。「リッチモンドでエスカレータで死んだ男のことを話したことがあったかな？　わたしはまだ学校を出たばかりで、新米として初めて呼び出しをくらった事件だった。許可が出るまで誰もエスカレータを乗り降りできなかったし、店はモーターを切らなかった。みんな、その場で走っていたよ。スーパー・エアロビクスなみに。もちろん、死体はまっすぐ上にあがってエスカレータから降りていたが、頭髪はステップに巻きこまれていた。わたしが着いたときには、頭の皮は半分はがれていたよ」

「ひどいですね」クープには、リックが無情な人間ではないことがわかっていた。警察官はあまりにもたくさんのものを見るので、感情を閉ざす殻がつい発達してしまうのだ。

「写真を撮らせて、車のなかのものを回収させよう」リックは手袋をはめた手でステレオのスイッチを切った。「オーケー、こっちは済んだ」リックは肩越しにダイアナ・ロブと、すぐ後ろのクープに声をかけた。

「保安官、どう思います？」ダイアナが訊いた。

「心臓発作のように見える。そうであってもおかしくない年齢だ。これは長年かかって学んだことだが、決定は専門家にまかせる。ミセス・フレッチャーに異議がなければ、遺体はビル・モスコヴィッツのところに送る。彼は優秀な検死官だから」

「保安官、チェスターフィールドを吸うのをやめなければ、数日中に車で迎えに行きますよ」

「何度も禁煙したんだがな」タバコはポケットに入れておかないで覆面パトカーのなかに置いてくるべきだった。そうすればダイアナに気づかれずに済んだのに。「遺体をモルグに届けてくれ。わたしはナオミのところへ寄る。連絡があるまで誰も近づけないようにビルに伝えてほしい」リックはクープに向かっていった。「他にも何か？」

「ええ、新聞にロスコウの死亡記事が出たのを憶えていますか？」

リックは顎をこすった。朝六時に剃ったのにもう栗色の髭が伸びている。「あれは冗談だと思っていたが」

「ボス、事情聴取をしましょう。手始めにショーン・ハラハンから」

リックは腕を組んでグリーンの覆面パトカーに寄りかかった。「ちょっと待とう。考えさせてくれ。早まったことはしたくないんだ」

「モーリー・マッキンチーの死亡通知も新聞に折り込まれてました」

「わかっている、わかっている」リックは疲れきったような様子のアイリーン・ミラーとブーム・ブームのほうをちらりと見た。マイクル神父はすでに臨終の儀式をとり行なっていた。視界の端にはずんぐりしたジンボー・アンサンの姿も映った。「ジンボーがダンキン・ドーナツに駆けこんで、ゼリーロールをもう一ダース食べるまえに話をしたほうがよさそうだな」ジンボーはストレスがたまると食べまくるのだ。今はひどく疲れているようだった。

リックは半ばささやくようにいった。「クープ、ここにいる人間からおおよそのことを聴取したら、解放してやってくれ。ブーム・ブームは訊問されたらコードするだろうから」リックは医学俗語で心停止をさす言葉を使った。

リックは肩をそびやかすと、ジンボーのところまで歩いていった。

「保安官、わたしはどうしていいかわかりません。こんなことは初めてです。ただ恐ろしいだけで。かわいそうなナオミ」

「ジンボー、死はつねに人の計画をだいなしにする。深呼吸して」リックはジンボーの背中を軽く叩いた。「けっこう。さあ、何が起こったか話してくれるかな」

「彼は洗車ブースに入っていきました。といっても、わたしは彼を見ていません。接客は子供たちがやっていますから。彼の車が出てこなかったので、ブルックスが見にいったんです。ベルトのペダルが外れてないかどうか確かめに。そうしたら、ロスコウは死んでいたんです」

「きみはまったくロスコウを見ていないのかい？」

「いいえ見ていません。ブルッキーと一緒に見にいくまでは。あの子は落ちついていました、それは確かです。泣きも叫びもしませんでした。ブルッキーが事務所に走ってきて、ロスコウが死んでいるといったので、わたしは彼女についてそこまで行ったんです」ジンボーは指さした。

「わかった。また話を訊くかもしれないが、死因は心臓発作か脳卒中だろう。よくあることだ」

「今日は盛況だったのに」ジンボーの声は悲しげだった。

「店はじきに再開できるよ、ジンボー。ロスコウの車は型通り押収する。だからいまはあそこに止まっていても心配はいらないよ」

「ありがとう、保安官」

リックはふたたびジンボーの背中を叩いて、冷房のきいた事務所に入っていった。この日はいつになく暑くなっていた。事務所にはブルックス、ジョディ、カレンがいて、すでにクーパーも待機していた。

「保安官、わたしたちは時間の流れを確認していました」クープは三人に微笑みかけた。

「一時半頃でした」ブルックスがいった。

「ミスタ・アンサンがきみは落ちついていたといっていたよ」リックはブルックスを褒めた。

「さあ、どうかしら？　ミスタ・フレッチャーのことは、とても残念です。学期が始まっていたのに、彼はわたしをセント・エリザベスに入学させてくれたんです」

「わたしはジョーンズ牧師ではないが、ロスコウ・フレッチャーはもっといいところへ行ったと思っている。彼がいなくなって悲しいだろうが、きみたちにはそう考えてもらいたい」

「ジョディ、あなたは何か気がつかなかった？」クープが訊いた。

「いいえ。彼は〝やあ〟といっただけでした。カレンとブルックスは、バンパーを洗っていました。ロジャーが起動ボタンを押して、彼の車をなかへ移動させたと思います」

「ロジャーはどこかな？」リックがいった。

「交通整理をしています」カレンが答えた。

「そばにいてほしいような好青年だね」

この言葉に、カレンとジョディは驚いた。ロジャーについては幼稚園のときでさえ、おとなしい長身の男の子という以外に印象がなかったからだ。反面、ブルックスはロジャーの特性を好ましく思いはじめていた。

「ミスタ・フレッチャー――あるいは誰かほかの人に――今日はいつもと違うところがあったかな？」

「いいえ」カレンは人差し指に金髪を巻きつけながらいった。

「何か思い出したら、連絡してくれ」リックは三人に名刺を渡した。

「ほかにも何か、ミスタ・フレッチャーが亡くなった以外に、何かよくないことがあるんですか？」ブルックスが抜け目なく尋ねた。

「いいや、これはおさだまりの質問にすぎない」

「でも、訊かれると気味が悪いわ」ブルックスは率直にいった。

「ミスタ・フレッチャーが亡くなって残念だし、ショックだと思うが、訊問しなければならない。これ以上、きみたちを動揺させるつもりはないが、わたしの仕事はモザイクの小さなかけらのような細かい事実を集めることだから――」

「わかります」カレンがいった。

「わたしたちは大丈夫です」ブルックスは嘘をついた。

「オーケー、それじゃ」リックは立ちあがり、クープも三人に名刺を渡した。

クープはグリーンブライア通りからロジャーを呼ぼうと苦労してアスファルトの道路を渡りながら、三人がやけに落ちつきはらっていたのに内心驚いていた。普通はこんなことがあったら、十代の女の子なら泣いたり叫んだり大騒ぎするだろう。クープの知る限り、彼女たちは涙ひとつこぼさなかった。反面、感情をさらけ出す機会を決してのがさないブーム・ブームは三人分の涙を流していた。

20

一九五八年製のジョン・ディア社のトラクター、ジョニー・ポップは、セイダカアワダチソウの茂った牧草地を進んでいた。タッカーは小川に倒れているクルミの木のそばでふくれっ面をしていた。ミセス・マーフィはハリーの膝のうえに座っている。少しばかり身体が大きくて重すぎるタッカーはハリーの膝に座れるトラ猫が羨ましかったのだ。

トラクターがひょっこりやってくると、タッカーは向きを変えて、小川のなかをのぞきこんだ。うさんくさそうな目が睨み返してきたので、びっくりして一歩さがって吠え、すごすごとまた腰をおろした。

照りつける太陽と二日にわたるそよ風が濡れた地面を乾かしていた。ハリーは冬が来るまえにもう一度、草を刈ることにして、ジョニー・ポップを動かしはじめたのだった。最初はこれほど真剣になるとは思わなかったが、いつの間にかのめりこんでいて、他の音は一切きこえなくなっていたので、ミセス・ホウゲンドバーが牧草地に入ってきたときは、びっくりした。

タッカーも自分の不機嫌に気をとられていて、黒いファルコンが私道をやってくるのに

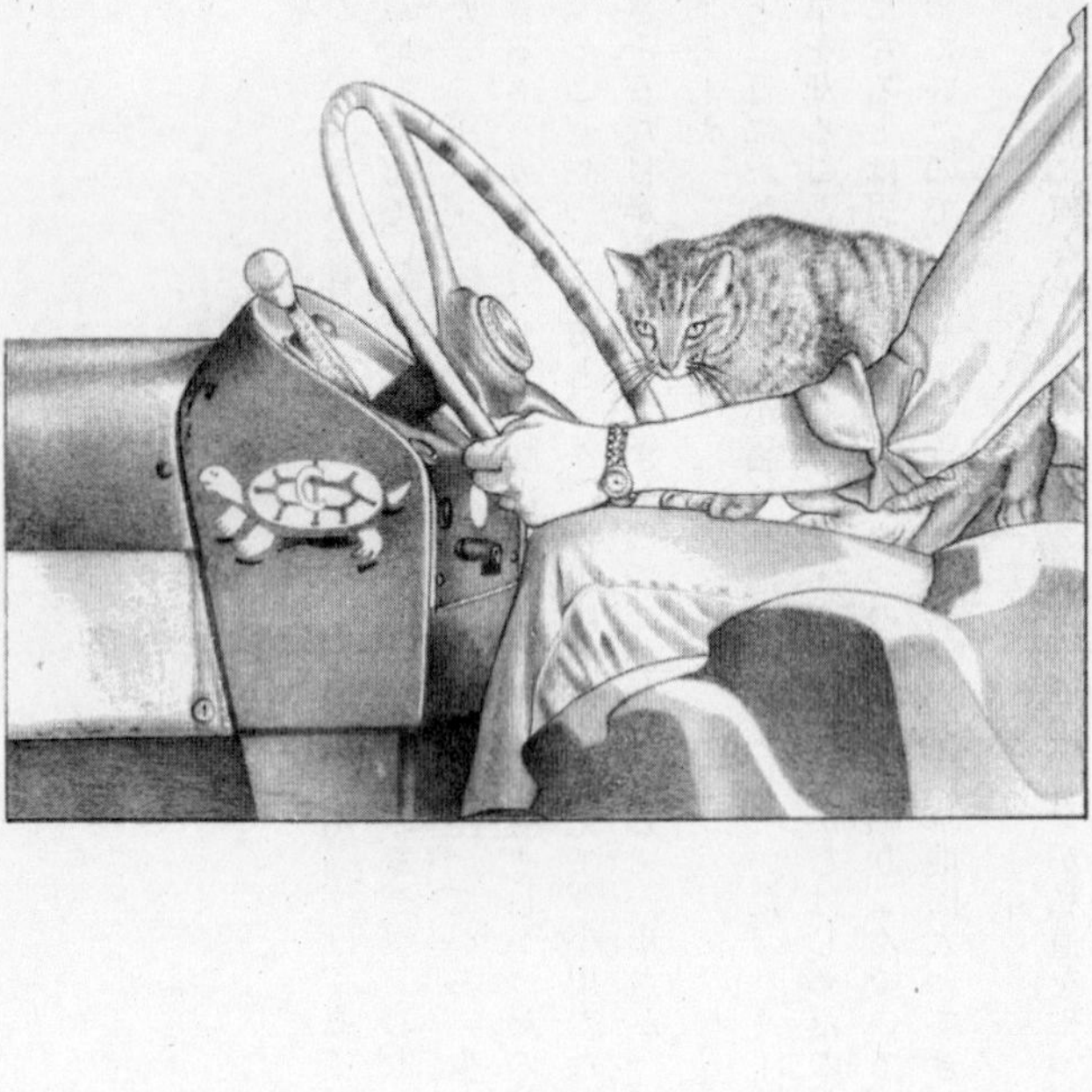

気がつかなかった。

ミランダが頭のうえで手を振った。「ハリー、止まって！」

ハリーはすぐにレバーを左に動かし、モーターを切った。「ミランダ、どうしたの？　庭いじりの日にこんなところで何をしているの？」

「ロスコウ・フレッチャーが死んだわ——今度は本当に」

「何があったの？」ハリーはあえぎながらいった。

ミセス・マーフィは聞き耳をたてた。タッカーも話を聞きつけて小川のほうから急いでやってきた。

ピュータは家で眠っていた。

「洗車場で死んだのよ。心臓発作か脳卒中ですって。ミムの話では」

「彼女はそこにいたの？」

「いいえ。どうしてわかったのか聞き忘れたけど、リック・ショーがジム・サンバーンに話して、たぶんジムがミムに話したのよ」

「皮肉ね」ハリーは身震いした。

「死亡通知のこと？」

ハリーはうなずいたが、ミセス・マーフィの意見は違った。〈皮肉なんかじゃないわ。これは殺人よ。まあ、見てらっしゃい。猫の勘は鋭いんだから〉

21

ショーン・ハラハンは洗濯物のカートを押して、自分の姿が映るほど磨かれた廊下を進んでいた。

廊下の端の両開きのドアがさっと開いて、カレンとジョディが急いでやってきた。

「どうやってここに入ったんだ？」ショーンが訊いた。

その質問を無視して、ジョディが厳しい顔をしていった。「ミスタ・フレッチャーが死んだわ。洗車場で死んだの」

「なんだって？」ショーンはカートを押す手を止めた。

カレンはポニーテイルをはねあげていった。「なかに入ったっきり出てこなかったの」

「どこに入ったんだ？」ショーンは打ちのめされたように顔が蒼白だった。

「洗車場よ」ジョディがイライラしていった。「洗車ブースに入ったけど、そのまま出てこなかったの。心臓発作で死んだみたい」

「からかっているのか？」ショーンは力なく笑みを浮かべた。

「違うわ。わたしたちもそこにいたのよ。ひどいことだわ。ブルックス・タッカーが彼を見つけたの」

「本当に？」ショーンの声は消え入りそうだった。

「本当よ」ジョディは彼の腰に腕を巻きつけた。「誰も何も考えられない状況よ。本当に」

「ぼくが偽の死亡通知を新聞に入れさえしなかったら」ショーンは息をのんだ。

「そうね」ジョディとカレンは同時にいった。

「父さんがこのことを聞きつけるまで黙っていてくれ。さもないと、父さんに殺される」ショーンは間を置いた。「他にこのことを知っているのは？」

「誰が最初に電話するかによると思うわ」カレンはショーンがこれほど動揺するとは思っていなかったので、彼が気の毒になった。

「わたしたち、家に帰るまえにここに来たのよ。お父さんにつかまるまえに、あなたに知らせたほうがいいと思って」

「ありがとう」ショーンの目から涙が溢れでた。

22

セント・エリザベス校の全員が参加した追悼式がマイクル神父によって執りおこなわれた。ヴェールを被ったナオミ・フレッチャーにはサンディ・ブレイシャーズとラテン語教師のフローレンス・ルビコンが付きそっていた。悲しみに打ちひしがれたエイプリル・サイブリのエスコート役は化学教師のエド・シュガーマンだった。

下級学校の生徒の多くは泣いていたが、その理由は単なる義務感からか、上級学校の生徒が泣いているのを見たからか、はっきりしないところがあった。上級学校の女生徒のなかには、ティッシュペーパーを次々と引っぱりだして泣きつづけている者もいた。男子のなかにも目を赤くしている者が何人かおり、フットボール・チームのキャプテンであるショーン・ハラハンもその一人だったので、みんなは意外な思いがした。

ブルックスは追悼式の一部始終をスーザンに話し、スーザンは昼食に訪ねてきたハリーとミランダにそれを伝えた。

「まあ、彼は食べる量も飲む量もすごかったし、ほかの何にしても――度が過ぎていたわね」スーザンはロスコウの人生をこう要約した。

「ブルックスはどう受けとめているのかしら？」ハリーが訊いた。

「大丈夫よ。あの子は人の死というものを理解しているの。なにしろ、祖母が癌でじわじわと死んでいくのを見ていたから。だから、死ぬときはミスタ・フレッチャーみたいに一瞬で死にたいといってたわ」

「ブルックスの年頃に、わたしは死について何か考えていたかしら？」ハリーは考えていることを口に出した。

「あの頃のあなたは大したことは何ひとつ考えてはいなかったわ」スーザンが答えた。

「あら、どうも」

「子供は死について考えるものよ――死が理解できないから、頭から離れないのよ」ミランダはテーブルに肘をついて身を乗りだした。「だから、ホラー映画を観にいくのよ。安全に死に近づけるから。怖いけど危険はないじゃない」

ハリーはテーブルのうえのミランダの肘を見つめていった。「そんなこと、考えてもみなかったわ」

「わたしはテーブルに肘をついたりしないと思われているけど、わたしだっていつも完璧なわけじゃないわ、ハリー」

ハリーは目をぱちくりした。「そういうことじゃなくて――あなたはいつもきちんとしているということよ」

「優しくないのね」

「ハリーはテーブルに足を乗せるのよ。彼女ほどきちんとしてない人はいないわ」

「スーザンたら、わたしはそんなことしないわよ」

「でも変だと思わない?」スーザンは砂糖壷に手を伸ばした。「ブルックスの話では、ジョディはロスコウが死んでよかったといってるそうよ。彼を嫌いだったということね。十代の娘にしてはいささか過激じゃない」

「それはそうだけどね、でも最近のジョディは度が過ぎているわ」電話が鳴ると、ハリーは反射的に立ちあがった。

「座ってて。わたしが出るから」スーザンはカウンターのほうへ歩いていき、受話器を取った。

「ええ。もちろん、わかるわ。資金集めのキャンペーンに影響がでるかもしれないわ、マリリン。すぐに仮の校長を任命するといいと思うわ」スーザンは少し間を置いて、受話器を耳から離し、みんなにリトル・ミムの話が聞こえるようにした。そして、また話しはじめた。「サンディ・ブレイシャーズ。他には? だめ、だめ、だめよ」スーザンは質問を三つ聞いてからいった。「他の人の名前をいわせたいの? 困らせないで、なんの解決にもならないわ」

「彼女はいずれ、母親なみになるわ」スーザンが受話器を置くのを待って、ミランダがいった。

「リトル・ミムは母親ほどやり手じゃないわ」

「ハリー、彼女は母親譲りの意欲をもっているだけじゃなく、ひとたび父親が市長の座を退いたら後釜を狙うに違いないわよ」

「ありえないわ」ハリーには、子供の頃から知っている内気なリトル・ミムがそんなに自信満々になれるとは思えなかった。

「五ドル賭ける？」ミランダは気取っていった。

「リトル・ミムの話だと、ミラー夫妻は離婚するそうよ」

「おやまあ」ミランダはそういう話が苦手だった。

「そろそろ別れてもいい頃だけど」ハリーも離婚話を聞くのは嫌だったが、例外もあった。

「やっぱり正しい離婚なんてものはないわ」

「あなたはうまく別れたじゃないの」スーザンはいった。

「もう忘れたの？　半年の別居期間中に、この町のすべての夫婦と独身女性はわたしの前夫をディナーに招待したわ。なのに、誰がこのわたしを招待してくれたかしら？」

「わたし」二人は同時に答えた。

「まさにそこよ。実際、離婚訴訟を起こしたわたしが悪者になった。浮気したのは彼のほうなのに」

「性差別主義はしっかりと現存しているわ」スーザンは、ご自慢の七色サラダを取り分けていた手を急に止め、用具を宙に止めたままいった。「あなたたち、ロスコウ・フレッチャーが好きだった？」

「De mortuis nil nisi bonum」ミランダがいった。

「死者を鞭打つなかれ」ハリーはあえてミランダの言葉を訳してからいった。「みんながこういったのは、たぶん死者の魂が近くにいることを恐れてのことね。生前に面倒を起こしたとしても、幽霊になったら何ができるかしら」

「あなたたち、ロスコウ・フレッチャーが好きだった？」スーザンは繰り返して訊いた。

ハリーは少し間を置いて答えた。「ええ、彼にはあふれるようなエネルギーと、ユーモアがあったわ」

「わたしの好みからいえば、少し精力的すぎたわね」ミランダはスーザンのサラダは美味だと思った。「あなたはどうなの？」

スーザンは肩をすくめた。「どちらともいえないわ。彼には何となくインチキくさいところがあった。まあ、それはたぶん資金調達者としての一面なんでしょうね。必要以上に愛想を振りまくしかなかったから」

「こんなふうに死者を酷評するなんて、わたしたち、ちょっとひどくない？」ミランダはナプキンで口紅を拭った。

また電話が鳴った。スーザンが急いで立ちあがった。「安らかな眠りも祈るけれど、食事ぐらい安らかにしたいわ」

「あなたが出なくてもいいじゃない」ハリーはいった。

「電話には母親が出るものなのよ」といって、スーザンは鳴っている受話器を取った。

「もしもし」スーザンはしばらく黙って相手のいうことを聞いていた。「話してくれてありがとう。あなたは正しいことをしたと思うわ」

リトル・ミムが折り返し電話をかけてきて、セント・エリザベスで電話による緊急会議が行なわれたことを伝えてきたのだ。

臨時の校長に選ばれたのはサンディ・ブレイシャーズだった。

23

同じ日の夕暮れ、疲れきったマイクル神父は痩せた身体を折り曲げて懺悔室に入った。誰かが懺悔室の向こう側から入ってくるのを書物を読みながら待つのがいつもの習慣だったが、その週のクロゼットの住民はみな行ないが高潔だったのか、訪れる人は少なかった。

いつもなら刺激を受けるトマス・マートンの書を半ば居眠りしながら読んでいると、衣擦れの音がして、神父を目覚めさせた。

「神父様、お許しください。わたしは罪を犯しました」型通りに始まった。

「続けなさい、わが子よ」

「人を殺しました。また殺すつもりです」くぐもった作り声だった。

神父はさっと姿勢を正したが、話しかけるまえに、懺悔者は部屋を抜けだしていた。動転した神父は何をすべきか思案した。信者のために、決められた懺悔の時間は部屋にいなければならない。しかし一刻も早くリック・ショーに電話しなければ。どうすることもできず、気がつくと指の関節が白くなるほど強く本をつかんでいた。再び、カーテンが揺れる音がした。

深くて低い男の声がした。「神父様、わたしをお許しください。罪を犯しました」

「続けなさい、わが子よ」神父は気がせくままにいった。

「わたしは妻を欺いています。自分を抑えることができません。欲望が強いのです」男は口をつぐんだ。

マイクル神父はマリアを称え、九日間の祈りにつくようにと機械的にアドバイスした。もどかしさで手首が痛くなるほど腕時計をこすりつづけて、やっと懺悔室から解放される時間が来ると、すぐさま飛び出して受話器をつかみ、リック・ショーに電話した。

クープが電話を取ると、神父は保安官とじかに話したいといった。

「ショー保安官？」

「ええ」

「マイクル神父です。はっきりわからないのですが――」懺悔室で聞いたことをもらすわけにはいかないので、神父の額には玉のように汗がふき出ていた。「――殺人が起こったような気がしてならないのです」

「すでに起きてますよ、マイクル神父」

神父の手はわなわなと震えていた。「ひどい、一体、誰が？」

「ロスコウ・フレッチャーです」リックは深い息をついていった。「鑑識の報告ではマラチオンによる毒殺です。この近辺では農家でよく使われていますから、容易に手に入る毒物です。速効性があるので、洗車場で摂取したに違いありません。車のなかのストロベリー・キャンディを調べたのですが、何も出ませんでした」

「何かの間違いではないのですね？」

「間違いありません。お話ししなくてはなりませんね、神父さま」

電話を切ったマイクル神父は考えをまとめなければと思い、外に出て墓地に向かった。アンズリ・ランドルフの墓に供えられていた菊は満開になっていた。

一つの魂が逝った。聞いた懺悔が本当なら、もう一つの魂も危険にさらされていることになる。司祭であるからには、何かしなければいけない——だが何をすればいいのかわからない。神父はふと、自分自身も危ないのではないかと思った。あやういのは魂ではなく、その肉体だ。

ビーグル犬の足音を聞きつけたウサギのようにびくっとして、神父は墓地から復讐の天使像までひとわたり見わたした。平和そのものの景色だった。

24

ケンドリック・ミラーはYシャツの袖をまくりあげ、お気に入りの椅子に座って新聞を読みはじめた。

その脇を通りぬけながら、アイリーンは優雅な眉を吊りあげていった。「ご自分の死亡記事でも探しているの?」

「ハハハ」ケンドリックは新聞をガサガサいわせた。

両親の監督のもと、居間のテーブルでしぶしぶ数学の宿題をやっていたジョディが口を出した。「ママ、冗談じゃないわよ」

「冗談のつもりはないわ」

「ママの死亡記事だって出るかもしれないのよ」ジョディは鉛筆を挟んで教科書を閉じた。

「その場合はジョディ、あなたが出すんでしょう?」アイリーンは優雅な物腰でソファに座った。

ジョディは顔をしかめた「うんざりする」

「きっとこう書いてあるわ。〝最愛の母、わが子と——夫により殺される〟」

「アイリーン」ケンドリックは新聞を置き、咎めるようにいった。

「そのとおりよ、ママ」

アイリーンは左の足を刺繍のあるクッションの上に乗せた。「ロスコウ・フレッチャーなら、エスキモーに氷を売りつけることもできたでしょうし、たぶんそうしたでしょうね。彼はセント・エリザベスのためになってくれたから、亡くなったのは残念だわ。その場に居合わせただけに、わたしはなおさら残念よ。目撃するより人伝てに聞いたほうが、まだましだわ」

「でも、死顔はひどくなかった」ジョディはまた教科書を開いていった。「苦しまなかったことを祈るわ」

「苦しむ間もなかったでしょうよ」アイリーンは薄いピンクのマニキュアを施した指をぼんやりと見つめた。「セント・エリザベスはどうなるのかしら？」

ケンドリックは眉をつりあげた。「理事会はサンディ・ブレイシャーズを校長に任命するはずだ。そうなると、サンディはロスコウの映像学科の構想をつぶしにかかり、モーリー・マッキンチー、マリリン・サンバーン、エイプリル・サイブリと激しく対立する。いずれにしても、新設にともなう費用に見合うものがなくてはいけない」

「どうしてわかるの？」ジョディが訊いた。

「はっきりとはわからない。しかし、理事会は強迫されているし、教職員はブレイシャーズに好意的だ」

「あら、忘れるところだったわ。マイクル神父が、明日の二時半にわたしたちに会えないかといっているの」

「アイリーン、わたしは明日、ダブルツリー社の人間に造園計画を説明しなければならない」ケンドリックはホテルビジネスにも手を出そうとしていた「大切な仕事なんだよ」

「わたしとしてはこっちのほうが大切だと思いたいわ。わたしたちの結婚生活のほうが大切だと」アイリーンは皮肉をこめていった。

「それなら、おまえが責任をとれよ」

「あなたには腹が立つわ」アイリーンはソファから足をおろし、部屋を出ていった。

「いいぞ、パパ」

「おまえは黙っていなさい」

「パパが夜、家にいてくれると嬉しいわ。優しい言葉をかけてくれるだけでいいの」ジョ
ディは自分を抱きしめるような仕草をした。

「そうすべきだが……」ケンドリックは黙りこんだ。

「わたしを殴ればいいわ。みんな、目のまわりのアザはパパにやられたと思っているんだ
から」

　ケンドリックは新聞を床に叩きつけた。「おまえを殴ったことなど、一度もないぞ」

「いいのよ、誰にもいわないから」ジョディはさらに煽った。

「ほんとは誰にやられたんだ？」

「フィールドホッケーの練習でやられたっていったはずよ」

「嘘だろう？」

「そうよ、パパ。わたしは嘘つきだもの」

「おまえという人間がわからない。わかるのは、おまえが不幸なことだけだ」

「パパも、そうね」ジョディはあざけるようにいった。

「そう、わたしも不幸だ」ケンドリックはポケットに手を突っこんで立ちあがった。「出かける」

「わたしも連れてって」

「どうして？」

「ママと一緒に居たくないから」

「宿題が終わっていないじゃないか」

「パパは逃げられるのに、わたしはどうして残らなければいけないの」

「わたしは――」決然とした表情でアイリーンが戻ってきたので、ケンドリックは黙った。

「マイクル神父は朝の九時に会ってくださるそうよ」

怒りで顔が赤くなったが、ケンドリックは諦めて座りなおした。「わかった」

「ママ、どうして、わざわざ結婚生活について相談にいくの？　毎日ミサに行って、マイクル神父にも会っているのに」

「ジョディ、あなたには関係のないことよ」

「わたしのまえで言い争っているんだから、関係あるわ」ジョディはふてくされていった。

「この娘のいうとおりだ」ケンドリックは自分の娘がどれほど頭がよく、そしてどれほど失望しているかを敏感に察知した。けれども、その娘と、彼にいわせれば言葉巧みな妻にどういえばいいのかわからなかった。アイリーンには息が詰まるし、ジョディにはイライラさせられる。安らげる場所は仕事場だけだ。

「パパは、セント・エリザベスにたくさん寄付するつもり？」

「もしそうだとしても、おまえには話さないよ」

「どうして？」

「学校をさぼる口実にするから」ケンドリックは半分笑いながらいった。

「ケンドリック——」アイリーンはまたソファに座った。「——どこからそんな考えが浮かんだの？」

「まわりはそう思っていないようだが、わたしもかつては若かったし、ジョディがこのくらい——」ケンドリックはいいながら床と水平に手を伸ばして揺らした。

「パパからおそわったのよ」ジョディが怒り出した。

「一晩ぐらい和やかに過ごせないの？」アイリーンは嘆いたが、その理由を真剣に考える気はさらさらなかった。

「ねえ、ママ、わたしたちは機能障害なのよ」

「くだらん言葉だ。共依存、権能付与、冗談じゃない。どれも馬鹿げている。人々はもはや現実を受け入れられないから、幻想じみた言葉を作りだすんだ」

妻も娘もケンドリックを見つめるだけだった。

「パパ、職業病の講義をするつもり？」

「そんなつもりはない」ケンドリックはまた新聞に見入った。

「ジョディ、宿題をやってしまいなさい」アイリーンが指図した。

ジョディは立ちあがった。宿題をやるつもりはなかった。「わたしはミスタ・フレッチャーの死を見るのが嫌だった。それなのに、ママたちは平気な顔をしている。ショックだったのに」ジョディが払い落とした教科書は、その重さによってさまざまな音を立てながら床に落ちた。ジョディは足音を立てて玄関から出ていき、バタンとドアを閉めた。

「ケンドリック、あなたがなんとかして。わたし自身、洗車場にいたのよ、わかってるんでしょうね？」

ケンドリックは彼女を睨みつけ、新聞を丸めて椅子のうえに放り投げ、つかつかと出ていった。

アイリーンには、彼がジュディを呼ぶ声が聞こえたが、返事は無かった。

25

「インチキしたわね！」ジョディは怒ってカレン・ジェンセンにつっかかった。

「してないわ」

「マクベスさえわからなかったあんたが、ミスタ・ブレイシャーズのテストで九十五点も取れるわけないわ」

「読めばちゃんとわかるわ」

「嘘ばっかり」

「ブルックス・タッカーの家に行って、助けてもらったのよ」

ジョディは皮肉っぽく顔を歪めた。「彼女が読んで聞かせたのね」

「違うわ。全部わかっているのよ、彼女。わたしには難しいけれど」

「だから、彼女が新しい親友というわけ？」

「だとしたら、どうなの？」カレンはブロンドの髪をはねあげた。

「黙っていたほうが利口よ」

「しゃべっているのはそっちでしょ？」

「違うわ」

「あなた、どうかしてるわ」

ジョディは目を細めた。「わたしは怒っただけで、どうかしているわけじゃないわ」

「じゃあ、なぜわたしがインチキしたというの？」

「それは――」ジョディは大きく息を吸い込んだ。そもそも、あんたは英語を専攻してないのに、なぜシェイクスピアを選んだの？」

「それはミスタ・ブレイシャーズが優れた先生だからよ」カレン・ジェンセンは路地のほうを見やったが、赤、錆色、オレンジ、黄など秋の彩りにあふれたミセス・ホウゲンドバーの庭をのんびりとぶらついているのは、ミセス・マーフィとピュータのみだった。

ジョディはカレンにつめよって顔を近づけた。「あんたとわたしは誓ったはずよ――」

カレンは両手をあげ、押しとどめるように手のひらを相手に向けた。「ジョディ、落ちついて。気でもおかしくならない限り、しゃべらないわ。この夏に男と寝たなんて知られたくないし、あなただってそうでしょう。だから、落ちついて」

ジョディは緊張を緩めた。「何もかも気に障るの……特にパパとママは。家を出ていきたいわ」

カレンはトラ猫が近づいてきたのに気づいた。「誰でもそう思う時があるわ」

「そうね。でも、あんたの両親はうちのよりましよ」

カレンはどう答えていいかわからなかった。「なかに入って、郵便物を受け取っていかない？」

「ええ」ジョディは歩きだした。

ピュータとマーフィは郵便局の裏口にやってくると、階段に座りこんだ。ピュータが顔を洗いはじめたので、ミセス・マーフィは自分も洗ってもらおうと頭を差しだした。

〈新聞に載ってたロスコウの死亡記事のことだけど、なんだか変じゃなかった？〉マーフィはなかば目を閉じていた。

〈検死解剖とお定まりの取調べのこと？〉

〈心臓発作で死んだなら、どうして取調べが必要なの？　今度、クープに会ったら、ママは彼女から情報を引きだすといいわね。そういえば、彼女、この二日間、郵便を取りにきてないわ〉

〈カタログだけだったわ〉ピュータはみんなの私書箱を見てまわることにしていた。ピュータにいわせると、詮索好きなためではなく、ネズミを見張っているにすぎないそうだが。

郵便局のなかで叫び声がしたので、二匹は動物用の出入り口をすり抜けて、奥の部屋を横切り、カウンターのうえに飛び乗った。郵便局の表側にあたる部屋には、ジョディと、なかば呆然としたサムソン・コールズと、カレン・ジェンセンだけでなく、ハリーとミセス・ホウゲンドバーもいた。ハリーの足元では、タッカーがジョディに対して身構えていた。二匹が駆けこんだ先はまさに険悪な雰囲気の真っ只中だった。

しなめた。

「ジョディ、いいかげんにしなさい」ミセス・ホウゲンドバーはひどく驚いて、少女をた
「あなたでしょう！」

サムソンはしゃがれ声で、静かにいった。「いいんですよ、ミランダ」

「あなたでしょう、ママと寝ているのは！」ジョディは金切り声をあげた。

「きみのママとは何の関係もない」サムソンは穏やかにいった。

「ジョディ、行きましょう。家まで送るわ」カレンはどうしていいかわからないままに、
背の高いジョディの袖口を引っぱった。ジョディは、サムソンが彼女の肩に手を置き、

「校長が亡くなったのは残念だ」といった途端に怒りくるって叫びだしたのだ。

「あなたはルシンダを裏切った――このことはみんなが知っているわ――だから、アンズリは自殺した。あなたのせいで彼女はポルシェに乗ったまま池に突っこんだ……そして、あなたはいま、わたしのママと寝ている」

「ジョディ！」ミセス・ホウゲンドバーが声を荒げたので、みんなは身をすくめた。

ジョディが泣きだすと、カレンは彼女を正面ドアから押しだした。「ごめんなさい、ミセス・ホウゲンドバー、ミスタ・コールズ。すみません、ミセス・ハリスティーン。彼女は……」カレンは言葉を続けることができず、そのままドアを閉めた。

二人がいなくなると、サムソンはやっと口元を緩めた。「やれやれ、自分が町の嫌われ者なのは知ってるが、アンズリの自殺の原因といわれたのは初めてだ」

ミランダはショックのあまり、カウンターにつかまってかろうじて立っていた。「サムソン、あの不安定な女性の不幸な最期はあなたのせいだなんて、この町の人間は誰もいってないわ。あの人は自ら不幸を引き起こして、自分や周りの人を不幸にしたのよ」ミランダは喘ぎあえぎいった。「あの娘には助けがいるわ」

〈助けですって？　彼女に必要なのは平手打ちよ〉ピュータはカウンターのうえを行きつ戻りつした。

タッカーは不平がましくいった。〈恐怖のにおいがする〉

〈ところが、人間にはそのにおいが嗅ぎわけられないときてる。彼らは目で見たものしか信じない。それにしては、なんとも役立たずな目だけど〉ミセス・マーフィはカウンターの縁に座って、カレンがジョディを濃緑色の古いヴォルヴォに押しこむのを心配そうに見ていた。

「アイリーンに電話をしたほうがいいわ」ハリーは狼狽していった。

「いや、それはやめたほうがいい」サムソンは首を振った。「そんなことをしたら、あの娘は我々が寄ってたかっていじめていると思うだけだ。自分の母親だって信用しませんよ、なにしろ、わたしと関係していると思っているくらいだから」

「だったら、父親に連絡してみるわ」

「ハリー、ケンドリックはなんの役にも立たないわよ」めったに人を批判しないミセス・ホウゲンドバーがいった。「そもそも、あの家では彼が彼自身しか愛していないことが問題なのだから。この愛はライバルを許さないのよ」

これにはハリーも笑った。ミランダには笑わせるつもりなどなかったのだが、確かに的を射ていた。

サムソンは腕組みをしていった。「世の中には子供をもたないほうがいい人間もいる。ケンドリックはそのひとりだ」

「あの娘をこのままにしておくわけにはいかないわ。このままだと大変なことになるもの」ミランダはさらに分別のあることをいった。「みんながみんな、わたしたちほど寛容ではないでしょうから」人差し指で顎を叩いて、体重を右足に移した。「マイクル神父に電話をするわ」

サムソンはとまどいながらいった。「中年の神父に十代の女の子、いや女性の心理がわかるだろうか？」

「男の人なら誰でも似たようなものよ」ハリーはすぐさま反撃した。

「いわれてみれば確かに」サムソンは答えた。

「意地の悪いことをいうつもりはなかったのよ、サムソン。あなたは装っている以上に動揺していると思うわ。ジョディは子供かもしれないけど、汚いやり方には変わりないもの」

「一時的に許してくれても絶対に忘れてくれないこの町を出ていこうと思えば出ていけるが」サムソンはポケットに手を突っこんだ。「クロゼットで過ちを犯したのはわたしだけじゃない。しかも、頑固者だから尻尾を巻いて逃げるわけにもいかない。誰にも負けず劣らず、ここに属しているんです」

「わたしが偉そうに批判していると思わないでね」ミランダは喉の辺りで手をひらひらさせていった。

「わたしのこともね」ハリーは微笑んだ。「ただ、わたしはこういうことには平気ではいられないのよ。要するに、ブーム・ブーム・クレイクロフトの件があるから。他の女でもよかったのに、フェアが選んだのがこともあろうにあの人だなんて――わかるでしょう？」

「フェアには刺激だったんですよ、ブーム・ブームのあの見え透いたところがね」サムソンはカウンターに自分宛の郵便物が置いたままになっているのに気づいた。「仕事に戻らなくては」ドラマから現実にもどりつつあるピュータが郵便物のうえに居座るまえにそれを拾いあげた。「本当に悪いと思っているのは、第三者預託金を勝手にいじったことです。どうかしていた。アンズリを好きになるのは不謹慎かもしれないが、犯罪ではない。顧客の信頼を裏切るのは、確かによくないことだ」サムソンはため息をついた。「報いは受けた。ライセンスを取りあげられ、尊敬も失い、家もなくなった。ルシンダさえ失うところだった」サムソンは言葉を切ったがまた続けた。「やれやれ、いつの間にか昼メロを見ていたようだ」彼はドアを開けて、秋の爽やかな空気を吸いこんだ。

ミランダは電話に近づき、ダイアルを回してルシンダ・コールズをつかまえた。「ルシンダ、マイクル神父はそちらにいらっしゃる?」

ルシンダは、ミランダからの電話を神父につないだ。

「マイクル神父、お時間を頂けますか?」ミランダは午後の出来事を正確に再現した。

ミランダが電話を切るのを見て、ハリーは尋ねた。「神父さまはジョディに話してくれるといった?」

「ええ、取り乱しているようだったけど」

「ニュースのせいでしょうね」

「当然だわ」ミランダはうなずいた。「わたしはいまから冷蔵庫をきれいにするわ、たっぷりこすって」

「そのまえに、ロスコウ・フレッチャー宛の郵便が山ほどあるの。選りわけて、仕事が終わったらナオミに届けない?」

二人は奥の作業机のうえに郵便物をどさっと空けた。請求書を見ると二人とも罪悪感に襲われた。夫を亡くした妻に請求書を手渡すのは無情なように思えたのだ。普段、キャンバス地の大きなダッフルバッグから選りわけた郵便物を入れて運んでいるプラスチックの箱は、カタログ、雑誌、手書きの私信でいっぱいになった。

ジフィ・バッグの端が破れて灰色の詰め物が出ていたので、ハリーはスコッチテープを取りにカウンターへ走った。

これを見たタッカーはじゃれつきたくなったが、猫たちはその様子を見て議論しはじめたので、タッカーは吠えた。

「タッカー、トイレだったら、ドアはそこよ」

〈一緒にちょっと散歩しない？　ママは一休みするべきだわ〉

「あら、いけない！」ハリーが紙袋を落としたので、封筒の破れめが大きくなった。

ミセス・マーフィとピューターはおしゃべりをやめて飛びおりた。

〈ヤッホー！〉ミセス・マーフィが裂けめに飛びかかると、灰色の詰め物が飛び出した。

〈ハクション〉ピューターがくしゃみをすると、軽い詰め物が舞いあがった。

〈捕まえた！〉ミセス・マーフィは歓声をあげた。

ピューターはトラ猫が破っている紙袋の反対側の端に両方の爪を立て、裂けめを広げて片方の前足を突っこんだ。

ミセス・マーフィがボクサーだったら、その素早い前足の動きは拍手喝采をあびただろう。

マーフィは横向きに寝そべって、右の前足で紙袋のなかをひっかき回した。

〈何か食べ物は？〉

〈ないわ、紙ばっかり。でも、カサカサパリパリ音がして面白い〉

灰色のデブ猫は少しがっかりして瞬きした。食べ物という究極の楽しみが否定された以上、新しい紙で我慢するしかなかったが、紙で遊ぶのも楽しいには違いなかった。

〈あなたたち、どうかしているわ〉タッカーは飽きてそっぽを向いた。紙には興味はなか

った。

〈引っかかった。引っぱりだせるわ。引っぱりだせるはずよ〉マーフィが紙袋の中身を勢いよく引っぱると、裂けめから紙の一部が出てきた。

〈見て〉ピュータが叫んだ。

ミセス・マーフィは一瞬、引っぱるのをやめて、この戦利品を見つめた。〈ワーオ〉さらに力を込めて引っぱる。

タッカーは猫たちの大騒ぎを聞きつけて、振りむいた。〈ママに渡しなさい。ママにはこれが必要〉

ミセス・マーフィがあまりにも素早く紙袋を引き裂いたので、人間にはなす術《すべ》がなかった。マーフィは宙返りを打って横向きに着地し、ふたたび紙袋のなかに前足を突っこんだ。

このおどけた仕草は、二人を大いに笑わせた。

見ているぶんには面白かったが、国の財産を傷つけていることには違いなかった。

〈ママ、わたしたちはお金持ちよ！〉ミセス・マーフィは得意満面で声をあげた。

ハリーとミランダは啞然として破壊された紙袋のうえに屈みこんだ。

「こ、これは！」ミランダは目が飛び出しそうになった。彼女は左手を突きだして床を指さし、自分を落ちつかせようとした。

二人と動物たちは百ドル札の束を見つめた。どれも新札だった。

「リック・ショーを呼んだほうがいいわ。こんな大金を郵便で送る人はいないもの」ハリーは立ちあがったが、軽いめまいを感じた。

「ハリー、法律はどうなっているのかわからないけど、この紙袋を開けるわけにはいかないわ」

「それはわかっているわ」ハリーは少し苛立って、ぴしゃりといった。

「わたしたちには関係のないことよ」ミランダはゆっくりと大きな声でいった。

「ネッドに電話するわ」

「だめよ、郵便物の配達規定に反する」

「ミランダ、これにはうさんくさいものがあるわ」

「怪しくても怪しくなくても、わたしたちは米国郵政公社の職員なのよ。だから、郵便物のなかにお金があったからといって、密告するわけにはいかないの」

「爆弾だったら、ぜったいに通報するでしょう?」

「でも爆弾じゃない」

「じゃ、配達するの?」

「そういうこと」

〈おやまあ〉ミセス・マーフィは口髭をだらりとさげた。〈あのお金は必要なのに〉

26

ナオミ・フレッチャーは自らリック・ショーに電話をかけ、ミランダとハリーに彼が到着するまでいてほしいといった。

ミセス・マーフィ、ピュータ、それにタッカーはトラックのなかですっかり参っていた。シンシアを隣に乗せた保安官が到着し、シンシアがトラックのドアを開けてくれるのをいまかいまかと待ちかまえていた。

「あなたたちは、トイレに行きたいのね？」

〈そのとおり〉三匹は正面のドアに向かって一目散に走りながら、肩越しに叫んだ。

〈ちょっと、止まったほうがいいんじゃない？〉タッカーは猫たちに忠告した。

〈人前でオシッコするつもりはないわ。あなたはどうぞ〉トラ猫は憤然として答えた。

〈わかったわ〉コーギー犬は木の下に適当な場所を見つけて長々と用を済ませてから、正面のドアに急いだ。これを見て、シンシアはハリーのトラックのなかを汚さずに済んだと安心した。

三匹はなかに入ると、コーヒーテーブルのしたにうずくまった。この間に、シンシアは封筒や紙幣に指紋検出用の粉をかけていた。

徹底的に議論した末に、リックはナオミにこの金を彼女の口座に入れていいといった。違法の証拠はないので、押収できなかったのだ。

「わたしの仕事には推測は無用、事実あるのみですから」リックは薄くなりかけた頭に右手をさっと走らせた。

紙幣は総額で七万五千ドルもあったので、ナオミは心配と興奮の面持ちで保安官とクープに駆けつけてくれたことに礼をいった。

リックは帽子を手にしていった。「ミセス・フレッチャー、気を確かに。明日の新聞に記事が出て、検死の報告も公開されます。ビル・モスコヴィッツは検死報告の掲載をできるだけ遅らせてくれたんですが」

「あなたが最善を尽くしてくださっているのは承知しています」ナオミは声を詰まらせた。

ハリーとミランダは困惑し、互いに顔を見合わせてから、ふたたびリックの顔を見た。

ナオミがリックに頷いてみせたので、彼は話しだした。「ロスコウは毒殺されたのです」

〈なんですって！〉タッカーが叫んだ。

〈だからいったでしょう〉とミセス・マーフィ。

〈そんなに偉ぶらないで〉ピューターが文句をいった。

「ナオミ、お気の毒に。本当になんてことなの」ミセス・ホウゲンドバーは手を伸ばして、ナオミの手をしっかりと握った。

〈彼を殺したいと思ったのは誰？〉ピュータは長くて白い眉をあげた。

〈代数の試験に落ちた人とか？〉ミセス・マーフィはいわずにいられなかった。

〈あら、タッカーはどこ？〉ピュータが訊いた。

タッカーはひとりこっそりと抜けだして、ブルドッグのウィンストンを探しにいったのだ。

ハリーがいった。「お気の毒に、ナオミ」

ナオミはピンクのティッシュで細い鼻を拭った。「毒殺されたのよ！　ストロベリー・キャンディのひとつに毒が入っていたの」

クーパーが詳細をつけ加えた。「マラチオンが盛られていました。服用したら数分で死ぬといわれる有機燐系殺虫剤が」

ハリーは思わず口走った。「わたしもひとつ食べたわ！」

「いつ？」リックが訊いた。

「ええと、彼が亡くなる二日前、三日前かもしれない。ロスコウは……いつでもみんなにキャンディをあげていたわ」ハリーは吐き気がしてきた。

「残念ながら、彼がどうやって毒を盛られたか、その点はわかっていません。彼の車にあったキャンディは無害でした」

動物たちはハリーのトラックに無理やり乗りこんだ。猫たちはミランダの膝のうえに座った。タッカーはハリーとミランダの間に座って、ウィンストンの話をあとの二匹に聞かせた。〈ナオミは泣きに泣いている。だから、彼女は殺していない。ウィンストンはそう確信しているわ〉

〈どの殺人事件にも、明らかに怪しいと思われる人間がいるものよ〉ピューターがミランダの膝のうえで丸くなっているので、ミセス・マーフィは窮屈で仕方がなかった。

〈もう少しつめて〉

〈ハリーの膝に座りなさいよ〉

〈どうも、ご親切に。あなたって、わがままで嫌なやつね〉

タッカーはマーフィを軽く突ついた。〈ウィンストンがいうには、サンディ・ブレイシャーズは大変らしいわ〉

〈どうして？〉ピューターが訊いた。

〈ロスコウの今年の授業計画を何とか理解しようとしているけど、彼は指針や資料をほとんど残してなかったからよ。それに、エイプリル・サイブリはひどいあばずれだから……ウィンストンによればね〉

〈秘書はボスと恋に落ちるものよ〉ピューターは平然といってのけた。

〈まあ、ピューターったら〉マーフィは鼻にしわを寄せた。

〈そういうものなの！〉

〈恋に落ちたからといって、妨害者になるとは限らないわ……妨害者、どう、なかなかいい言葉じゃない？〉タッカーは大きな牙を剝きだして笑った。

〈感心したわ、タッカー〉トラ猫は笑った。〈もちろん、彼女は妨害者よ。どうしてって、彼女はサンディを嫌っているもの。ロスコウもサンディを嫌っていたわ〉

〈サンディはひどい目に遭っているようね〉ピュータは、ハーブ・ジョーンズ牧師の二匹の飼い猫の片割れが玄関先の階段に座っているのに目をとめた。〈ルーシィ・ファーを見て。彼女ったら、美容室に行くと必ずああやって見せびらかすのよ〉

〈あのロングヘアはかわいいけど、後の手入れを考えるとぞっとしない？〉実用一点張りのミセス・マーフィはこう答えた。

「この世はどうなってしまうのかしら？」ミランダは頭を振った。

「毒殺なんて腰ぬけのやることだわ」ロスコウのキャンディを食べたショックから覚めやらぬハリーは唸るようにいった。「誰であれ、こんなことをしたのは臆病者よ」

「そうともいえるわね」ミランダは眉をひそめた。

「問題は毒物の入手先と、あらたな犠牲者のために毒入りキャンディが用意されているかどうかね」ハリーは左手でハンドルを握ったまま、右手でマーフィを撫でた。

「ひとつだけわかっているのは」ミランダはきっぱりといった。「犯人は彼の近くにいた人間だということね……クープのいうように、マラチオンに即効性があるなら」

「近くにいた弱い人間。わたしは本気でそう思っているわ。どうしてって、毒物は卑怯者の武器だもの」

ハリーのいったことは半分正しく、半分間違っていた。

27

穏やかな南東の風のせいで、気温は二十度まであがった。陽光は輝き、黄色く色づいた葉は風にそよぎ、正午には陰という陰が消えた。

ハリーは早朝の子狐狩りを終えて家に帰ってくると、ポップタルトにブラシをかけて他の二頭の馬と一緒に外に出してやり、先ほどから家畜用トレーラーの掃除に取りかかっていた。目下、ベアリングの交換、ダッシュボードの点検、錆落としと塗装は毎年恒例の仕事だった。彼女のトレーラーはダルメシアンさながらの斑点だらけだった。あらゆるところに斑点があった。やっと下塗りが終わったところで、九月恒例の子狐狩りが始まったのだ。子狐狩りには若い猟犬がベテランに混じって参加する。もちろん、若い狐も若い猟犬と同様に学ぶべきことを学ぶことになる。天気が良いので、ハリーはその日のうちに仕事を終わらせたかった。

ブレアがスプレー式の塗装機を貸してくれた。ブレアの物はなんでも最高級品なので、この仕事はせいぜい二時間で終わるとハリーは踏んでいた。塗料は、メタリックのスーパーマン・ブルーをアート・ブッシーから安く大量に手に入れてある。

〈ひどいにおいね〉タッカーはペンキ缶のにおいを嗅いで鼻にしわを寄せた。

〈午後一杯はかかるわね〉ピュータは伸びをした。〈わたしは家に退散するわ〉ミセス・マーフィは勧めた。

〈意気地なし。楓の木のしたで太陽を一杯に浴びて寝たら、どう？〉ミセス・マーフィは勧めた。

〈またいつもの戸外運動論を振りかざして、われわれ猫族は走り、跳び、仕留めるようにできているなんていわないでね。この猫族は絹のクッションに横たわって、タルタル・ステーキをいただくように生まれついているんだから〉

〈行くわよ、タッカー〉ミセス・マーフィはぶるっと身体を震わせてから、納屋の庭を駆けぬけていった。

〈わたしは行かないけど、わたしが何を見損ねたか、戻ってきてから作り話をされるのはごめんよ〉ピュータが後ろから呼びかけた。〈ボブキャットの話も聞きたくないわ。あんな途方もない話、後にも先にも聞いたことがない。尻尾がないってこと以外は〉ピュータはくすくす笑い、家に向かって歩きだしたが、独り言はさらに続いた。〈だけど、ボブキャットの話じゃなければ、熊と二匹の子熊の話だわ。さもなければ、タッカーが小川を渡っているときに怒ったビーバーに引きずりこまれそうになった話をもう一度聞かされるかもしれないし……今度は図に乗って象がいたなんていいだすかも。まあいいわ、あの人たちはせいぜい肉球をぼろぼろにすればいいのよ。わたしはごめんだけど〉ピュータは気取った足取りで網戸のついたポーチに入り、開いているドアを抜けてキッチンに向かった。

〈ううむ〉ピュータはカウンターのうえに跳び上がって、残っていたデニッシュを貪った。〈残念だわ、ハリーがコックじゃなくて〉

ピュータはカウンターのうえで丸くなった。太陽が窓からシンクのうえにさんさんと降りそそぐなか、デブ猫はすぐに寝入ってしまった。

マーフィとタッカーは小走りで北西に向かっていた。いつもなら、ハリーとブレア・ベインブリッジの土地の境目を流れる小川を目指すのだが、この朝は子狐狩りに出かけるついでに塗装機を持ってきた彼に会っているので、べつの方向に行くことにしたのだ。

〈ピュータには参るわ〉ミセス・マーフィは笑った。

〈そうね〉タッカーは立ちどまって、鼻を上に向けた。〈シカがいるわ〉

〈近くに？〉

〈あそこよ〉コーギー犬は、背の高い雑草にかこまれた雑木林を示した。

〈そっとしておきましょう。今は狩猟シーズンだから、ライフルを持った愚か者があたりにいるはずだから〉

〈良心的なハンターなら、いてもいいわ。彼らはわたしたちの願いを聞いてくれるから。でも、他の連中は……〉コーギー犬は身震いして、ふたたび歩きだした。〈ママとブレアはあまり話をしなかったわね〉

〈ママは急いでいたし、彼もそうだった〉ミセス・マーフィは続けた。〈わたしはときどき、ママのことが心配になるわ。ママは自分の流儀に凝りかたまってきたから、パートナ

ーと折り合いをつけるのが難しくなっているのよ。いっている意味がわかる？〉

〈ママは独り暮らしが好きなのね。わたしはいつもフェアが戻ってくることを願っていたし、フェアもそうしようと努力しているけど、ママはやっぱり自分が自分のボスでいたいんだと思うわ〉

〈タッカー、ママはあなたのいう典型的な妻じゃなかったわ〉

〈それでも、ママは譲歩した〉

〈彼もよ〉ミセス・マーフィは立ちどまって大きな狐穴を覗きこんだ。〈ねえ、今朝はみんなで逃げたの？〉

〈いいえ〉すぐに返事が返ってきた。

〈来週の子狐狩りは、オールド・グリーンウッド農場から始まるわ〉

〈ありがとう〉

〈いつからキツネと仲良くなったの？〉タッカーが訊いた。〈キツネは嫌いだと思っていたのに〉

〈嫌いじゃないわ、なかには例外もいるけど〉

〈猫かぶり〉

〈古いわね。エマソン曰く〝愚かな節操は狭量の醜い変形である〟〉

〈どこへ行くの？〉タッカーはマーフィの引用を無視した。

〈あちこちよ〉ミセス・マーフィは尻尾を振りまわした。

〈よかった！〉タッカーは目的なしに歩きまわるのが好きだった。

二匹は刈りとられたばかりの牧草地を走りぬけた。バッタが宙を飛びかい、かすかな羽音を無数の小さなカスタネットのように響かせていた。この夏、最後の蝶が舞い、卵嚢を引きずったコモリグモが慌てて逃げていく。

牧草地の外れでは、古いヒッコリーの巨木が農道の脇に歩哨のように立ちならんでいたが、この道はボーデン一族が五十ヤードほど離れたところにもっといい道を造ってからはほとんど使われていなかった。

〈競争よ！〉マーフィは肩越しに叫んで、深い谷と池に通じる道を左に曲がった。

〈ははっ！〉タッカーは嬉々として跳びあがり、吠えながら猫のあとを追った。

背の低いコーギー犬は目いっぱい身体を伸ばすと、驚くほど速く走れる。ミセス・マーフィはジグザグに走ったので、すぐに追いつかれてしまった。

〈わたしの勝ち！〉タッカーは叫んだ。

〈花をもたせてあげただけよ〉

二匹はじゃれあい、陽射しのなかを転がりまわった。立ちあがるとまた走りだし、今度はトラ猫がコーギー犬を飛びこした。犬の前面にもぐりこんで、反対側から飛びこしたのだ。

やがて二匹は遊びつかれて、小さな泉のそばの節くれだったクルミの木のしたに座った。ミセス・マーフィは木に登り、優雅に枝のうえを歩いていった。〈あら、あの丘の向こ

うに車があるわ〉

〈まさか〉

〈賭ける？〉

二匹は急いで小さな丘へ向かった。道のわだちは二匹の背丈より深かった。道の中央に捨てられた車は一九九二年製の赤いトヨタ・カムリで、ナンバープレートは外されていた。近づくと、運転席に人の姿が見えた。

タッカーが立ちどまって、においを嗅いだ。〈うわっ〉

ミセス・マーフィはボンネットのうえに飛びのって、全身の毛を逆立たせた。彼女は慌てて飛びおりて叫んだ。〈死んでるわ〉

〈どんなふうに？〉

〈完全に死んでる〉

〈思ったとおりだわ。誰かしら？〉

〈死体の状態が状態だから、あなたよりもたいしたことはわからないけど、女性だったことは確かね。髪にはプラスチックでできた小さな黄色のバラがついたブルーのバレットがついていたわ〉

〈ママを連れてきたほうがいいわ〉

ミセス・マーフィはカムリから離れて丘のうえに座った。考えをまとめたかったのだ。

〈タッカー、それはだめよ。ママに話してもわかってもらえないと思うわ。この道は使わ

れていないから、死体が発見されるのに数日、数週間、ひょっとしたら、数カ月かかるかもしれないし、ううむ、困ったわね〉

〈その頃には骨になっているかも〉

〈タッカーったら！〉

〈ただの冗談よ〉タッカーは親友に寄りかかった。〈気分を楽にしようとしたの。結局、あなたには誰だかわからなかったし、わたしには高すぎて見えなかった。人間は自殺する生き物だから、この人もそうかもしれないわ。よく車のなかやホテルの部屋で頭を撃ち抜くでしょう。弱虫ならドラッグを使いそうだけど。自殺する方法はどのくらいあるのかしら？〉

〈たくさんあるわ〉

〈でも、自殺した犬には会ったことがない〉

〈どうして会えるの？　その犬はとっくに死んでいるのに〉

〈鋭いわね〉タッカーはため息をついた。〈家に帰ったほうがよさそうね〉

きれいに刈り取られた牧草地を横切りながら、マーフィは自分たち二匹が考えていることを口にした。〈自殺であることを祈りましょう〉

二匹は二十分ほどで農場に戻ると、家に駆けこんで急いでピューターに話したが、なかなか信じてもらえなかった。

〈それじゃ、一緒に来て〉

〈マーフィ、猛烈に歩きまわるなんて真っ平だわ。もうすぐ夕食よ。いずれにしても、死んだ人間がこのわたしにとって、どんな意味があるっていうの？〉

〈行方不明者の届け出があってもおかしくないと思わない？〉タッカーは肩を掻いた。

〈一人暮らしの人は大勢いて、いなくなっても長いあいだ気づかれないのよ。現に、あの死体は死後、何週間か経っているわ〉マーフィは答えた。

28

色をなしたリトル・マリリンはロスコウ・フレッチャーのオフィスの中央に立って腰に手を置き、エイプリルに負けず劣らず怒り狂っていた。

「ファイルを渡しなさい」

エイプリル・サイブリは自らの権限を味わいながら冷静に答えた。「ロスコウにいわれているんです、学園祭の晩餐会まではこの情報は洩らしてはいけないと」

小柄で均整のとれたリトル・ミムがエイプリルに詰めよった。エイプリルは必ずしも小柄ではないが、体格のわりには威勢がいいといわれている。「わたしは資金調達委員会の議長よ。見込みのある寄贈者に正式に寄付を依頼するには、セント・エリザベスのことをきちんと説明しなくてはならないから情報が必要なの。ロスコウとわたしは今日、会合を開いて、わたしはそこでファイルをもらう予定だったのよ」

「わたしは聞いていません。彼の予定表にも書いてありません」エイプリルはロスコウの机ごしに予定表を乱暴に突き出したが、マリリンは見ようとしなかった。

マリリンはけしかけるようにいった。「あなたのことだから、ロスコウについて知るべきことはすべて知っていると思っていたわ」

「どういう意味ですか？」

「どうとでも好きなようにとれば」

「ロスコウと不適切な行為をしたといって、わたしを責めるのはやめてくださいね！　まわりはそういってるけれど。みんなは陰でこそこそいっているだけだから、わたしには聞こえてないと思っているわ」彼女は早口だったが、いっていることは明確だった。

「彼を愛していたの？」

「それに答える必要はありません。このファイルをあなたに渡す義務もありません」

「ということは、あなたは何かを隠していることになる。わたしは理事会を招集して、即刻、査察を要求するわ」

「わたしが隠しているのは素晴らしいことだわ！」エイプリルは唾を飛ばした。「モーリー・マッキンチーが映像学科のために した多額な寄付のことです」

「それなら、わたしに見せなさい。一緒にお祝いしましょう」リトル・ミムは左手を突きだした。その小指には、アーカート家の紋章のついた指輪がはめられている。

「だめです！　わたしは、彼が残した最後の言葉を神聖な義務だと思っていますから」

おおいに怒り、くたびれ、そしてエイプリルを罵倒する用意ができたリトル・ミムは去りぎわに肩ごしに叫んだ。「あなたは理事会が選んだ弁護士と会計事務所から話を訊かれることになるわ。結果の良し悪しに関わらず、わたしたちにはこの学校の財政状況を知る必要があるのよ」

「ロスコウが生きていたら、わたしにそんないい方はしなかったでしょうね」

「エイプリル、ロスコウが生きていたら、わたしはあなたとなんか一切話をしなかったわよ」

29

リトル・ミムは口先だけでなく、サンディ・ブレイシャーズが議長をつとめる緊急理事会を招集した。席上、サンディは理事たちに対し、「エイプリルはロスコウのオフィスからファイルを持ちだしたと思われる」との苦渋に満ちた報告をしなければならなかった。エイプリルはショー保安官の協力要請も拒んでいた。そのせいもあって、人々の心には彼女は他の高価なもの、たとえばロスコウのカルティエの卓上時計なども隠匿したのではという疑いが浮かんだようだ。

お偉い同窓生たちは収拾がつかなくなった。ケンドリック・ミラーはネッド・タッカーの自宅に電話をして、理事になるように要請し、ネッドはこれを了承した。ケンドリックはさらに、州議会議員のギョーに自分の携帯電話を渡して、リッチモンドにある有力な会計事務所の社長に電話をかけさせ、かくして白熱したスヌーカーゲームから現実に引き戻されたこの社長もまた、決して少なくはない報酬を放棄して理事会を補佐することになった。

最後に理事になったモーリー・マッキンチーは、この人騒がせなニュースは学園祭が終わってから討論したらどうかと提案したが、自分の大口寄付については一言もふれなかった。

このあと、サンディ・ブレイシャーズがエイプリルの解雇を提案した。今年で任期満了となるフェア・ハリスティーンが立ちあがった。「投票するまえに考える時間が欲しい。エイプリルは列を乱しているが、悲しみで混乱しているのも確かだ」

「だからといって、学校の記録やその他もろもろを盗んでいいことにはならない」サンディは興奮して、椅子に座ったまま上体を反らし、テーブルのしたでタップを踏んだ。

「われわれの誰かが、エイプリルと話してみたらどうだろう」フェアは食いさがった。

「わたしがやってみました」

「マリリン」モーリーはテーブルのうえで手を組んだ。「あなたはサンディの強力な支持者だから、彼女は意固地になりかねない」

「確かにわたしは支持しています」リトル・ミムが率直にいったので、サンディはにんまりしそうになるのを必死でこらえた。「この際、立場の相違は忘れましょう」

「臭いものの蓋は開けたくない——というか、すでに開いてしまった——が、経営陣内部に緊張が、あえていえば二派に分かれての緊張があった。そして、エイプリルの考えがどちらに同調していたかは皆さんご存知のとおりです」とフェアはいった。

「肉体的にもね」と、ケンドリックがいったが、いささか性急すぎた。

「よさないか、ケンドリック！」フェアは不愉快になった。「そんなこと、われわれにはわからないじゃないか」

「失礼」ケンドリックはいった。「しかし、彼女はナオミより悲しんでいる」

「不適切な発言だぞ！」モーリーが机を叩いて抗議したので、誰もが意外に思った。

「エイプリルは、ロスコウと一緒にいる時間が彼の妻より長かった」ケンドリックは手のひらをうえに向けて両手を差しだし、まあ落ちつけと合図した。

「では、誰が猫に鈴を？」サンディはこの騒ぎを密かに楽しみながら話を本題に戻した。

誰も手をあげなかった。会議室に居心地の悪い沈黙が流れた。

ついに、モーリーがため息をついて申しでた。「わたしがやってみよう。彼女とはなんの付きあいもないから、こんなときには有利かもしれない。それに、ロスコウとわたしは親友だったから」

リトル・ミムはものうい笑みを浮かべた。「ありがとう、モーリー。結果は問いませんん」

「賛成」

サンディは会議が終わったあと、体育館に電気がついているのに気づいた。急いでツィードのジャケットとスカーフを身にまとって、中庭を横切り、何が行なわれているのか確かめにいった。思いあたる節はなかったが、とても気になったのだ。

彼に先立って暗闇のなかを歩いていくのは、マッキンチーだった。高価なラムスキンのジャケットを着て、両手をポケットに突っこんでいる。

「モーリー、どこに行くんだい？」

「フェンシングの公開試合さ」モーリーの声は素っ気なかった。サンディに対して何の感情もないようだ。

「ああ、そうか。すっかり忘れていた」大学のフェンシング・クラブが有望な選手を求めてセント・エリザベスに来ていることを思い出した。コーチのホールヴァードは、高等部にフェンシングを導入する計画をあたためていた。彼女の専門はフェンシングだ。現在教えているのはフィールドホッケーとラクロスで、彼女自身一九九〇年のワールドカップのラクロス・チームでプレーしたほどの腕前だが、本当に好きなのはフェンシングだった。

サンディは小走りでモーリーに追いついた。「このごろ、ぼんやり教師になった気がするよ」

「嫌な仕事があるからさ」にべもない返事だった。

「きみの気持ちはわかるよ、モーリー。気の毒に思う。友達を失うのは辛いものだ。ロスコウがわたしを嫌っていたのも知っている。彼とわたしはあまりにもかけ離れていて、折り合いがつかなかった。だが二人ともセント・エリザベスのために最善を願っていたんだ」

「それはそうだろう」

「きみが理事会に加わってくれて喜んでいるよ。アルベマール郡内に留まらない経験とビジョンの持ち主を得たことになるからね。協力しあっていきたいと思うよ」

「ああ、できるだろう。万事に注意を怠らないし、しばらくはここにいるつもりだ——状況がきちんと元に戻るまでは」

二人ともくすぶっている映像学科の問題は避けて通った。二人ともロスコウの死因が毒殺だったことはまだ知らなかったが、もし知っていたとしたら会話はもっと陰鬱になっていただろう。

サンディは笑いを浮かべた。「ここでの仕事は物足りないだろう？——ハリウッドに比べたら」

モーリーは答えた。「重要な仕事だよ。次の世代を教育しているのだからね。ぼくがロスコウをとても尊敬していた理由の一つさ」

「ああ、しかし問題は何を教えるか、だがね」

「質問することさ」モーリーはサンディのために体育館のドアを開けてやった。

「ありがとう」サンディはモーリーがドアを閉めるのを待った。

二人は観覧席に座った。

ショーン・ハラハンがロジャー・デイヴィスと突きの練習をしていたが、その動きはフットボールの時ほど敏捷ではなかった。

カレン・ジェンセンはフェイスマスクをつけて、バージニア大学の二年生と互角に渡り合っていた。

ブルックスとジョディはエペ（フェンシングの剣の種類）で互いに攻撃しあっていた。

ジョディはフェイスマスクをはねあげていった。「サーブルでやってみたいわ」

「オーケー」ホールヴァード・コーチはロジャーとショーンをサーブルからエペに代えさせて、ジョディたちにもっと重いサーブルを与えた。

「いい感じだわ」ジョディはいった。

ブルックスはサーブルを取りあげて構えたが、ジョディが突然切りつけてきたので、圧倒されて後退した。

ホールヴァード・コーチはジョディがいきなり攻撃したのを目に留め、すぐにいった。

「ジョディ、サーブルをよこしなさい」

ジョディはためらったが、サーブルを渡してその場を離れ、観覧席の階段を一段おきにあがってモーリーの隣に座った。

「面白かった？」モーリーが訊いた。

「ええ」

「フェンシングはやったことがないけど、素早い反射神経が必要だね」

「ミスタ・マッキンチー」ジョディはサンディ・ブレイシャーズに聞こえないように声を低くした。サンディはバージニア大学の選手たちに気を取られていた。「ＢＭＷのＺ３って、レトロタイプのスポーツカーだけど、知ってる？　本当にかっこいい車よねえ」

「たしかに見栄えがするマシンだ」マッキンチーの視線は他の生徒に釘付けだった。

「真っ赤なのが欲しいな」ジョディは少女らしい笑いを浮かべると、その目立つ顔立ちが一段と魅力的になった。

マッキンチーは一瞬息をのみ、勢いよく吐き出した。ジョディは彼の膝をぎゅっとつかんでから、優雅な仕草で跳ねるように立ちあがり、チームに合流した。

カレン・ジェンセンはフェイスマスクをはねあげてジョディを睨みつけ、ジョディも睨み返した。「あなた、ギブアップしたんじゃないの？」

「違うわ。コーチがサーブルを取りあげただけよ」

ロジャーはブルックスに向かって突きの構えをしていた。「足を踏ん張れ」

「まるで……」ブルックスはくすくす笑ってそのまま口をつぐんだ。

「あなたたち、セント・エリザベスに何が起こっているかまったくわかっていないのね」

カレンがショーンを後ろに従えて輪に加わった。「まあ、少なくとも、こっちのほうが例の寸劇の撮影よりましだわ。あれは、ほんとにいや」

「スポーツ以外は、みんな嫌いなんでしょう」ジョディは素っ気なくカレンの態度を批評した。

「時間がかかりすぎるわ」カレンは額の汗をタオルで拭った。「ライトばかり気にして終わり。映像の勉強の週は今までで一番退屈だったわ」

「いつの話？」ブルックスは訊いた。

「学期の最初の週よ。あなたはまだいなかったわね、幸運にも」カレンはいった。

「だからミスタ・フレッチャーとミスタ・マッキンチーはぴりぴりしていたんだ」ショーンがいった。「近代的な教育には現代の芸術様式を教える必要がある、とミスタ・フレッチャーはいっていたからね」

「わたしについて来い、スターにしてやるぞ」ジョディは死んだ校長の口真似をした。

「ミスタ・マッキンチーは古い機材を学校に寄付するつもりだともいっていた」

「ぼくは退屈とは思わなかったよ」ショーンはブルックスにいった。

「ミスタ・フレッチャーは国内で唯一、実習ができる映像学科をもつ高校になるといっていたわ」カレンはいった。「ねえ、ちょっとあの男の子」カレンはフェンシング・チームの若い男に声をかけに行ってしまった。ショーンは憤然とした面持ちだった。

「彼女は年上が好きなのよ」ジョディはショーンをからかった。

「男好きだといいたいんだろ」ショーンは悪意をこめてジョディに怒鳴った。

「静かにしろよ、ハラハン」ロジャーがたしなめた。

ジョディはこの二週間の態度から考えると驚くほど冷静だった。「何とでもいわせておけばいいのよ、ロジャー。わたしは気にしないから。この二流の学校だけが世界じゃないわ。彼の世界はここだけでしょうけど」

「何がいいたいんだ?」ショーンは怒って、ジョディに八つ当たりした。

「あなたは小さな池にいる大きな蛙。まるで……まあ、どうでもいいわ」ジョディは微笑んだが、その目には悪意が感じられた。

「カレンはセント・エリザベスのハーフバックよ

り大きな獲物を狙っているのよ」

ショーンは目でカレンを追った。

「女の子なら他にもいるさ」ショーンは強がりをいった。

「そうよ。でもあなたが欲しいのは彼女なんでしょう」ジョディはさらに攻めた。

ロジャーはブルックスの肘にそっと触れ、ジョディとショーンの口論の場から連れ出した。

「ハロウィーンのダンスパーティ、一緒に行かない？」

「ええと――行くわ」ブルックスは喜んで答えた。

30

馬具置き場の電話が鳴ったので、ハリーは驚いてシャベルを飼料のなかに落としてしまった。

急いで電話を取ったが、まだ朝の六時半だ。

「ミランダ、あなたよね」

「リック・ショーがいっていたように、ロスコウの死因が毒だったって記事がついに新聞に出たわよ。でも〝殺人〟とは一言も書いてないわ」

「へえ、なんて書いてあるの？」

「誤飲の可能性あり。しかし意図的な線も捨てきれず。リックが抑えたのよ」

「わからないのは動機ね。ロスコウはいい校長だったし、生徒を愛してた。生徒も父兄も彼が好きだったわ。何かを見逃しているのよ――ひょっとしたら、無差別殺人かも。欲求不満の従業員がタイレノールに毒を入れたとかいうような」

「それはひどいわ」

「それとも――わからないわ、まったくの五里霧中。彼が殺される理由が思い当たらないの」

「彼は金持ちではなかったし、本当の意味での敵はいなかったでしょう。サンディ・ブレィシャーズみたいに、意見の合わない相手はいたけれどね」ミランダは言葉を切って咳をした。「でもまあ、そのために保安官事務所があるのよ。何かあるんなら、保安官たちが見つけてくれるわ」

「そうよね」ハリーはあいまいなまま反射的に答えた。

31

車のクラクションが繰り返し鳴るので、ハリーは郵便局の正面の窓から覗いてみた。タッカーは苛立って吠え出し、ミセス・マーフィは片目を開けて、それからゆっくりと両目をひらいた。

「ねえ、見てよ」ハリーが叫んだ。

古いカシミアのカーディガンを着こんで、鼻風邪と戦っているミランダは、首を伸ばして外を見た。「あんなかっこいいの、見たことがないわ」

ピューターがマーケットの店から飛び出してきた。ピューターは今日はあまり顔を見せていなかった。豚のわき腹肉が店に搬入され、裏の大きな冷凍庫に吊るされることを知っていたからだ。

目のまわりのあざもほとんど薄れたジョディ・ミラーが、赤いBMWのスポーツカーから現われ、郵便局の階段を跳ぶようにあがってきた。車のフェンダーは丸みを帯び、フロントガラスは流れるようなフォームだ。

ハリーはジョディのためにドアを開けてやった。「きれいな車ね！」

「そうでしょう」ジョディは嬉しさ一杯だ。

「お父さんに買ってもらったの？」ミランダは自分の小さなフォードのファルコンを思い浮かべた。彼女にとっては、はるかに高価なこの車にも、スタイルではひけをとらない愛車だ。

「いいえ、自分で買ったの。おじいちゃんが死んだとき遺してくれたお金があって、利子がつくの。それが貯まって、やっと新しい車が買えたのよ」

「学校のみんなは知っているの？」ハリーが訊いた。

「ええ、みんなやきもちを焼いているわ」

彼女以外の生徒はまだ誰も郵便物を取りに来ていなかったので、新聞の記事について生徒たちがどんな反応を示したか、知る由もなかった。

「ミスタ・フレッチャーの記事について、みんなはどう思っているのかしら？」ミランダが尋ねた。

ジョディは肩をすくめた。「ほとんどが事故だと思っているわ。でもみんなショーンには本当に腹をたてていて、話しかけようともしないの。わたしもそのつもりはないわ」

「でもちょっと変な事故ね」ミランダはつぶやいた。

「ミスタ・フレッチャーは何だかぼんやりしていたわ」ジョディは郵便物をカウンターのうえに乱暴に置き、それからきちんとまとめた。「わたしは先生が好きだったから、彼が亡くなって寂しいわ。でもパパがいっていたわ。人間には寿命がある、ミスタ・フレッチャーはそれを使い切っただけ。事故なんていうものはない。いつ死ぬかは、それぞれが自分で決めているんだって」

「神様だけがお決めになるのよ」ミランダはきっぱりといった。

「ミセス・ホウゲンドバー、そういうことはパパに話してくださいな」ジョディは天井を見あげてから二人に視線を戻した。「わたしにはわからないわ。それじゃ失礼」ジョディは風のようにドアから出て行った。

「ケンドリックは心得違いをしているわ――それに、冷血漢みたい」ミランダは首を振った。ちょうどその時、ピュータが音を立てて動物用の出入り口から飛びこんできた。

〈ねえ、あんな車に乗ったら、わたし、かっこよく見えるでしょうね〉

〈ピュータ、あなたにはステーション・ワゴンがお似合いよ〉ミセス・マーフィはカウンターに飛び乗ったピュータに嫌味をいった。

〈わたしの体重をネタにしたジョークはもうたくさん、飽き飽きよ。わたしは健全な猫ですからね。あなたとは骨格が違うのよ。だいたい、あなたのお腹の毛が薄くなったなんて、わたしはいわないじゃないの〉

〈薄くなんてなっていないわ！〉

〈ううん〉灰色猫はどっちともとれない反応をして、それがかえってトラ猫の怒りを誘った。

〈猫は禿げるの？〉タッカーが訊いた。

〈彼女はね〉

〈ピュータ、わたしは禿げていないわ〉ミセス・マーフィはバタンとひっくり返って、ふわふわのお腹を世界じゅうに公開した。

ハリーは、このあられもない格好を見とがめた。「あんたは可愛い猫じゃなかったっけ？」

〈禿げ猫よ〉

〈禿げてない〉ミセス・マーフィは首をねじって、ピュータを睨みつけた。

「この子たちが何をやっているのか、知りたくない？」ハリーは笑った。

「本当、知りたいわね」ミランダは物思いにふけるような目で動物たちを見た。「わたしたちのことを話しているのかもよ？」

「猫が嫌いだった人の言葉とは思えないわ」

「まあね」

「わたしにはミセス・マーフィとタッカーを仕事に連れて来るなと文句をいい、マーケットにはピュータを店で飼うなんて不潔だといってたわよね、昔は」

ミセス・ホウゲンドバーはミセス・マーフィのお腹をくすぐってやった。「悔い改めたのよ。〝主よ、御業はいかにおびただしいことか！　あなたはすべてを知恵によって成し遂げられた。地はお造りになったものにみちている〟詩篇第一〇四篇よ」ミランダは笑った。

「猫も犬も神がお造りになったものなのよ」

ちょうどそれを合図のように、ハーバート・ジョーンズ牧師が入ってきた。「やあ、おふたりさん」

「ハーブ、ご機嫌いかが？」

「なんだか心配で」彼は自分のメールボックスを開けた。勢い余って、金属の縁が隣のボックスに当たり、音を立てた。「ロスコウ・フレッチャーが殺されるなんて……」牧師は首を振った。

「新聞には、殺されたとは書いていないわ。ただ毒で死んだと書いてあっただけ」ハリーがいった。

「ハリー、あなたとは長い付きあいだ。彼は殺されたと思っているんだろう？　わたしもだ」

「ええ、そう。わたしが知らないことをあなたが知っているかどうか知りたかったの」ハリーはばつが悪くなって答えた。

「彼の妻が殺したと思う？」ハーブはハリーのいい逃れを無視して、メールボックスを閉めた。

「わからないわ」ハリーはゆっくりといった。

「時間の無駄よ」ミランダはいった。

「大勢の人間が時間を無駄にしています。でもだからといって、無駄だとばかりはいえない」ハーブは封筒を手のひらに軽く打ちつけた。

ミランダは首を振った。「罰が下るでしょう。でも新聞に出たロスコウの死亡記事は薄気味悪いわ。殺人者が宣伝しているなんて！」

「権力誇示の一種だな」ハーブは少し間を置いてから、ミセス・マーフィを見つめながらいった。「そして、ショーンは手先として使われた」

「そうよ、ハーブ、まさにそのとおり」ミランダは半眼鏡を外して、きれいに拭いた。「あの死亡記事についてはハリーとくどいほど話しているんだけど、まったくわけがわからないわ。頭から離れないのよ」

「わたしは臆病なやつだと思うけれど、殺人者はこっちを愚弄しているのかしら？」

「いや、ハリー。ロスコウ自身は気がつかなかっただろうけれど、殺人者は彼を愚弄していたのだろうね。ロスコウは冗談だと思っていたんだろうな。犯人は彼が度外視していた人物だろう」ハーブは持っていた郵便物を勢いよく振りまわした。「そしてショーンが貧乏くじを引いた」

「だとすると、モーリー・マッキンチーやショーンの二の舞にはなりたくないわね」

「わたしも」ハリーはミランダに同調した。

「おそらく、殺人者はわれわれが思ってもいなかった人物だね」ハーブは封筒をハリーに突きつけるようにしていった。

「追いつめられて殺さざるをえなくなった人間。無視されたとか、けなされたなどは殺す動機としては不十分だわ」ハリーは目ざとくいった。

「その点については同意見だが」ハーブの深みのある声が室内に響いた。「それ以上のものがあるね。リックはマッキンチーを警護しているのだろうか？」

「訊いてみるわ」ミランダは電話を取りあげた。ミランダはみんなの考えをリックに説明した。リックもモーリーとショーンに危険が及ぶ可能性があると考えているが、警護をつけるだけの人手がないので、農場を巡回して警備に当たっているとの返事だった。モーリーは自分でボディガードを雇ったとのことだ。さらにリックはミランダ、ハリー、それにハーブに素人探偵気取りはやめるようにと要求した。

ミランダは素人探偵云々の警告は省いて、リックの話をみんなに伝えた。

「やけに冷静な奴だな」とハーブはいった。

「え？」

「ハリー、モーリーはボディガードのことは一言もいわなかったよね」

「わたしなら話すわね。殺人者に伝わるのを望んでいないなら別だけど、相手に警告を与えられるもの」

「ミランダ、殺人者は今頃はパリかもしれないよ」ハーブはいった。

「いいえ」ミランダは郵便運搬用のカートを脇によけた。「そうしたら、犯人だとわかってしまうじゃない。犯人は動けないのよ。それどころか、彼だか彼女だかわからないけれど、逃げようとは思っていないのよ」

〈今日のミランダはずいぶん熱心じゃない？〉ピューータは感嘆して声をあげた。

〈トヨタの死体はこの事件と関係があるわね〉ミセス・マーフィは断定した。

〈そうかしら〉

〈ピュータ、今晩、家に帰ってから連れていってあげるわよ〉ミセス・マーフィは請けあった。

〈寒いなか、野原を歩き回りたくないわ〉

〈じゃ、いいわよ〉ミセス・マーフィは大きな足音を立ててピュータのそばを離れた。

スーザンが裏口から入ってきた。「ハリー、助けてくれるわよね」

「どうしたの？」

「クロゼット高校のハロウィーン祭の件だけれど、今年はダニーが責任者なのよ。うっかり忘れていて、セント・エリザベスのハロウィーン・ダンスパーティの付添い人を引き受けてしまったの」

「同時に二つの場所にいる方法、まだ編み出してないのね？」ハリーはからかった。ロスコウの死については電話でとことん話していたので繰り返す必要はなかった。

「セント・エリザベスの生徒全員がハロウィーン祭に出て、それからダンスパーティに行くのよ」スーザンは一息入れて続けた。「みんなの予定を全部憶えておくなんてできない相談だわ。自分の名前がコートの内側に縫いつけてあっても思い出せないぐらいなんだから」

「わたしがやってあげるわよ」ハリーは腕組みをした。「料金は後でいただくけどね」

「新しいトラックを買ってあげるられるほどのお金はないわよ」スーザンはハリーが放ってよこしたブルーのナイロンベルトで束ねられた郵便物を受け止めた。「ペンキを塗り直したから、新車に見えるじゃない」

〈農場のものはみんなスーパーマンブランドのブルー一色。肥料散布機までもね〉ミセス・マーフィがいった。

その晩、ミセス・マーフィとタッカーはどうやって人間たちを例の捨てられた車まで誘導するかについて話し合ったが、長い距離をハリーについて来させる方法は考えつかなかった。百ヤードや二百ヤードくらいなら何とかなるかもしれないが、それ以上となるとひきつけておくのは難しい。

〈運にまかせるしかないと思うわ〉タッカーは馬小屋の真ん中を進んだ。

〈犯人は犯行現場に戻ってくるというじゃないの〉ミセス・マーフィは大声でいった。

〈バカげてる〉ピュータが口を挟んだ。〈脳みそがあるなら、できるだけ早く現場を立ち去るのが普通じゃない？〉

〈感情の問題よ。殺人は犯人にとって強烈な感覚であるはずだから、それに浸りたくてまた戻ってくるのよ〉トラ猫は、ジン・フィズの仕切りのうえを横切っている梁のうえからいった。

馬具にかけてあるほかほか暖かい毛布のうえで丸くなっているピュータは納得しなかった。〈強烈かどうか知らないけれど、ボーデン・レーンにわざわざ行くなんて、まったく

バカげているわ。考えてもみなさいよ〉

〈考えているわよ！　そこに連れて行く方法がわからないの〉

〈本当はママにあれを見せたくないんでしょう？〉タッカーは納屋に素早く入りこんできた小さな影を見つけた。〈ネズミだわ〉

〈わかっているわ〉ミセス・マーフィは遠ざかっていく尻尾に目を凝らした。〈あなたのいうとおり、あれはまったくひどいものね。身の毛がよだつわ。ママは夜、うなされてしまうでしょうね。わたしだって嫌なんだけど、わたしたちは人間よりも、ああいうものにはタフにできているわ〉

〈昔、人間は罪人を絞首台に吊るしたままにしたり、檻のなかで朽ち果てるまま放っておいたりしたのよ。ロンドンでは首を門のうえに置いたそうよ〉タッカーは腐敗臭に満ちた街を想像した。

〈それは遠い昔のこと。犬にとっては楽しいことだった。今は死は衛生的になっているわ〉ピュータはネズミが出てきて向こう側に走っていくのをじっと見つめた。〈いったい何かしら。ネズミのオリンピック？〉

途端にちゅうちゅうという笑い声が聞こえた。

〈あのネズミたち、敬意を知らないのね〉タッカーがぼやいた。

32

リックは両手を膝のうえで組み、ハラハン家の居間で我慢強く座っていた。ショーン、彼の両親、それに弟が同席している。シンシアは一段高くなった暖炉床に座って、メモを取っている。

「ショーン、余計なお世話かもしれないが、あの死亡記事の件に共犯がいるのなら、わたしに話したほうがいい。きみの仲間はミスタ・フレッチャーの死に直接関係する情報を持っているかもしれないのだ」

「彼は殺されたのですか？」ミスタ・ハラハンが叫んだ。

リックは両手を広げ、なだめるように答えた。「わたしは保安官としてあらゆる可能性を調べる義務があるんだ。もちろん、事故だった可能性もある」

ショーンははっきりと答えた。「ぼく一人でやりました。やらなければよかった。学校では、誰も口をきいてくれません。何人かは話してくれますが、他の人はぼくが彼を殺したような態度を取ります。ぼくはまるで疫病神みたいだ」

クーパーはかわいそうになっていった。「少しの間の辛抱よ。でも、わたしたちにはあなたの協力が必要なの」

リックは家族全員の顔を見た。「どなたか、何かを知っていたら隠さずに教えてください」

「そうできればと思っていますが」とても美人でブルネットのミセス・ハラハンが答えた。「誰かが息子さんの新聞配達で一緒だったことはありませんか？」

「保安官、わたしの知らないことです」ミスタ・ハラハンは足を組んだり解いたりした。落ちつかなくなったときの習慣だ。「ショーンは新聞配達を辞めましたよ、ご存知のとおり」

「そうなのか？」

「いいえ、辞めていません。誰もあんな早い時間に起きたがりませんから」

リックは立ちあがった。「皆さん、何か思い出したら、何でもいいですから、わたしかクーパーに連絡をください」

「わたしたちは危険なのでしょうか？」ミスタ・ハラハンは察しよく訊いた。「ショーンのいうことが本当なら、ノーです」

33

その夜、遅くなってから、ショーンは電話を使おうとガレージに行った。父親は浴室、寝室、キッチン、車にそれぞれ電話をつけていた。ショーンはガレージがもっともひとりになれる場所で、邪魔されないと思った。

ショーンはダイアルして、待った。「もしもし」

「何か用？」

「学校でぼくに話しかけてくれないなんてひどいじゃないか」

専用電話の向こうのジョディは怒った。「無視している理由は別よ」

「へえ、そうかい？」ショーンの声は嫌味に溢れていた。

「知らん顔しているのは、あなたがカレン・ジェンセンにのぼせているからよ。わたしは、この夏の手ごろな相手だっただけなんでしょう？」

抜け目なく非難されて、沈黙が流れた。「ぼくたちは友達だといったよね、ジョディ。きみは――」

「自分のいったことくらい憶えているわ。でも、夏休みが終わってすぐにあなたがカレンと寝たがるとも思ってもいなかったわ、まったく」

「彼女と寝たがったりしていないよ」

「わたしとはしたじゃない。あんな馬鹿なことをしたなんて、信じられないわ」

「馬鹿なことだって？　きみだってぼくと同じようにしたがっていたじゃないか」

「あなたが好きだったからよ」

「ぼくだってきみが好きだったよ。でもぼくたちは友達だ。あれは——」ショーンは当たりさわりのない言葉を考えた。「情熱的なロマンスではなくて、友達同士の感情だよ」

「友達はお互いの親友と寝たりしないわ。それにあなたが初めてでもないし」

「初めて？」

「カレンと寝た男よ。彼女はわたしに全部話してくれるの」

「誰と寝たんだ？」緊張と惨めな思いでショーンの声がきつくなった。

「わたしは知っているけど、あなたは自分で見つけだせば」ジョディはなじった。「もう二度とわたしに触れないでちょうだい」それから思い出したようにつけ加えた。「BMWも運転させないからね」

「きみの両親は、車のことを知っているのかい？」ショーンはうんざりして訊いた。ジョディからカレンについての話を聞きだそうと懸命だった。

「知らないわ」

「ジョディ、きみがもっと……多くを望んでいたなら、あの時にいって欲しかった、今ではなく。きみが学校でぼくに話しかけなければ、みんなは死亡記事のせいだと思うだけだよ」

「自分のことばかり考えているのね。わたしのことはどうなの？」

「好きだよ」ショーンは上の空でいった。

「わたしは便利なのよね」

「ジョディ、お互いに楽しかった。今年の夏は――素晴らしかった」

「でもあなたはカレンにのぼせている」

「そんなことはないよ」

「カレンのことはきっぱり忘れたほうがいいわ。まず第一に、カレンはわたしたちが寝たことを知っている。だから彼女はあなたのいうことを信じない。それに、わたしがその気になったら、あなたの人生を本当に惨めにできるわ。目のまわりのアザはあなたのせいだって、みんなにいいふらしてもいいのよ」

「ジョディ、ぼくはきみと寝たことは誰にもいわなかった。どうしてきみは人にいったんだ？」ショーンは目のアザの脅しは無視した。ジョディは父親に殴られたといっていたのだ。

「いいたかったからよ」ジョディは苛立って電話を切った。ショーンはひとり打ちのめされて、ガレージで震えているばかりだった。

34

ラリー・ジョンソンは眼鏡をとって鼻柱をこすり、再びかけ直すと、ジョディ・ミラーのファイルをざっと見てオフィスから診察室に戻った。

「気分はどう？」

「大丈夫だと思います」ジョディはラリーが指示した診察台に座っていた。

「きみは八月にも学校の検診でここに来たね」

「ええ。学期が始まる前に毎回検診を受けるのはばかばかしいと思いますけど、ホールヴァード・コーチがうるさいので」

「コーチならみんなそういうよ」ラリーは笑った。「さて、どこが悪いのかな？」

「それが――」ジョディは大きく息をのんだ。「――もう二カ月も生理がないんです」

「そうか」ラリーは聴診器に触れた。「ちゃんと食事はとっているかい？」

「ええ、とっているつもりですが」

「女性のスポーツ選手、特に持久力を必要とするスポーツをやっている女性によくこういう質問をするのは、身体をその手のストレスにさらすとしばらく生理がこなくなることがあるからなんだ。身体自身の防衛本能なんだよ。その時期に子供をつくるわけにはいかないからね。自然はたいしたものだよ」

「まあ」ジョディはばつが悪そうに笑った。「でもフィールドホッケーはそんなスポーツじゃないと思います」

「次の質問」ラリーはひと呼吸おいた。「性的な関係を結んだことは？」

「あります。でも詳しくはいえません」

「それは尋ねないよ」ラリーは交通巡査のように手をあげた。「しかしいくつか知っておかなくてはならないことがある。きみは十七歳だ。このことは、ご両親とは話したのかね？」

「いいえ」ジョディは慌てて答えた。

「そうか」

「両親には話していませんし、話したくありません」

「わかるよ」

「いいえ、先生にはわからないわ」

「話を戻そう、ジョディ。何か避妊具を使ったかね？」

「いいえ」

「わかった、じゃあ」ラリーはため息をついた。「調べてみよう」

ラリーは妊娠テストのために採血し、同時に感染症の有無を調べるためにさらに血をとった。ジョディにはこのことは伝えずに、何かわかったら連絡するといった。

「注射は嫌いだわ」注射針が腕から引きぬかれる時、ジョディは顔をそむけた。

「ぼくも嫌いだよ」ラリーは小さな綿をジョディの腕に押しつけた。「お母さんは、避妊について話してくれたことはある？」

「ええ」

「なるほど」

ジョディは肩をすくめた。「ドクター・ジョンソン、ママがいうほど簡単なことじゃないんです」

「そうだろうな。ジョディ、正直いって人間の性についてはよくわかっていない。だが性ホルモンが体内で活動しはじめた時から、多くの不条理もついてまわるようだ。人は苦しい時、癒やされたくて他人との接触を求めるが、セックスも癒やしのひとつといえる」ラリーは微笑んだ。

「金曜にまたいらっしゃい」ラリーはカレンダーをちらりと見ていった。「うーん、月曜にしようか」

「わかりました」ジョディは青ざめていた。「誰にもいわないでもらえますか」

「いわないよ。きみは？」

ジョディは首を振った。

「ジョディ、ママに話せないのなら、他の年上の女性に話すべきだ。妊娠していようがいまいが、きみだけの問題じゃないことがわかってびっくりするよ。きみと同じように感じたことがある人は他にもいるんだから」

「感じることはそれほどありません」

ラリーはジョディの背中を軽く叩いた。「オーケー、それじゃ月曜に」

ジョディはいたずらっぽくウィンクして診察室を後にした。

35

厚かましく見えないように祈りながら、サンディ・ブレイシャーズはロスコウ・フレッチャーのオフィスの隣室へ移った。前校長の神聖な場所に陣取るような行動を避けたわけだ。

エイプリル・サイブリは、ずっと無礼な態度を崩さなかった。雑用や、情報の検索、電話の対応などをナオミに命じられれば、いちおう従った。彼女とナオミはあたたかい関係とはいえないまでも、今は心なしか頼りにしあっていた。だが、サンディに何かを頼まれると、わざとぐずぐずした。

ロスコウの死の影響はエイプリルの生活全体に及んでいたが、ナオミ・フレッチャーは中等部の校長としての仕事を再開していた。ナオミには、ショックから気をそらすために仕事が必要だったし、学校側もこの大変な時に彼女の指導力を必要としていた。

昼休みにサンディがナオミのオフィスにやってきて、二人は連れ立って高等部のある本館──オールド・メインへと中庭を横切っていった。

「校長になるのは教師になるより簡単でしょう?」ナオミはサンディに訊いた。

「この七年間、ぼくは忠実なる野党だったと思うよ」彼は学校のスカーフを首のまわりでしっかり締めた。「ぼくが何を決めても、賛成する者と反対する者が必ずいて、結局はみんな後でとやかくいうんだ。いかに人は動きたがらず、でも我だけは通したがるかがわかって、面白いよ」

ナオミは笑った。「マンデー・モーニング・クォーターバックね（日曜のフットボールの試合について月曜にとやかくいう。終わってからあれこれ批評だけする人のこと）。必ずしも命中させる必要はないんだって、ロスコウがよくいっていたわ」裏に毛皮のついた手袋の指を小刻みに動かした。「あなたはロスコウが好きじゃなかったでしょうけど、彼は有能な校長だったわ、サンディ」

「ああ、ぼくが主にロスコウと意見が合わなかった点は、日々の業務のことではない。ぼくが、彼の管理能力は買っていたのは知っているだろう。セント・エリザベスのカリキュラムに関するぼくと彼の考えは一八〇度違っていた。根本からすべてを説明しなくてはならないくらいだった。たとえば、彼のコンピュータ教育への力の入れようを見てごらんよ。素晴らしい。おかげでこの学校の生徒はみんなコンピュータに詳しい。そうだろう？」サンディは両手をあげた。「子供たちは輝くスクリーンを見つめてばかりいる。だが、どれほどコンピュータの使い方に詳しくても、自分の発言をできなければ何の意味もない。何かを発言したければ、われらが文化の偉大な古典を勉強するしかない。コンピュータは『フェデラリスト』（米国憲法の権威的解説書）を読めないし、理解できないからだ」

「考えることを教えるのは、太古の昔から試行錯誤の連続よ」ナオミはいった。「だからわたしは中等部で仕事をするのが好きなの。子供たちは若いからオープンな心を持っている。なんでも吸収するわ」

サンディはナオミのためにドアを開けてやり、一階にも教室がある本館に足を踏み入れた。ヒーターの暖かい空気が二人を包んだ。

広い階段を二階へあがり、エイプリルの部屋を通らなくていい入り口からロスコウのオフィスに入った。

エイプリルは四つん這いになってビデオテープをダンボールの箱に入れていた。テープは本棚の一番下の段に並んでいた。

「エイプリル、そんなことはわたしがやるわよ」ナオミがいった。

立ちあがらずにエイプリルは答えた。「これはミスタ・マッキンチーのものです。今日の午後、彼に返そうと思って」彼女は《赤い河》のテープをかかげた。「映画史週間のためにコレクションを貸してくれたんです」

「そうだったわね。すっかり忘れていたわ」ナオミはフィールドホッケー・チームのメンバーがカフェテリアから出てくるのに気がついた。先頭で出てきたカレン・ジェンセンが、続いて出てきたブルックス・タッカーにリンゴをトスしている。

「エイプリル、わたしは来週ここに引っ越してくるよ。今の狭い仮住まいじゃ会議ができないからね。〈デザイン・インテリア〉を呼んでくれないかな？　ここを改装したいんだ」サンディははっきりした声でいった。

「どうしてこのままじゃいけないんです？　そのほうが経費も節約できます」エイプリルは視線を合わさずに、さらにテープを箱に放りこんだ。

「この部屋を快適に――」

「じゅうぶん快適です」エイプリルが遮った。

「ぼくにとってという意味だ」サンディは続けた。

「でも、ひょっとしたら校長に任命されないかもしれませんよね。役員会が調査するでしょうけど。どうして無駄なお金を使うんです？」

「エイプリル、今年度が終わるまでは、そうならないわ」ナオミは一歩踏み出して、優しいがはっきりした口調でいった。「サンディはセント・エリザベスのためにベストを尽くそうとして、わたしたちの助けを必要としているのよ。ロスコウの影法師みたいに働くのは――」ナオミは部屋やかかっている絵を示しながらいった。「――やり方が違うわ」

エイプリルはさっと立ちあがった。「どうしてこの人の肩を持つんです？　彼なんかロスコウ校長の腰巾着だったくせに！」

ナオミは手袋をはめた手をあげて、落ちつくよう身振りで示した。「エイプリル、サンディは内輪の問題をとりあげて、役員会からの厳しい質問に対処できるようにしたのよ。彼は夫の親友ではなかったけど、いつもセント・エリザベスに良かれと気にかけてくれているわ」

エイプリルは唇を噛んだ。「協力するのは嫌だけど、いちおうあなたの顔を立てます」

ダンボールを持ちあげると、サンディの脇をすり抜けてドアを閉めた。

サンディはポケットに手を突っこみながら、ため息をついた。「ナオミ、エイプリルにクビだなんてぼくはいえない。彼女は長年仕えてくれたが、彼女とやっていく余地はまったくないし、彼女もだめだろう。ぼくは自分の秘書を別に見つけなくてはならないが、そうすると出費がぐっと増えてしまう」

ナオミはやっと手袋をとってロスコウのどっしりした机の端に腰かけた。「エイプリルをクビにしなくちゃだめよ、サンディ。このままじゃあの人、反乱を起こすわ」

「おそらくマッキンチーならエイプリルをうまくあしらえるんだろうな。彼はじゅうぶんな金をもっているし、彼の小さなオフィスでもエイプリルは幸せだろう」

「彼女はどこへ行ったって幸せになれないわ」ナオミはこの話題が嫌だった。「エイプリルとロスコウは愛し合っていたわ。そのことでわたしはよく彼を責めた。彼女が激しく思いを寄せていた人間は、ロスコウの他にはいないでしょうね。彼に地獄へ往復しろといわれても、エイプリルはきっということをきいたと思うわ」ナオミは悲しそうに笑った。

「もちろん、彼女はロスコウと一緒に生きる必要はなかったけれど」

「エイプリルに出ていけとはいえないが、きみのいうことは正しいと思う。辞めてもらわなくてはならないな」

「まずマリリン・サンバーンに相談しましょう。彼女なら何かアイデアがあるわ——それともミムに」

「そうだな。きみがけしかければ、ミムがセント・エリザベスを動かす」

「世界をよ」ナオミは足を前後に揺らした。「セント・エリザベスは偉大なるミムにとっては小さすぎる舞台だわ」

エイプリルがドアを開けた。「二人でわたしのことを話していたんでしょう」

「今まさにミムのことを話していたのよ」

しかめっ面をしてエイプリルはドアを閉めた。サンディとナオミは顔を見合わせると、肩をすくめた。

36

「どうして、こんなことをするはめになったのかしら？」

ハリーが文句をいいながら、泥縄式にこしらえたコスチュームをいじくり回している間、ふわふわした家族たちは口を閉ざしていた。大きなパーティより友達同士の小さな集まりのほうが好きだったが、ハリーは大きな役目を仰せつかってしまっていた。たかが高校のダンスパーティといえども、いちおう付添い人役なのだから、着ていくものを見繕い、デートも台無しにして、なんでも自分でやり、とんでもなく退屈な人たちとおしゃべりしなくてはならなかった。ハリーは他の付添い人の顔を思い浮かべた。モーリー・マッキンチーのような人間なら人気者になるだろうが、ハリーの好みではない。彼も同じ付添い人だから、おしゃべりするのは避けられない。だが、彼の話はいつも、どこそこのスターが何をしたかとか、自分のさまざまな映画に誰々が出演したとかいう派手な話題ばかりで、ハリーにとっては退屈なだけだった。ガール・ハントが狙いならまだ我慢できるかもしれないが、そうではなかった。彼の興味はもっぱらハリーの胸ばかりのようだ。彼も例の男たちの同類だった——人と話をする時に相手の目ではなく、胸ばかり見て話す男たち。

サンディ・ブレイシャーズがセント・エリザベスの他の教職員に対して手厳しくなるまでは、ハリーは彼を気に入っていた。ロスコウ亡き今、彼は新たないじめの対象を見つけなければならないだろうが、こちらの目を見て話すので、まだ新鮮な相手だった。エド・シュガーマンは古いタバコの広告を蒐集していた。ニコチンの化学的特性についてのうんちくを傾けたがるが、サッカーに話題を向ければ、よく知っているし、なかなか愉快なことがわかる。

ホールヴァード・コーチは元気はつらつだろう。つぎにハリーは、こわいフローレンス・ルビコン先生がダンスフロアをうろついているだろうと、思い至った。ハリーのラテン語能力は年々衰える一方だったが、ルビコン先生が喜ぶくらいはカトゥルスの詩を憶えていた。

ハリーは思い出し笑いをした。彼女が習ったラテン語の先生や教授はみんな風変わりだったが、どこか憎めないところがあった。ハリーは一部のラテン語を読み続け、そのエキセントリックな影響をどっぷり受けたのだ。

「こんなの履けないわ」ハリーは顔をしかめてきついパンプスを放り投げた。エナメルの靴が部屋の向こうに転がり、ハリーは時計をチェックしてもう一度うめいた。

〈まだ時間はあるわよ〉ミセス・マーフィがいった。〈タキシード着るの？　そんなのママらしくない〉

「ごはんはあげたじゃないの」

〈もう、にぶいわね。そのタキシードはやめてよ〉ミセス・マーフィは大きな声をあげた。〈ママには、もっと創意工夫のあるもの人間のにぶさに直面すると、いつもこうなるのだ。〈ママには、もっと創意工夫のあるものが必要よ〉


〈ママには創意工夫はないわね〉タッカーがやれやれというようにいった。

〈いい脚をしてるけどね〉とピュータ。

〈それが創意工夫と何の関係があるの？〉タッカーが知りたがった。

〈何もないけど、ハリーは脚を見せるようなものを着るべきだわ〉

ミセス・マーフィはクローゼットのなかへ忍びこんだ。〈ここにみすぼらしいスカートがひとつぶら下がっているわ〉

〈ママがスカートを持ってるなんて知らなかった〉

〈大学時代からの遺物に違いないわ〉トラ猫は茶色のスカートを調べた。

ピュータも加わっていった。〈ハリーはクローゼットを整理するつもりなんじゃないの？〉

〈チェストを整理したのが始まりよ〉

二匹はスカートを見あげ、それからお互い顔を見合わせた。

〈やる？〉

〈よしきた〉ピュータは目を見開いた。

二匹は伸びあがって爪をむき出し、飛びついてスカートをずたずたにした。

〈ウィー！〉夢中になってかぶりつく。布地が裂ける音を聞きつけたハリーがクローゼットのなかに頭を突っこむと、ひとつだけついている電球が頭上で揺れた。「こら！」

最後に思いっきりスカートを引っ張ると、ミセス・マーフィはクローゼットから慌てて飛び出し、少々速度の遅いピュータがそれに続いた。

ハリーは呆れかえってスカートを手にとった。「ぶん殴ってやるわ。クロゼット高校二年の時からずっととっておいたのに」

〈知ってるわよ〉ベッドの下からくすくす笑う声が聞こえた。

〈猫ってなんでも壊しちゃうのね〉タッカーは同情して悲しそうな目をした。

〈ごますり屋！〉ミセス・マーフィがいちゃもんをつけた。

〈わたしは強い猫。なんてすごい爪。なんでもずたずた、空さえもひと裂きよ〉ピュータが歌った。

「なんてことなの。わたしのスカートをずたずたにして、ベッドのしたで騒いでるなんて」ハリーは膝をついて覗きこみ、こちらを見つめている黄緑色の四つの目と睨み合った。

「性悪猫ね」

〈エヘヘへ〉

「冗談じゃなくて、本当にごちそうあげないからね」

ピュータはミセス・マーフィのほうに身を乗り出した。〈あんたのせいよ〉

〈ごちそうのために寝返ったらどう?〉ミセス・マーフィはピュータに体当たりした。

ハリーはベッドの垂れ布を元に戻して、ボロボロになったスカートを見つめた。

ミセス・マーフィは安全な場所から叫んだ。〈浮浪者に扮したらどうかしら? ほら、ヴィクトル・ユゴーの小説の哀れな登場人物のひとりみたいに〉

「これでコスチュームが作れないかしらね」

〈わかったみたいね!〉ピュータはびっくりした。

〈早合点しないで〉ミセス・マーフィはベッドのしたから滑り出た。〈きっとママは正しい答えに行きつくわよ〉

ミセス・マーフィはベッドのうえでジャンプの体勢を整えると、そこからクローゼットに突進した。服にとりすがってぶら下がり、一番くたびれたシャツを見つけ出して、爪をたててそれを床へ引きずり下ろした。布地が裂けるわくわくするような音に続いて、ミセス・マーフィは床に着地した。

「この、悪たれ猫!」ハリーは追いかけたが、ミセス・マーフィは居間に逃げこみ、椅子の肘に飛び乗って、今まさに本棚に飛び移ろうとして尻尾を小刻みに動かした。そこには本だけでなく、ハリーの勲章の飾り紐やトロフィーがぎっしり詰めこまれていた。「やめなさい!」

〈それならわたしを放っておいて〉ミセス・マーフィは口答えした。〈浮浪者のコスチュームをこしらえなさい。時は金なりよ〉

人間と猫は、目と目を合わせて睨み合った。「ご機嫌斜めなのね、猫ちゃん」

タッカーは忍び足で出ていき、ピュータはまだベッドのしたで緊張して聞き耳をたてていた。

「どうしちゃったのよ？」

〈ハロウィーンよ〉ミセス・マーフィは甲高い声をあげた。

ハリーは手を伸ばしてそ知らぬ顔の猫を捕まえようとしたが、簡単に逃げられてしまった。ミセス・マーフィは椅子の反対側に飛び移ると、寝室へ戻ってまた服に飛びつき、さらにずたずたにした。

〈やっほー！　バンザイ！　皇帝に死を！〉

〈また第二次大戦の映画を観たの？〉タッカーは笑った。

〈じゅうぶん引きつけてから撃て〉ミセス・マーフィは宙に飛びあがると完全に一回転して、服の真っ只中に着地した。

〈彼女、軍隊ノリだわ〉ピュータがベッドのしたからはいだしていった。〈もしあんたのせいでわたしたち両方ともお仕置きされるようなことになったら、本当に怒るからね、マーフィ〉

ミセス・マーフィはピュータに向かって、ベッドの端からまともに先制攻撃をしかけた。

二匹は寝室の床を転げまわり、ハリーはこの喧嘩模様を楽しんだ。

ついにピュータが降参して、ミセス・マーフィから逃れ、キッチンへと逃げていった。

〈臆病者〉

〈ばーか〉ピュータはやり返した。

「こんな騒ぎの後じゃ、今夜何かが起きたとしても退屈だわね」ハリーがため息をつきながらいった。

いや、それはハリーの思い違いだった。

37

リトル・ミムはパウダーをはたいた顔をこわばらせ、かつらを揺らしながら、見事に磨きあげられた体育館のフロアをハリーのほうへやってきた。海賊にかしずく浮浪者という組み合わせだったが、ハリーの他に背が高い人間はフェアしかいないので、少なくともリトル・ミムには正体がわかっていた。

ダンスは大いに盛りあがっていた。バンド〈ヤーダ・ヤーダ・ヤーダ〉のおかげだ。腰帯に差している弓なりの剣のおかげで、フェアはかなり危険そうに見えた。他に剣を持っている参加者はストーンウォール・ジャクソンとジュリアス・シーザーだ。ピストルを持っている者もいたが、よく見れば水鉄砲だった。

黄金の仮面をかぶったカレン・ジェンセンは金髪のアルテミスに扮し、男の子たちを熱狂させていた。カレンだということはばれていたが、見事に似合っていた。

だがそれなら、ハリーの扮装もばればれだったが、こちらも悪くなかった。

リトル・ミムはハリーの腕に手をかけた。「ちょっといいかしら?」

「もちろん。フェア、すぐに戻るわね」

「オーケー」フェアは巻き髭のしたから答えた。マドンナとキングコングが後ろでいちゃついていたが、キングコングは悪戦苦闘していた。

「あなたが怒っていないといいんだけど。知らせておくべきだったわ」

「何のこと？」

「ブレアにダンスを申しこんだの。エスコートが欲しかったわけじゃないのだけど、学校に興味を持ってもらえるかもしれないと思って。それで――」

「彼には何の感情もないわ。とにかくわたしたちはただの友達なのよ」ハリーはなだめるようにいった。

「ありがとう。わかってくれてよかった」リトル・ミムのかつらがぐらついていた。「みんなはこの代物をどうやってうまくまとめているのかしら？」彼女はまわりを見回していった。「ストーンウォール・ジャクソンは誰だかわかる？」

「うーん、あの太鼓腹からすると、彼は付添い人だわね」とハリー。

「ケンドリック・ミラーかしら」

「アイリーンはどこ？　まだあの二人は第三次世界大戦状態じゃないの」

「アイリーンはあそこにいるわ。二十歳若かったら、完璧に似合っているのにね。年をとることをどうしても許せない女はいるものよ」リトル・ミムは薄いワイヤで作った透明の羽をつけた森の妖精を指さして声をひそめていった。「エイプリル・サイブリを見た？

魔女の格好をしていたけど、まさにぴったりね」

「あなたはエイプリルのことが好きなんじゃないの？」

いい過ぎたことに気づいて、リトル・ミムは語調を和らげた。「ロスコウが死んで以来、エイプリルじゃなくなってしまったみたいで、役員から教職員にいたるまでみんなを困らせているのよ。そのうちにおさまるでしょうけど」

「あるいはエイプリルが辞めるかね」ハリーは冗談をいった。

「魅力的な仮面の美しいおふたりさん」レット・バトラーの仮面をつけたモーリー・マッキンチーが背後からお世辞をいった。

「お上手ね」ハリーは笑ったが、その声には本心が表われていた。

「踊っていただけますかな？」モーリーはハリーにおじぎをするとターンした。

ダンスを申しこまれなくてほっとしたリトル・ミムは、かろうじて乗っているかつらが落ちないようにできるだけ急いでブレアのところへ行った。

ヘルズ・エンジェルの扮装をしたショーン・ハラハンはカレン・ジェンセンと踊っていた。ダンスが終わると彼はカレンをフロアの端に連れていった。「カレン、みんなはぼくのことを怒ってるかな？」

母親に連れられてやってきたジョディがショーンを睨みつけた。彼女は骸骨のいでたちで顔は隠していたが、ショーンにはジョディだとわかっていた。

「ジョディだわ」

「きみは、ぼくのことを怒っている？」

「怒ってないわ」

「ぼくを避けているみたいだけど」

「フィールドホッケーの練習で忙しいの。フットボールの練習と同じよ」カレンは言葉を切って咳払いをした。「あなたこそ最近少し変よ。なんかよそよそしいわ」

「ああ、わかってるよ」

「ショーン、起こってしまったことはどうしようもないわ——ミスタ・フレッチャーが亡くなったことはね。それまでにもかなり奇妙なことがあったけど。ミスタ・マッキンチーの死亡記事だって変だわ」

「あれはぼくがやったんじゃない」

「わかっているわ。あれはロジャーの配達ルートだから。でも彼はやってないといっているわ」

「でも本当にぼくじゃないんだ」ショーンはカレンが信じていないのを感じた。

「はいはい、わかったわ」

「すてきなコスチュームだね」ショーンは褒めた。

「ありがとう」

「カレン——少しはぼくのことが好き？」

「少しはね」カレンはじらすようにいった。「でもジョディのことはどうなの？」

「それは――わかっているだろう。ぼくらは親しいけどそんなんじゃないんだ。今年の夏、たくさん練習した。それで――」

「何を練習したの？」

「テニスだよ。ぼくらの春のスポーツなんだ」ショーンは大きく息をのんだ。

「まあ」カレンはジョディの話を思い出した。

「今度の金曜日、試合が終わってから一緒に出かけないか？」

「ええ」カレンはためらわずに答えた。

ショーンは笑って、ダンスフロアへとカレンの背中を押した。

猫のガーフィールドの格好をしたレニー・ホールヴァード・コーチがハリーの隣にやって来た。

「ハリー、あなたよね？」

「コーチ？」

「そのとおり。それともニャーっていうべきかしら」

「ミセス・マーフィが見たらなんていうかしらね？」

コーチは後ろに手を伸ばして尻尾を腕に巻きつけた。「出直してこいっていうわね」

二人は笑った。

「きっとそういうでしょうね」

「差しつかえなければ、月曜日に今年のフィールドホッケーのルール本を置いていくわ」

「どうして？」ハリーはどういうことかと思っていった。

「万が一のために、審判の補助が必要なの——試合のこと、知っているでしょ」

「まあ、コーチ、それはスーザンにやらせてよ」

「彼女はだめよ」ホールヴァード・コーチは笑った。「ブルックスがチームにいるから」

「そう、わかったわ」

ホールヴァード・コーチはハリーの背中を叩いた。「あなたは話がわかるわ」

「というか、おめでたい人間よ」

レット・バトラーがハリーに二度目のダンスを申しこんできた。「きみはきれいな脚をしているね」

「ありがとう」ハリーはもごもごいった。

「スクリーンテストをするべきだな」

「ここを出ましょう」ハリーは彼の背中を左手で強く叩いた。

「きみはとても魅力的だ。カメラは人を選ぶものだけど、きっときみを気に入るよ」彼は間を置いた。「興味深いことに、誰がスクリーン映えするかしないかは、プロでさえもわからないんだよ」

「レット」モーリーだとわかっていたのでちゃかしてみた。「あらゆる女性にそういうんでしょ」

「はっは」彼は頭を後ろにのけぞらせて笑った。「美人にだけだよ」

「あなたの車はバイタルエッセンスでいっぱいだって聞いたわよ。だからブーム・ブームにも同じことをいったんじゃないの？」

「おっと！」彼は声を低くした。「あんなことするんじゃなかったよ」

決して自分を必要以上によく見せないというのはモーリーの魅力の一部だった。

「おやおや、わたしは決して口外しないわよ」

「わかっているよ。ブーム・ブームならしゃべるだろうけどね」モーリーはため息をついた。「知っているだろうハリー、ぼくはとっても目立ちたがりやなんだ。特に女性に注目されたい。それは認める」

そばで踊っていたストーンウォールとガーフィールドがこちらを向いた。「誰を誘惑しようが、傷つけようがおまえには関係ないんだろう。おまえに注目なんか必要ない。一発おみまいする石ころでもあればいいさ」ストーンウォールに扮したケンドリック・ミラーが低い声でいった。

レットは踊ったままいった。「ケンドリック・ミラー、あんたは愉快な人だな。素直にいわせてもらうが、抑圧されたヴァージニア人を気取ってほくそ笑んでいるあんたは見てられないよ」

ケンドリックは踊るのをやめ、ホールヴァード・コーチは一歩下がった。

「ねえ、落ちついてよ」ハリーは二人にいった。

「ダンスパーティの後で顔をかしてもらおうか、マッキンチー。場所と時間はまかせる」

「決闘するつもりかい、ケンドリック？　武器はこっちが選んでいいのかな？」

「いいとも」

「パイがいいな。あんたの顔にはお似合いさ」

ハリーはモーリーを後ろへ引っ張っていった。ケンドリックがかっとなりやすいことを聞いていたからだ。

「お互い銃は使えないから、拳《こぶし》で始めるさ」レニー・ホールヴァードに反対の方向へ引っ張られながら、ケンドリックは遠ざかっていくモーリーに向かって叫んだ。

四人が去って空いたスペースをすぐ他のダンサーたちが占拠したので、些細な小競り合いに気づいた者はほとんどいなかった。幸いなことにほとんどの学生はそれぞれ音楽にのっていた。

ジョディは腰に手を当てて父親に背を向け、冷水器のところへ行った。水を飲むために仮面をとらなくてはならなかった。

「ばかなやつだ！」モーリーは頭を振った。

「ケンドリックがもう少しにこやかで、ユーモアのセンスをもっていたら、誰も文句をいわないわね」ハリーは半ば笑っていった。

「まったくユーモアのかけらもない」モーリーは語気を強めた。「ジョディが彼に似ないでくれてよかったよ。不思議なことに彼女はカメラ写りがいい。カレン・ジェンセンのほうが美人なのに。一日フィルム教室の時に気がついたんだ」

「ふーん」

「カメラっていうのは肉眼では見えないものを映し出すのさ」モーリーはおじぎをした。

「お相手ありがとうございました、マダム。スクリーンテストのことを忘れずに」

ハリーは膝を曲げておじぎをしてささやいた。「閣下、あなたの付き人はどこ？」

モーリーはウィンクした。「お払い箱にしたよ」

モーリーが行ってしまうとフェアがふらりとやってきた。「いつものごとく、たわいのないおしゃべり？」

「カメラのことを話していたのよ。彼がケンドリック・ミラーとちょっとやり合った後でね。男性ホルモンがムンムン」

「きみがそういうなら、ぼくは激怒ホルモンという言葉で対抗するね」

「ご勝手に。とにかく誰もいないところでやってちょうだい」

「やだね」

「男って、ほとんどがああだわ」

「ぼくはそういう輩《やから》とは違う」

「そうね、あなたは違うけど」ハリーはフェアの腕に自分の腕を絡ませた。

夜はそれ以上何事もなく過ぎていったが、事件といえばショーン・ハラハンが酒の小瓶をバイクのジャケットに忍ばせていたくらいだ。実際に彼が飲んでいるところは誰も見なかったが、外から帰ってくるたびに足元がふらついていた。

ショーンは酔っ払っていて、剣を持ったマスケット銃兵に扮した誰かに倒されると立ちあがることができないくらいだった。〈ヤーダ・ヤーダ・ヤーダ〉が最後の曲を演奏すると、何人かは帰りはじめた。ロジャーとブルックスはラスト・ダンスを踊っていた。二人はルーシーとデシのようにお似合いだった。

鋭い叫び声が起こったが、ダンスは続いていた。ただ幽霊と子鬼がうごめいているだけだ。

だが叫び声に続いて聞こえたうめき声は、ただごとではなさそうだった。ハリーとフェアはダンスをやめて見にいくと、レット・バトラーが虫の息で血を流して床に倒れており、彼が喘ぐたびに喉と胸から血がほとばしっていた。剣を持って彼のほうに屈みこんでいたのは太鼓腹のストーンウォール・ジャクソンだった。

38

救急隊がセント・エリザベスに到着する前に、モーリー・マッキンチーは死んだ。リック・ショーは彼が息をひきとる寸前に、サイレンを鳴らしながら到着した。

リックは血に染まった剣をケンドリックの手から取りあげた。

「俺じゃない。殺《や》ったのはあのマスケット銃兵だ。あいつを追っ払ったんだが、もう遅かったんだ」ケンドリックはまくしたてた。

「ケンドリック・ミラー、あなたを殺人容疑で逮捕します。あなたには黙秘権があり……」リックは始めた。

ハリー、フェア、リトル・ミムや他の付添い人たちは、アイリーンが体育館から急いで出されたのを確かめてからすぐに大きな出口のドアへ続く廊下を封鎖した。フローレンス・ルビコンは踊っていた人たちを体育館の裏の別の出口から追い出したが、数人の生徒たちが死体を見ようとして、なんとか入りこもうとした。

カレンとショーンは無言でただ見つめるばかりだった。

ジョディが二人の背後にやってきた。仮面をとり、髪は乱れ、この惨劇にショックを受けていた。「パパがやったの？　パパ、いったい何が起こったの？」

シンシアは素早くメモを開いて訊問を始めた。

サンディ・ブレイシャーズは声をひそめてリトル・ミムにいった。「きっと親は子供たちをここから連れ去ってしまう。月曜には、この学校はもぬけの殻になってしまうだろう」

39

リック・ショーの角張った顎は明るい茶色の無精髭に覆われていた。同じ色の彼の髪は薄くなりつつあるので、シンシア・クーパーにはそのコントラストがおかしかったが、この時ばかりは面白がってはいられなかった。

オフィスの灰皿は溢れんばかりで、コーヒーマシンは次から次へと興奮剤を量産していた。

シンシアにとってモーリー・マッキンチーの殺人は返すがえすも悔しかった。文字どおり人が切り殺されたからだけでなく、あと数時間で明ける日曜日は本来なら非番のはずだったからだ。ウェストヴァージニア州境の美しい町、モンテレーへひとりでドライブする予定だったのだ。警察の仕事のせいで普通の社会生活がなかなかできなかったが、それは男と出会えないという意味ではない。男となら接触しているが、たいていは五十五マイルゾーンで七十五マイルを出している男たちだ。たとえシンシアが男の目を惹く美人だとしても、彼女の姿を見かければ男たちは仏頂面になる。商店街の酔っ払い検挙のおかげで、多くの男たちを知っていたし、彼らは文字どおりシンシアに色目を使った。時にホワイトカラーの犯罪者が加わって、彼女の獲物リストは華やかになった。

数年以上も一緒に仕事をしてきて、シンシアとリックは親しくなっていたが、リックの家庭はうまくいっていたので、二人の間に不適切な関係はこれっぽっちもなかった。シンシアはリックの友情に信頼をおいていた。それは彼女が女性として初めて警察に入った時、リックが色目を使わなかったので、なんとか築きあげてこられた友情だった。

シンシアが本当に好きなブレア・ベインブリッジは、たくさんの女性の心をときめかせたので、自分にはチャンスはないと思っていた。

リックはフローチャートを使って仕事を進めたがり、三つのチャートを使い始めたが、結局はすべて投げ捨てた。

「何時だ？」

「五時半です」

「まもなく事態は好転しよう、だな」リックは古い格言を持ち出した。彼は足をデスクのうえに乗せた。「認めたくないが、お手上げなのは事実だな」

「ケンドリック・ミラーは拘留しました」

「長くはないだろうよ。金のかかる弁護士を雇って釈放ということになるだろう。だがケンドリックは殺人を犯して逮捕されるような人間ではないという気がしたんだ。苦しんでいる被害者のそばに立って見下ろしているなんて変だ」

「気が動転していたのかもしれません」シンシアはコーヒーを飲み干したが、もうたくさんだった。「でもこの意見には納得していないんでしょう?」

「ああ」リックは一呼吸おいた。「われわれは事実を論じなくてはならない。彼が血のついた剣を手に持っていたのは事実だ」

「剣を持っていた人間はあと二人いました。そのうちのひとりは跡形もなく姿をくらましてしまいました」

「あるいは隠れる場所を知っていた」

「生徒たちは誰もマスケット銃兵が誰だか知らなかったし、その人物の声も聞いていません」シンシアは古い部屋の隅の狭い流しに寄りかかって、ずきずきする両のこめかみに指を当てた。「ボス、元にもどって、ロスコウ・フレッチャーから洗いなおしてみましょう」

「続けてくれ」

「サンディ・ブレイシャーズはロスコウの仕事を欲しがっていましたし、あの二人はまったくそりが合いませんでした」

リックが手で制した。「わかった、わかった。でも殺人を犯してまでセント・エリザベスの校長になるのは、割に合わないんじゃないか」

「人はそれ以下の理由でも殺人を犯します」

「うん、きみは正しい。確かにそうだ」リックは胸のまえで腕組みをして、サンディの過去を徹底的に洗うことを心に留めた。

「誰でもロスコウに毒を盛ることはできた。彼は車にもオフィスにも鍵をかけなかった。天才でなくたって、たっぷり毒に浸したキャンディを彼の車やポケットのなかに入れたり、本人に手渡すことはできた。誰でも可能だった」

「でもそうしたいと思ったのは誰だったんでしょうか？」シンシアは頭の後ろに手をやった。「彼の車にあったストロベリー・キャンディの缶には毒の痕跡はみとめられませんでした。彼のように気前よく誰にでもキャンディをふるまっていたら、郡の半分の人間がとっくに死んでいます。犯人には、まあいってみれば良心らしきものがあったと思われますね」

「それは風変わりな見方だな」

「わたしはロスコウはアイリーン・ミラーと寝ていたという気がするんです」シンシアは警察支給品の靴でしびれた足を揺らした。「そうだとすると、それは最初の殺人の動機になります」

「ロスコウが浮気をしていたという証拠はない」

シンシアはにやにや笑った。「ここはアルベマール郡ですよ」

リックも笑いかけたが、立ちあがってストレッチした。「誰にでも秘密はあるよ、クープ。この事件に取り組めば取り組むほど、ひとりひとりが秘密を抱えているのがわかる」

「あの封筒の金については？」シンシアが訊いた。

「封筒にはおびただしい指紋がついていたが、金にはまったくない」リックはため息をついた。「すっかり壁にぶちあたっているんだ。ドラッグの金なのは明らかなんだが、証拠のかけらもない」

シンシアは輪ゴムを宙に飛ばした。それはリックの机のうえにぺたりと落ちた。

「この二つの殺人は関連がありますね。バッジを賭けてもいいです。わからないのはセント・エリザベスのような金持ち学校との関連です。すべて道はあの学校につながっていますよ」

「ロスコウの殺人は計画的で、モーリーのはそうではない――あるいはそのように見えるだけか。ケンドリック・ミラーはセント・エリザベスと関係はあるが――」リックは肩をすくめた。

「でも――」シンシアはまた輪ゴムをまっすぐうえに飛ばした。「――単なる仮定だけだとすると――」

「仮定？　時間を無駄にしているだけさ」

「そうでしょうね」シンシアは落ちてきた輪ゴムをつかんだ。「聞いてください。セント・エリザベスがすべての接点です。もしフレッチャーとマッキンチーが学校の寄付金を横領していたとしたら？」

「ケンドリック・ミラーは寄付金横領で人を殺さないだろう」リックはシンシアの考えを一刀両断にした。

その時、電話が鳴った。当直のジョイス・トンプソンが出る。

シンシアがいった。「わたしはいつも電話をとって、〝お巡りさんと泥棒ごっこ〟っていってみたいと思っているんです」

リックの回線が鳴ったので、彼はシンシアにも聞こえるようボタンを押した。「はい」「保安官」ジョイス・トンプソンの声が聞こえた。「ジョン・オーリエアノです。ミセス・ベリーヒルの牛が彼の土地に入ってしまって、追い払ってくれないと撃ち殺すといっています」

リックは回線をつないで、ものすごい剣幕で怒鳴りちらす声を聞いた。「ミセス・ベリーヒルは小柄な女性だろう、ミスタ・オーリエアノ。手伝ってやらなければ牛を集めることはできないさ。誰かを応援に行かせるには数時間かかる。なんせ今、手薄でね」

さらに雷が落ちた。

「じゃあ、こうしよう。誰かをやって牛を動かすことにしよう。ただし友好的なアドバイスをいくつかさせてくれ。ここは田舎だ。牛も田舎の一部なんだよ。ショックなことを教えてあげよう。牛は〝立ち入り禁止〟のサインが読めないんだ。ミスタ・オーリエアノ、あなたが牛を撃ったら、想像以上に面倒なことになる。こういったことが気に入らないのなら、都会に引っ越すんだな！」リックは受話器をおいた。「この仕事が本当にうんざりする日もあるな」

40

早朝のミサに出席した人たちは沈んだ面持ちだった。ジョディ・ミラーと母親のアイリーンは信者席の真ん中あたりに座っていた。ハラハン一家は左側の席を占領している。サムソン・コールズはあえてジョディのそばに座り、ルシンダはアイリーンの隣に無理やり割りこんだ。ケンドリック・ミラーが実際に犯人であろうがなかろうが、彼の妻子には汚名を着せるべきではない。

それでもみんなの注目を浴びてしまうのは、しかたのないことだった。

リックとシンシアは後ろの列にひざまずいていた。リックは居眠りしそうになって首ががくんと折れて額に手が当たった。彼は慌てて頭をあげて「すまない」とささやいた。

ミサが終わって人々が散り散りに帰っていく間、リックとシンシアは玄関ホールで待った。警察がアイリーンを呼び止めるかどうか見ようとして、通り過ぎていく礼拝者たちの顔は好奇心にあふれていたが、アイリーンとジョディはわき目もふらずにリックの横を素通りした。ハラハン一家は会釈したが、足は止めなかった。

ついに残りの野次馬たちはがっかりしたように冷たい外気のなかへ出て行き、車で走り去った。

リックは時計をチェックして、ホールの左側のドアをノックした。

「どなた？」ノックの音を聞きつけたマイクル神父の声だ。「リック・ショーとクーパー保安官助手です」

法服に白いサープリスを着たマイクル神父がドアを開けた。「どうぞ、おふたりともお入りなさい」

「日曜日におじゃまするつもりはなかったのですが、緊急にうかがいたいことがいくつかありまして、神父」

神父は身振りで示した。「どうぞ、おかけください」

「ありがとうございます」二人はなかへ入り、古い革のソファにどさりと座りこんだ。

「ほとほとまいりました。眠っていないのです」

「わたしもよく眠れませんでした」

「脅されたことはありますか、神父？」リックの声は疲れきってしゃがれていた。

「いいえ」

「セント・エリザベス付き聖職者という立場で、何か異常なことに気がつきませんでしたか？　例えば教師の間とかで。ロスコウ校長と衝突していたとか、校友会とのトラブルとかは？」

マイクル神父はしばらくためらっていた。線は細いが魅力的な彼の顔は苦渋に満ちていた。「ロスコウとサンディ・ブレイシャーズは何かにつけていい争いをしていましたが、それほど激しいものではありませんでした。彼らは互いの意見の違いを認めることを決して学ぼうとしなかった。わたしのいう意味がおわかりなら」

「わかります」リックはうなずいた。「神聖な懺悔の本質とは別にして、ロスコウが絡んだ性的に不適切な関係について何か知っていますか、あるいは何か聞いたことはありますか？」

「ああ」中年の神父はまた長い間、もじもじしていた。「噂はありましたが、狭い社会のなかではありがちなことですよ」

「どんな名前があがっていましたか？」シンシアが訊いた。「例えばアイリーン・ミラーとか？」

「いいえ」

「サンディ・ブレイシャーズとナオミ・フレッチャーは？」

「それは聞いたことがあります。ナオミがロスコウの不貞に愛想が尽きて、夫を捨てるために、彼の天敵、ライバルとでもいうのですかね、その協力を求めたとか」

リックは立ちあがった。「神父、お時間をさいてくださってありがとうございました。何か思い出したり、話したくなったら、わたしかクープに連絡をください」

「保安官」マイクル神父は言葉をかみしめていった。「わたしは危険なのでしょうか？」

「そうでないといいのですが」リックは正直にいった。

41

エイプリル・サイブリが月曜の朝、学校で逮捕された。学校の記録をサンディにも、そして警察にも提出するのを頑なに拒み続けていたため、司法妨害ということになったのだ。エイプリルはロスコウと結託してしていたので、ナオミでさえ、エイプリルがどれくらいの証拠を握りつぶしたり隠したりしたのか、わからなかった。

サンディ・ブレイシャーズは時をおかず、エイプリルを解雇した。学校から立ち去る時、彼女が振り向きざまにサンディに平手打ちをくらわせたので、シンシアは彼女をパトカーに押しこんだ。

教職員以外は人の姿があまり見られなくなり、セント・エリザベスは十一月初旬の冷たい風のなかで見捨てられたようにたたずんでいた。サンディとナオミは職員と関係者を集めて緊急会議を開いたが、もっとも重要な疑問には誰も答えられなかった。セント・エリザベスに何が起こっているのか？

ハーバート・C・ジョーンズ牧師はダーラ・マッキンチーから腹立たしい電話を受けた。

いいえ、わたしは葬式のためにアルベマール郡に戻るつもりはありません。前夫の遺体はただちにロサンジェルスに移送するつもりです。牧師さんがデール&デレーニー葬儀社と交渉していただけません？ 教会にはじゅうぶんな寄付はさせていただくつもりですわ。もちろん承諾はしたが、彼女のあまりに高飛車な態度や姿勢にジョーンズ牧師は大いに動転した——彼女はモーリーの田舎の友達のことなどこれっぽっちも気にしておらず、モーリー自身についてもほとんど関心がないということにも。

憂鬱な月曜日は一時間ごとに驚くような事態が起こった。ジョディ・ミラーにとってもそうで——やはり妊娠していた。ラリー・ジョンソン医師に母親には連絡しないでほしいと頼んだが、ジョディが未成年であるため、彼は首を縦に振らなかった。ジョディは診察室で癇癪を起こして暴れ出し、若いヘイデン・マッキンタイヤ医師と二人の看護婦が駆けこんできて彼女を取り押さえた。

奇妙なことに、ジョディではなく駆けつけたアイリーン・ミラーのほうが泣いていた。娘が結婚もしないで妊娠したという恥が、アイリーンを徹底的に打ちのめしたのだ。今や家のなかだけでなく、外でも緊張を強いられることになり、彼女はぼろぼろだった。ジョディはといえば、妊娠を恥とはまったく思っておらず、ただ単に嫌なだけだった。ジョンソン医師は母と娘にじっくりと話し合うように、ただし診察室ではなく、とアドバイスした。

正午にケンドリック・ミラーは二十五万ドルの保釈金で釈放され、彼の弁護士ネッド・タッカーの監察下におかれた。午後一時、ケンドリックは離婚弁護士に離婚書類をアイリーンに渡すなといった。彼女はこれ以上のショックには耐えられないだろうというのが彼の言い分だった。本当はアイリーンに味方になって欲しかったのだが、やはりケンドリックはケンドリックで、まるで彼が妻に恩恵を施してやるかのような口ぶりをしないではいられなかった。

二時半にケンドリックはサンディ・ブレイシャーズを電話で罵倒し、事態がまともになるまでは娘を学校とは名ばかりのひどい場所から隔離するといった。三時半には事態が爆発寸前になったので、ケンドリックは電話でマイクル神父に助けを求めた。彼が自ら助けを必要をしていると認めるのは、いい傾向だった。

四時四十五分にこの日最後の事件が起こった。ブーム・ブーム・クレイクロフトがまだ真新しい彼女のBMW7シリーズの運転を誤り、郵便局の裏の路地で轟音を立てながら三六〇度スピンしたあげく、ハリーの青いフォードに突っこんだのだ。

ものすごい音を聞きつけて、動物たちは郵便局から飛び出した。ブーム・ブームはかすり傷ひとつ負わなかったが、メタリックグリーンの車のドアを開けて地面に片足を下ろしたとたんに泣き出した。

〈怪我したのかしら？〉タッカーが走っていった。

ミセス・マーフィはオポッサムのように小走りに駆け寄った。〈香水のカクテルだわ〉

衝突の衝撃でブーム・ブームが香水を入れておいたプラスチックのケースがダッシュボードにぶつかって壊れ、ローズやセージ、コンフリーの液体がこぼれて混ざりあっていた。

ハリーが裏口のドアを開けた。「まあ、なんてこと！」

「どうしようもなかったのよ！　ヒールが床のマットにひっかかっちゃって」ブーム・ブームはすすり泣いた。

ミセス・ホウゲンドバーがドアから頭を出したかと思うとすぐに出てきた。「大丈夫？」

「首が痛いわ」

「救急車を呼ぶ？」ハリーは何かうさんくさい感じを受けたが、証拠不十分なのでそれ以上追及しなかった。

「いいえ。ラリー先生のところへ行くわ。たぶんムチ打ちだわ」ブーム・ブームは脇がへこんだトラックをしげしげと見た。「保険に入っているから心配しないで、ハリー」

ハリーはため息をついた。かわいそうなトラック。タッカーが走って目立った損傷のないBMWのしたにもぐりこんで調べた。右のフェンダーにわずかなへこみがあるだけだった。

ピュータはのたのたとトラックのまわりを歩き回った。〈うちに帰るのは大丈夫よ。へこんでいるのは脇だけだもの〉

「保安官事務所に電話するわ」ブーム・ブームが無事だったので、ミランダは安心して郵便局のなかへ戻った。

マーケット・シフレットが裏口のドアを開けた。「何か音がしたけど」彼は状況を観察した。

彼が何かいう前にブーム・ブームが口を開いた。「どこも骨折してないわ」

「よかった」正面のベルが鳴ったのが聞こえたので、彼は店に戻った。「ここは寒いわよ」

「なかに入ったら」ハリーはかつてのライバルを車から助け出した。

「ヒールがマットにひっかかっちゃったのよ。買ったばっかりの新しいマットなのに」ブーム・ブームはBMWのロゴの入ったふわふわしたマットを指さした。

「ブーム・ブーム、どうしてちょっと用足しに出かけるくらいでハイヒールなんか履いていたの？」

「それは——その——」ブーム・ブームの手が震えていた。

「どこに行ってたの？　いつも自分の郵便を取りに来るのに」

「体の具合が悪かったのよ。殺人事件のせいで動揺しちゃって」

郵便局のなかに入って、保安官事務所から誰かが来るまで待つ間、ミセス・ホウゲンドバーが濃い紅茶を淹れた。

「ダーラ・マッキンチーったら、女優でもないのに自己中心的だわ。ここでお葬式をやらないなんて、ひどい話ね」ブーム・ブームは紅茶を飲んで元気を取り戻すと、ハーブが電話でいわれたことを話した。花屋でハービィ・ジョーンズ牧師を見かけたという。

「かなりの冷血人間ね」ハリーは身を屈めて靴紐を結んだ。ミセス・マーフィが手伝った。

「誰かが音頭をとって、ここでお葬式をやるべきだわ」

「それはいい考えね、ブーム・ブーム。あなたがやったら?」ミランダは、彼女がやりたがっているとわかっていたので、笑いながらいった。

警官が事故についていくつか質問して写真を撮って帰ると、保険代理店の人間が現われて同じことをしていった。すべてが終わってブーム・ブーム自身も立ち去ると、嫌いな女に礼儀正しくするというストレスから解放されたハリーは大いにほっとした。ブーム・ブームが気が動転していてとても車を運転できないとわめいたので、ルシンダ・コールズが迎えにきた。ブーム・ブームの車はキーをつけたまま郵便局に置き去りにされた。

42

「エイプリル、お願いだから協力してくれないかしら」クーパーはイライラして指の関節でテーブルを叩いた。

「いいえ、わたしはここに留まって、しばらくはこの郡のやっかいになって暮らすつもりよ。わたしの税金はここの留置所にも払われているんですもの」エイプリルはほつれた前髪をかきあげた。

「ロスコウ・フレッチャー殺人に関する書類を処分して――」

エイプリルが遮った。「でもあれは違うわ！　セント・エリザベスの運営に関する書類よ。だからあなたがたには関係ないでしょう」

クーパーは平手でテーブルを叩いた。「横領はこっちの管轄よ！」

エイプリルは責められてもびくともせず、口をすぼめた。「じゃあ証明してみてよ」

シンシアは長い脚を伸ばし、深く息を吸って十数えてからあらためて始めた。「あなたは、この町では重要な地位にいるのよ。死人を守るために、その地位を投げ捨てることはないじゃないの」

胸のまえで腕を組み、エイプリルは敵対するように黙りこんだ。

クーパーも同様に口をつぐんだ。

二十分後、エイプリルが口を開いた。「わたしが彼と不倫していたことも証明できないでしょう。みんなはそう思っているけどね。重要な地位にいるだなんて、ばかなことといわないでちょうだい」

「でも事実そうだわ。あなたはセント・エリザベスにとって、重要な人じゃないの」

エイプリルは両肘をテーブルについて身を乗り出した。「わたしはただの秘書よ――」

彼女はこれでおしまいというように手をあげた。「――まわりの人たちにとっては何の意味もないことね。だけどわたしは極めて優秀な秘書よ」

「確かにそうだわ」

「それに――」エイプリルはさらに前に乗り出した。「――サンディ・ブレイシャーズはわたしたちが創りあげてきたものをすべて壊してしまうわ。絶対そうよ。あの男は夢の世界に生きていて、しかも狡猾だわ。一時的に校長におさまったけど、校長がなにさ！　今や学校には誰もいなくなっちゃったじゃないの」

「あなたはいたじゃない」

「仕事だからよ。それに誰もわたしを殺さないわ。わたしはまったくの下っ端だもの」

「でも、なぜロスコウが殺されたのかを知っているのなら、命が危ないかもしれないわ」

「知らないもの」

「知っていたら、話してくれるでしょうね」

稲妻と雷鳴に驚いたかのような、一瞬の沈黙。

シンシアの目をまっすぐ見ながらエイプリルは断固としていった。「ええ、いうわ。他にも話してあげるわ。ロスコウはサンディ・ブレイシャーズの弱みを握っていたのよ。それが何かはわたしには話してくれなかったけど、そのおかげで彼はサンディの首根っこを押さえていられたのよ」

「それが何か——まったくわからないの？」

「わからない」エイプリルは息をのんだ。「できればわたしだって知りたいわ。本当に」

43

ケンドリックがジョディの赤いBMWを見つめると、彼女は叫んだ。「違うったら。Kおじいちゃんのお金で買ったのよ。おじいちゃんはわたしにお金を遺してくれたのよ。パパにじゃないわ」

「あれは大学へ行くための金だ。貯めておくと約束したはずだぞ」父親は顔を真っ赤にしていった。

アイリーンは二人が本格的に爆発するのを阻止しようと間に入った。「みんな疲れているのよ。明日話し合いましょうよ」ジョディの妊娠というさらに重大な問題を、今ここで持ち出すべきでないことは痛いほどわかっていた。

「こいつを甘やかすのはやめろ」ケンドリックが命令した。

「パパ、わたしたちは使用人じゃないわ。いちいち指図しないで」

ケンドリックはキッチン脇のドアを叩くとBMWのキーを持ってなかへ戻った。彼はキーを娘の鼻先にちらつかせていった。「どこにも行かせないぞ」

ジョディはマスターキーを隠し持っていたので、肩をすくめた。

ケンドリックは少し落ちつきを取り戻した。「今日、あの車を手に入れたのか？」

「ええと」

「いいえ、あの子はもう何日か乗っているわ」

「三日よ」

アイリーンはジョディがどれくらい前からあの車に乗っていたのか知らなかったが、そんなことは最大の心配ではなかった。娘の嘘には慣れている。他の親たちは特に思春期の子供はみな同じだというが、やはりアイリーンは不安を感じていた。何かに慣れるということと、それを好きになることとは違う。

「三日前に買ったのなら、その間車はどこにあった？」

「友達に貸していたの」

「嘘をつくな！」ケンドリックの首の血管が浮きあがった。

「今さら父親ぶろうなんて、ちょっと遅すぎるんじゃないの？」ジョディはぶつぶついった。

ケンドリックが手の甲で娘の頬を勢いよく打つと、ジョディの目から涙がこぼれた。

「車を返してこい！」

「絶対、嫌よ」

ケンドリックはまた平手をくらわせた。

「ケンドリック、お願いだから！」

「口を出すな」

「わたしの娘でもあるのよ。この子はばかな買い物をしたけど、大事なのは愚かな過ちから何を学ぶかということでしょう」アイリーンは訴えた。

「どこに車を隠していた？」ケンドリックはどなった。

「めった打ちにすればいいわ。絶対いわないから」

ケンドリックが再び手をあげると、アイリーンはその腕にすがりつき、ジョディは身を屈めた。ケンドリックは妻を床へ叩きつけた。

「部屋へ行け」

ジョディは急いで自分の部屋へ走った。

ケンドリックは時計をチェックした。「車を返しに行くにはもう遅すぎる。明日ついてこい」

アイリーンはよろよろと立ちあがった。「ジョディは大損するんでしょう？」

「二十一パーセントだ」ケンドリックはアイリーンの惨めな姿から目をそらすと、キッチンへ行ってテレビをつけ、CNNを見た。

ケンドリックはジョディの部屋に電話があるのを忘れていたか、気にしなかったかのどちらかだった。彼女は自分の部屋のドアを閉めるなり、電話をかけた。

「もしもし、ショーンはいます？」

しばらくしてショーンが受話器をとった。

「ジョディよ」

「やあ」ショーンは用心していった。

「今日、妊娠しているのがわかったの」

息をのむ音が聞こえた。「どうするつもりだ?」

「みんなに相手はあなただっていうわ」

「そんなことはできないさ!」

「いいじゃないの? 今年の夏は仲良くしたでしょう」

ジョーンはかっとなった。「どうしてぼくだとわかる?」

「あんたは最低よ!」ジョディは受話器を叩きつけた。

孤独で動揺したショーン・ハラハンは、受話器を戻した。

44

クロゼット高校の本部スタッフはセント・エリザベスからの転校を申しこむ親たちの対応にくたくたで、外部からの電話に応えるのをやめた。校内からの電話が優先された。中等部と初等部も同じ状況だった。

サンディ・ブレイシャーズは新聞に広告を出した。彼は冷静で、モーリーが殺されるとすぐに一面の広告を申しこむほどだった。申しこみ時間の関係で今日掲載されるはずだ。広告には、理事会と臨時校長は最近のセント・エリザベスでの事件を遺憾に思っているが、これは大人が巻きこまれただけで、生徒たちは心配ないという趣旨をうたっていた。彼は両親たちをオールド・メインの自分のオフィスに招いたり、それぞれの家を訪ねた……子供たちを退学させないでほしいと、嘆願した。

何人かの親は列を作って広告を読んだ。

一方でセント・エリザベスの生徒たちは、予定外の休暇を楽しんでいた。

カレン・ジェンセンはホールヴァード・コーチに頼んで、事件が解決するまで、クロゼット高校で午後のホッケー練習をする許可をもらった。

ロジャー・デイヴィスはこの間、洗車場でせっせと働いた。ジョディもお金が必要だといってそこで働いた。

カレンは自分のおんぼろヴォルヴォより信頼できる父親の車を借りて、ブルックスと一緒にスタントンにあるメアリ・ボールドウィン・カレッジを見に行った。カレンはこのカレッジに出願したいと考えていたが、両親ぬきで偵察に行きたかったのだ。

カレッジはクロゼットから三十五マイルしか離れていなかった。

「クロゼット高校に行くより、セント・エリザベスを卒業したいわ」カレンは古いステーションワゴンでハイウェイを走りながらいった。「今転校すると、成績平均点が台無しになってしまうし、わたしたちは別に危険じゃないわ。だから、すぐ学校に戻るつもり」

「うちの両親はショックを受けているわ」ブルックスはため息をついて窓の外を見た。二人はウェーンズバラのメイン・ストリートを西へ向かっていた。

「みんなそうよ。すごく不気味よね。ブーム・ブーム・クレイクロフトは宿命だっていっていたわ」

「宿命とは、神聖なリサイクル」ブルックスがちゃかした。

「うまいわ」

「わたしもそう思った」ブルックスは笑った。「奇妙だわ。犯人はセント・エリザベスの誰かだと思う？」

「ショーンかしら？」カレンはくすくす笑った。

「ショーンがミスタ・フレッチャーを殺したと本気で思っている人もいるわよ。みんなミスタ・ミラーがミスタ・マッキンチーを刺したと思っているし。彼はお金持ちだから釈放されたけど、剣を手に持ってそばでじっと見ていたじゃない」

ブルックスはウェーンズバラ郊外を走り過ぎながら、道路脇のウルシの木が赤く色づいているのを見つめた。「エイプリル・サイブリが逮捕されたのは聞いた？　たぶん彼女が殺したのよ」

「女は殺人は犯さないわ」カレンはいった。

「もちろんやるわよ」

「男みたいなやり方はしないわ。殺人の九十パーセント以上は男が犯すのよ。だから犯人は男の可能性大よ」

「カレン、女は頭がいいのよ。捕まらないわ」

二人は声をたてて笑い、二五〇号線沿いにあるスタントンの町に入っていった。

45

十一月は調子が狂いがちな月だ。束の間の心地よい暖かな日には木の枝に柔らかな黄金の光が差しこみ、まだ残っている色づいた葉にきらきらと戯れる。このように気温が十五度前後を推移する日が数日続くかと思うと、冷たい空気が忍びこみ、冬がもうそこまで来ていることをはっきり感じさせる日もある。

この日はそんな銅色を思わせるような暖かい日で、ハリーは郵便局の裏に座ってハムサンドを食べていた。その足元に半円を描いて集まり、一心に見つめているのはミセス・マーフィ、ピューター、そしてタッカー。

ミセス・ホウゲンドバーが裏口から顔を出した。「ゆっくりお食べなさいよ。それほどやることもないんだから」

ハリーは口いっぱいにほおばっていたので、答えられず慌てて飲みこんだ。「とてもいいお天気よ。ドアを開け放しておいて、ここで一緒に食べましょうよ」

〈サンドイッチを持ってきてね〉ピューターが要求した。

「あとでね。裏の棚を整理することにしたから。まるで嵐が来たあとみたいよ」

「そんなこと、雨の日にやればいいわ。いらっしゃいよ」ハリーは誘った。

「本当に素晴らしい天気ね」ミセス・ホウゲンドバーは急いでなかに戻ると、サンドイッチと彼女特製のオレンジジャムを塗ったパンを二つ持ってきた。

ミセス・ホウゲンドバーの家は郵便局を隔ててすぐ向かい側だったが、仕事に来るときにランチやお菓子を持ってくるのが好きだった。この女二人の〝ファミリー郵便局〟の奥には小さな冷蔵庫とホットプレートがあるので、それで十分こと足りた。

「うちのキクも、もう今年は終わりね」ミランダは自分の秋の庭を縁取っている深いあずき色の花を指さしていった。「どうして秋は人を憂鬱にさせるのかしら？」

「光が少なくなるからじゃない」ハリーはサンドイッチに塗ったマスタードのぴりっとした辛さを味わった。

「それに色よね。ピラカンサや、十二月に咲くツバキや、たくさんのヒイラギはあるけれど。夏の香りが恋しいわ」

「それにハチドリ」

〈蛇の赤ちゃん〉ミセス・マーフィは好物をあげた。

〈ネズミの赤ちゃん〉ピュータも合わせた。

〈まだネズミを殺さなくちゃならないの〉ミセス・マーフィはハリーがおこぼれをくれるのではないかと思ってそばに寄った。

ピュータはもっとじかにアプローチして、ハリーの正面に座り薄緑の目で上目づかいに

訴えた。〈よくいうわよ。そのうち納屋がマウス・マンハッタンになっちゃうわ〉

タッカーがよだれを垂らすと、ミセス・ホウゲンドバーがハムを一口あげたので、二匹の猫はかんかんになった。彼女は二匹のためにも、二つに裂いたハムをやった。

〈わたしのにマスタードがついてたわ〉ミセス・マーフィが文句をいった。

〈わたしが食べてあげるわよ〉タッカーが勇ましくも志願した。

〈とんでもない〉

〈ミランダがこんなおいしいものを作ってくれてわたしたちラッキーじゃない?〉ピュータは一口かじった。〈彼女はクロゼットいちの料理上手だわ〉

シンシア・クーパーが車で路地をゆっくりやってきて、ブーム・ブームのBMWの脇に止めた。「いい日和ね」

「一緒に食べましょうよ」

シンシアは時計をチェックした。「十五分だけね」

「無線を入れっぱなしにしておいて三十分にのばせば?」ハリーが笑った。

「いい考えだわ」シンシアはエンジンを止めて送受信兼用の無線の音量をあげた。「ミセス・H、今日はマーケットのためにサンドイッチを作ったの?」

「もちろん作ったわ」

シンシアは郵便局と店の狭い路地を走っていくと、数分でタラゴンマヨネーズを塗ったスモークターキーサンドイッチを持って戻ってきた。小麦粉パンの脇からサラダ菜がはみ出している。

三人は裏口の階段に腰かけた。ときどき、無線がガーガーいっていたが、クープへの呼び出しはなかった。

「どうしてマニキュアをしたの?」ハリーがラズベリー色の光沢に気がついて訊いた。

「退屈で」

「リトル・ミムが髪型を変えるのっておかしくない? 毎回新しいスタイルかカラーで、何か変だわ」ミランダが指摘した。

そのとき、ショーン・ハラハンがぶらぶらと路地を歩いてきた。

「玄関先で犬に飛びかかられたみたいな格好よ」彼のくたびれた姿を見てハリーが笑った。

「あれ——」ショーンは自分のくしゃくしゃの服を見下ろした。「そうですね」

「フットボール・チームもクロゼット高校に練習に行くの? フィールドホッケーはそうしているみたいだけど」ハリーがいった。

「ぼくにはお呼びがかからないんです。どうするのか、知りません。セント・エリザベスに戻るかどうかもわからないんです」

「戻りたいと思っている?」シンシアが訊いた。

「ええ、今年はいいチームだったし、ぼくは最終学年だから、他には行きたくないんです」

「わかるわ」ミセス・ホウゲンドバーがいった。

ショーンはＢＭＷのボンネットに指を滑らせた。「かっこいいな」

「めちゃくちゃね」とハリー。

〈たかが車じゃない〉ピューターは車には無関心だった。

ショーンは身を屈めて目のうえに手をかかげて、車内をのぞいた。「革張りだな。だけど変なにおいがする」

「持ち主が香水をこぼしたのよ」ハリーが説明した。

〈においにやられないようにね〉ミセス・マーフィは忠告した。

ショーンが車のドアを開けると、混ざり合ったにおいが波のように押し寄せてきた。

「金持ちになりたいなあ」

「なれるわよ」ハリーはサンドイッチの最後の一口をミセス・マーフィたちにあげた。

ショーンはエンジンをかけて、窓を下ろし、ラジオのスイッチを入れた。「しびれる。すごいや」

「ところでブーム・ブームはどこ？」シンシアがアイスティーを飲みながら訊いた。

「知らないわ。ＢＭＷディーラーのところへ一緒に行ってくれる人が必要でしょうけど。バンパーのところをちょっとへこませただけで、そんなにひどい傷じゃないわ。止まった時にこすったのよ」ハリーがその箇所を指さしていった。

ショーンは話を聞いていなかった。彼はシートにもたれるとラジオの音量をあげた。車のなかはスピーカーだらけだ。サイドブレーキを外していきなり車をバックさせ、路地へ出て行った。彼は三人と三匹に手を振ると慎重に車を発進させた。

「ちょっと脅かしておくべきかしら？」シンシアは首を伸ばした。

「その必要はないわ」

三人は、ショーンはそこらへんを走ってしばらくしたら戻ってくると思って待っていたが、タイヤを鳴らす音が聞こえた。

シンシアはサンドイッチの残りを置くと、立ちあがった。車は走り去ってしまったのだ。

音を聞いたミセス・ホウゲンドバーがいった。「戻ってこないつもりよ」

「まさか！」シンシアがパトカーのほうへ走っていくと、タッカーがすかさずサンドイッチの残りにぱくついた。シンシアは無線を使って通信指令係に自分の所在と行動を話したが、応援は頼まなかった。まだシンシアはショーンが単なるお遊びで乗りまわそうとしていると考えていたからだ。トラブルになる前に彼をつかまえて連れもどすことができるだろうと思ったのだ。実際トラブルになる可能性はじゅうぶんにあった。

「わたしも行きましょうか？」ハリーが訊いた。

「乗って」

ハリーが車のドアを開けると、ミセス・マーフィとタッカーも一緒に乗りこんだ。「ミランダ、いいかしら？」

「行ってらっしゃい」ミランダは手を振ると、足元をちらりと見た。「ピューター、わたしとここにいる？」

〈ええ、いるわ〉灰色の猫はミランダの後について郵便局の裏口へ向かった。

シンシアは左折して二五〇号線に向かった。「彼はこの道を行ったような気がするわ」

「ぐるっと大回りしてから戻ってくるとは思わない？」

「そうは思わないわ。すぐ目と鼻の先であんなことするなんて、まったくいかれてる」シンシアは首を振った。

「このところの彼は、分別のない行動ばかりだったしね」

ミセス・マーフィはハリーの膝のうえ、タッカーはハリーとシンシアの間に座っていた。

二五〇号線に入ると、二人は道路の右側に木材を運ぶトラックが止まっているのに気がついた。シンシアは回転灯を点灯させてスピードを落とした。「ここにいて」彼女は車から降りた。ハリーが見ているとシンシアと話しているトラックの運転手は西の方面を指さしている。タバコのやにで汚れた唇で、ひと言ふた言何かいっていた。シンシアは急いで車に戻ってきた。

シンシアはアクセルを踏みこんでサイレンを鳴らした。

「まずいの？」

「ええ」

シンシアのパトカーがタイヤをきしませながら二五〇号線をアフトン山のふもとへ向かって走っていくと、他の車はみんな右へ寄った。それから車は一八五〇フィートの山を頂上へと登り始めた。

「ジョーンは六四号線に入ったと思う？」

「ええ。あそこは広い四車線の高速道路よ。彼はスピードメーターを埋葬するつもりだわ」

「なんてこと、シンシア。彼は自分を埋葬しちゃうわ」

「それはわたしも考えたわ」

ミセス・マーフィはハリーのほうに身を乗り出し、タッカーに話しかけた。〈シートベルトを締めて〉

〈は〜い〉タッカーは動物用のシートベルトがあればいいのにと思いながら返事をした。

シンシアは頂上にあるハワード・ジョンソンを走り過ぎ、左へ曲がりさらに右折して高速の六四号線に向かった。車両はほとんど右車線を飛ばしていたが、進入ランプの場所によっては路肩側が混んでいたので、シンシアは急ハンドルで車を避けた。

左後方のロックフィッシュ・バレーの景色がシェナンドア川流域の風景に変わった。高速六四号線に入るとはるか右手の方向にウェーンズバラがちらりと見えた。

秋の木の葉の名残がぼんやりとかすんでいる。シンシアはブルーリッジ山脈頂上の大きな厳しいカーブを巧みに通り過ぎた。

「もしジョーンがスカイライン・ドライブに入っていたら？」ハリーが訊いた。

「州警察とオーガスタ郡の警察にも連絡しなくちゃならないわ、まったく！」

「彼もそれを望んでいるんだわ」ハリーははっとしていった。

「そうよ」クーパーは通信指令係を呼んで自分の位置を伝え、スカイライン・ドライブ方面と両方に応援を要請した。

〈筋が通らないわね〉ミセス・マーフィはカーブの揺れでハリーに支えられたので身をすり寄せた。

〈彼が車を盗んだってことが？〉

〈みんなの目の前でやったってことがよ。彼は捕まりたいのよ〉またカーブにさしかかったので、ミセス・マーフィは目を見開いた。〈彼は事件に関わっているか、何かを知っているかだわ〉

〈それじゃ、どうしてクープの目の前で車を盗んだの？〉タッカーは素朴な疑問をぶつけた。

〈だから筋が通らないっていっているのよ〉ミセス・マーフィは答えた。

前方にショーンの車をとらえた。シンシアが自分のスピードメーターをチェックすると、九十マイルもでていた。ヴァージニア州の安全速度の範囲を超えている。

シンシアは少しスピードを落とした。「あれじゃ自分だけじゃなくて、他人も殺してしまうわ」送受信兼用の無線の黒いボタンを押した。「目標発見。位置は九十九マイルのポストを通過したところ」それから小さな金属のナンバープレートの番号を繰り返した。

「なんてこと、時速百マイルにいきそうだわ」シンシアは首を振った。

ショーンにとっては初体験なので、ＢＭＷのような高性能車の運転に慣れていなかった。

ブルーの点滅灯が後方から追ってきても別にこわくはなかったし、前方からもっと近い距離でブルーの点滅灯が対抗車線を迫ってきても大丈夫だった。ほんの一瞬だったが、ショーンは道路から目を離した。だが時速百マイルのほんの一瞬はけっこうな時間だ。車は横滑りして別の車線にはみだし、三六〇度回転してガードレールを越え、渓谷の宙に舞いあがった。

「なんてこと！」ハリーが叫んだ。

シンシアは急ブレーキをかけた。BMWはまるで永遠に空中に浮いているように見えたが、ついにはアメリカシャクナゲの咲く谷底へと墜落した。

パトカーが止まるとシンシアとハリーは車の外へ出て、ミセス・マーフィとタッカーも走り出し、こけつまろびつしている二人の人間よりも早く山腹を下りた。

〈車が火を噴くまえに彼を助け出さなくちゃ〉ミセス・マーフィは叫んだ。コーギー犬も状況はわかっていた。

BMWはひっくり返って着地していた。二匹が到着すると、タッカーは後ろ足で立って車のドアを開けようとした。

〈だめだわ〉

トラ猫は反対側の窓が粉々になっていないかと思って、車のまわりを急いでぐるりと回ってみた。

泥にまみれ、擦り傷だらけになったシンシアとハリーがやっと到着した。シンシアがドアを開けるとショーンはシートベルトで押さえられて逆さになったままだった。シンシアは手を伸ばしてベルトを外し、ハリーと二人で彼を引きずり出した。

「引っぱって」シンシアが命令した。

ハリーがショーンの左腕、シンシアが右腕をつかみ、タッカーが襟の後ろをくわえて、悪戦苦闘しながら引っぱり、意識のない血だらけの少年を、山腹の五十フィートうえまで引きあげようとした。ミセス・マーフィは行く手を走り回って先導した。

ＢＭＷがカチカチという音を立て、ドカンという轟音とともに、美しい車体は炎に包まれた。

女二人はショーンが滑り落ちないように抱きかかえてしばし座りこんだ。ミセス・マーフィは先にたって、登りやすい道を探した。タッカーもぜいぜいいながら座りこんだ。

サイレンの音がして、峡谷の崖っ縁から人の声が聞こえてきた。

タッカーが吠えた。〈わたしたちはしたよ〉

ショーンを腕にかかえたままでハリーが振り向くと、レスキュー隊が救助に下りてきてくれたのが見えた。ショーンの首の静脈をさぐると、指のしたにかすかな鼓動が感じられた。「彼は生きているわ」

ミセス・マーフィは小声でいった。〈どれくらいもつかしら？〉

46

暖炉の桜の木がはぜて、木の強い香りが漂った。火のまえで眠っているタッカーはリスの夢でも見ているのか時々何事かぶつぶついっている。

ミセス・マーフィはソファに座るハリーの膝のうえで丸くなり、一方、ピュータは椅子のもう一方の袖に座っているフェアの大きな膝のうえで大の字になっていた。深い谷からはいあがったからだけでなく、ショックもあって疲れ果て、ハリーは足にすりきれたアフガン編みの毛布を巻きつけて、クッションのうえに乗せていた。

フェアが静けさを破った。「リックがきみにショーンの容態をしゃべるなといったのは知っているけど、ぼくには話してくれるだろう」

「フェア、保安官は彼の病室に警護をつけているのよ。それに本当にわたしは彼の状態を知らないの」

「ショーンはセント・エリザベスで起こっていることに巻きこまれているんだろうか？」

「たぶんね」ハリーは針編み刺繍の枕に頭をもたせかけた。「十代の頃は自分が何でも知っているように思うものよ。両親なんか時代遅れで、自分は無敵だと。特にショーンはフットボール・チームのスターだしね。どうして彼がこのごたごたに関わることになったのかしら。背後にあるのは本当は何なの？」

「エイプリルは今日、釈放されたらしいが、出たがらないそうだ。彼女も事情を知っているに違いないな」フェアがいった。

「奇妙だわ。彼女は犯罪者には見えないでしょう」

「彼女はロスコウと恋愛関係にあって、彼はエイプリルを利用していたんだとずっと思っていたよ」

「彼女と寝ていたのかしら？」

「わからないけど、たぶん」フェアはしばらく考えた。「だけどそれ以上にロスコウは彼女を利用していた。彼女は彼のいいなりだった。エイプリルはセント・エリザベスを円滑に運営するための要因のひとつだったんだ。確かにロスコウの手腕も悪くないな。他の何よりも、彼の才能はその指導力にあった」フェアは立ちあがって薪を火にくべた。「きみにもキャンディをくれたか？」

「顔を合わせればいつもよ」

〈わたしにはキャットニップをくれなかったわ〉ピュータがごろごろ不平をいった。

〈ママが例の顔つきになったわ。何かピンときたのよ〉タッカーがそばでハリーを観察した。

〈人間って基本的に不合理なのよ。貴重な理性を使って、その不合理な行ないを正当化してるんだわ。ひらめきって、論理的じゃないときのいい訳じゃない〉ピュータがいった。

〈ごもっとも〉ミセス・マーフィは笑った。

ハリーはミセス・マーフィの耳をくすぐった。「言葉がわかるの？」

〈ちゃんと聞いてくれるなら、『マクベス』の全文を暗誦してごらんにいれます。〝明日が、明日が来て、明日が去り、一日一日とゆっくり過ぎて……〟〉

〈これみよがしね〉ピュータは尻尾を一回さっと振り回した。〈シェイクスピアを引用するのなんて、《ケイティ、スリルを求めてハイチに行く》を引用するより簡単じゃない〉

〈コール・ポーターね〉ミセス・マーフィはピュータと一緒に曲の続きを歌った。

「この子たち、何をしているのかしら？」ハリーが笑った。

「ミセス・マーフィが九死に一生を得た話をしているんだよ」

〈それは帰ってきてまず最初に話したわよ〉ミセス・マーフィは立ちあがってドラ声を出して《ケイティ、ハイチに行く》のコーラス部分を歌った。

〈ゲー〉タッカーは耳をふさいでうめいた。〈うるさい～〉

ピュータはコール・ポーター・キックをしながら歌った。〈ビギン・ザ・ビギン〉

人間たちは首を振って、会話に戻った。

「たぶんショーンと、ロスコウやモーリーとのつながりがミソだわ」ハリーの目が輝いた。

「ショーンは簡単にロジャーの新聞に二番目の死亡記事を入れることができた。二人は互いの配達ルートを知っていたからよ。ショーンはロスコウとモーリーに利用されていたに違いないわ」ハリーは眉間に皺をよせた。大の男二人が欲しがるようなものを十代の男の子がもっていたのかもしれないが、それが何なのかどうしてもわからない。

「必ずしもそうじゃないんじゃないかな」フェアが異論を唱えた。「まったくの偶然だったかもしれない。偶然の一致かも」

ハリーは首を振った。「いいえ、そうは思えないわ。ショーンはこの事件にどっぷりと首を突っこんでいたのよ」

フェアは指の関節をポキッと鳴らした。ハリーが忘れようとしていた習慣だ。「ケンドリック・ミラーがモーリーを刺した。モーリー殺しはロスコウの殺人とは関係がない。そして子供がBMWを乗りまわして、要するに盗んで走り去った。何かを始めたはいいが、彼はその決着のつけ方を知らなかったんだ」

「だけどリック・ショーが病院でショーンを警護しているじゃない」ハリーはとても重要な事実に戻った。

「きみは正しい。だけどロスコウやモーリーの殺人とショーンを結びつけるのは、かなり強引じゃないかな」

ハリーがソファから飛び降りた。「ごめん、マーフィ」

〈超快適だったのに〉ミセス・マーフィは不満たらたらだ。〈ピューター、怒ってやってよ。《ディキシー》を歌いましょうよ〉

二匹は、メーソン・ディクソン線周辺の南部人たちに愛されている、心を奮いたたせる歌のフレーズを声を合わせて歌った。

〈フェア、あなたは獣医でしょう。二人を黙らせてよ〉タッカーが懇願した。

フェアは二匹の合唱に笑って肩をすくめた。

「ほら」ハリーがフェアにごちそうの袋を投げた。「これで静かになるわよ」確かに効果てきめんだった。ハリーはスーザンに電話した。「ハイ、スーズ」

「ミランダもここにいるわよ。どうして教えてくれなかったのよ！」

「今、話すわよ」

「いつ家に戻ってきたの？　ハリーったら、丸焼きになっちゃったかもしれないのよ」

「一時間くらいまえにね。フェアも一緒よ」

「何が起こったのか教えて」

「明日話すわ、スーザン。きっとね。それより今すぐにブルックスと話したいんだけど。明日は彼女をセント・エリザベスに行かせるの？」

「いいえ。あの子は戻りたがっているけど」スーザンは娘を電話口に呼んだ。

ハリーはずばり単刀直入に訊いた。「ロスコウ・フレッチャーが洗車場で並んでいた時、誰にキャンディをあげていたか憶えてない？」

「みんなにあげていたけど」

「もっと詳しく思い出せない、ブルックス？」

「ええと、そうね。最初に彼を見たのは二九号線にいた時よ。スタンドの男の子以外には誰にも話しかけていないと思うわ。彼が入り口に入りかけるまで気がつかなかった。それで」ブルックスは正確に思い出そうと懸命だった。「ミセス・フレッチャーが彼に向かってクラクションを鳴らしたの。彼は奥さんと話すために車から降りたと思う。列はなかなか進まなかったから、また彼は車へ戻ったわ。今度はミセス・ミラーが彼に話しかけて、カレンが通り過ぎたので、彼はカレンに声をかけたわ。ジョディはミスタ・フレッチャーの姿を見かけるとオフィスのなかに隠れたの。フィールドホッケーの試合の後でキレたことを彼に厳しくしかられたのを思い出したからよ。ふう、大変だわ」

「わかるわ。でもすごく重要なことなの」

「あとは彼がポートに着いた時にロジャーがいたわ。わたしたちは洗車の出入り口をポートと呼ぶの」

「他に誰か思い出せない？」

「いいえ。でもわたしはバンパーを磨いていたから、誰かがちょっと歩いてきても、気がつかなかったかもしれない」

「わかった。よく思い出してくれたわね」

「ママに代わりましょうか」

「ええ」

「何をするつもりなの？」スーザンが訊いた。

「ロスコウが洗車場で誰にキャンディをあげたのか、絞っているのよ」

ハリーが頭を悩ませているのがわかって、スーザンは午前中にハリーに会おうといった。次にハリーはカレン・ジェンセンに電話して、同じ質問をした。返ってきた答えはブルックスとほぼ同じだったが、カレンはジョディが洗車場にいなかった時間があり、戻ってきたときにロスコウの姿を見かけてジンボーの事務所に隠れたと考えていた。ナオミとアイリーンも列に並んでいたのを憶えていたが、彼女たちが車から出たかどうかは思い出せなかった。カレンはショーンが大丈夫なのかどうか知りたがった。

「わたしにもわからないのよ」

カレンは言葉をにごした。「本当はショーンが好きなの。たとえ彼が愚か者でも」

「どうしてショーンがミセス・クレイクロフトの車を盗んだかわかる？」

「いいえ。彼のおふざけの一種じゃないかしら。だけど決して盗むつもりはなかったと思う。彼はそんなことはしないわ」

「ありがとう、カレン」ハリーは電話を切った。ハリーもショーンは盗むつもりではなかったと思っていた。単に面白半分で乗り回しただけで、盗みではない。

ハリーは次にジンボーに電話した。彼はロスコウと話をしてから自分のオフィスに戻って電話をかけたことを憶えていた。ジョディがそのとき事務所にいたかどうか訊くと、そうだと彼は答えた。自分がロスコウと言葉を交わしてからすぐ後にジョディが事務所に入ってきたが、正確な時間まではわからない。

次にロジャーに電話してみた。彼はロスコウがガソリンスタンドの少年にもキャンディをあげたと考えていた。ロジャーはざっと列を見て並んでいる車の数を数えたので、ナオミとアイリーンが自分たちの車から出て、やはり車外に出てきていたロスコウと向き合って話していたのを憶えていた。彼が見たことに間違いはなく、ジョディが断固としてロスコウと話したがらなかったとも断言した。だがジョディが最初にいつロスコウを見かけたのかはわからなかった。彼女はみんなのランチを買いに行くことになっていたが、ロスコウがいたので行けなかったのだ。

最後にジョディに電話した。アイリーンはしぶしぶ娘を電話口に呼んだ。

「ジョディ、じゃましてごめんなさいね」

「大丈夫です」ジョディは小声でいった。「ショーンはどうなんですか？　彼がブーム・ブーム・クレイクロフトさんの新車を壊したことは町じゅうで噂になっているわ」

「彼の容態はわたしもわからないのよ」

「彼は何かいいました？」

「その質問には答えられないわ」

「だけどあなたが彼を車から助け出したのでしょう。彼は何かいったはずだわ。どうしてこんなことをしたかとか」

「ショー保安官に何もいうなといわれているのよ、ジョディ」

「病院に電話したけど、何も教えてくれなかったわ」徐々に動揺している様子がジョディの声に表われていた。

「病院関係者は必ずそうするのよ、ジョディ。それが普通だわ。あなたがささくれで病院に行っても、彼らは決して外部に情報をもらさないわ」

「だけど、ジョーンは大丈夫なんでしょう?」

「それには答えられないわ。本当に知らないのよ」ハリーは言葉を切った。「あなたは彼といいお友達なんでしょう」

「今年の夏、クラブでテニスをして親密になったの」

「デートしたの?」

「そんなようなものね。お互い他の人ともデートしたけど」ジョディは鼻をすすった。

「彼は回復に向かっているんですよね」

「ジョーンは若いし強いわ」ハリーは一呼吸おいて、話題を変えた。「ミスタ・フレッチャーから何人の人がストロベリー・キャンディをもらったか調べようとしているの。もちろん、彼以外にも毒を盛られた人がいたかもしれないから」ハリーは本当に考えていることは話さなかったが、嘘はついていなかった。巧妙なやり方だ。

「全員よ」

ハリーは笑った。「みんなそういったわ」

「他に誰に話を訊いたんですか」

「ロジャー、ブルックス、カレンそしてジンボーよ。順序はバラバラだけどみんな同じことをいったわ」

「そうですか」

「ミスタ・フレッチャーはあなたにもキャンディをくれた？」

「いいえ。わたしはおじけづいてミスタ・アンサンの事務所に駆けこんだの。ミスタ・フレッチャーにはこっぴどく怒られたから」

「ええ、そうね。それでもあれは素晴らしい試合だったし、あなたの活躍は見事だったのにね」

「本当に？」ジョディの声が華やいだ。

「あなたは州代表になれるわ。つまりセント・エリザベスにシーズンが来ればということだけど。こんなに多くの人たちが自分たちの子供を学校から連れ出してしまっては、どうなるかわからないわ」

「学校は学校だわ」ジョディは自信たっぷりにいった。「わたしは学校へ戻るつもりだし、他の人もきっと戻ってくるわ。学校にいるほうがましだもの」ジョディはまた声を落とした。「家にいるよりは」

「ねえ、ジョディ。ご両親はそばにいるの？」

「いないわ。でも信用できない。パパが今釈放されたなんて本当にぞっとするわ。たぶんママはこの会話を内線で聞いているでしょうね」

「お母さんはあなたのことを心配しているだけよ」

「詮索好きなだけだわ。聞いてるんでしょう、ママ？　盗み聞きしているならとっとと失せな！」

ハリーはジョディの暴言を無視していった。「ジョディ、ジンボーの事務所から見ていたら教えてほしいんだけど、ミスタ・フレッチャーが誰にキャンディを渡したかはっきりわかる？」

「ミスタ・アンサンが事務所を出て彼と話しに行ったわ。わたしはデスクに座っていたので、何も気がつかなかった」

「ミセス・フレッチャーやあなたのお母さんが車から降りてミスタ・フレッチャーと話していたのは見た？」

「ママが何をしていたか憶えてないわ。本当に二人を見ていなかったもの」

「あ、それから、忘れないうちに。あそこにはそんなによく行かないんだけど、あの日はあなたがランチの調達当番だったんでしょう、あそこらへんだとおいしいランチはどこに買いに行くの？」

「買いになんか行かないんでしょう」

「ランチ当番だったのよね？」ハリーはもう一度念を押した。

「そうよ。おなかをすかせたロジャーにせかされてね。でも道路を渡る前にミスタ・フレッチャーの姿を見かけたので戻ってきたの。道路を渡っていたら彼に見られていたでしょうね。列はかなり長く続いていて、彼はほとんど信号の向こうにいたわ」

「ミスタ・フレッチャーはあなたに気がついたかしら？」

「気がつかなかったと思う。後で事務所で会ったけど、別に怒っていなくて手を振ってきたわ」

「ジムにランチのお金を返したの？」ハリーは笑った。

「あら、いけない」ジョディの声は緊張していた。「忘れていたわ。そうだわ。彼も忘れているんだわ」

「あなたを慌てさせるつもりはなかったのだけど」

「明日、彼に返します」

「わかったわ」ハリーの声は優しかった。「時間をさいてくれてありがとう。あともうひとつ。他の人には訊いていないのだけど、ミスタ・フレッチャーの映画学科のアイデアはどう思う？　あるいはどう思った？」

「〝今日はセント・エリザベス、明日はハリウッド〟ってミスタ・フレッチャーはよくいっていたわ。素晴らしいアイデアだけど、今となっては実現しないでしょう」

「ありがとう、ジョディ」ハリーは電話を切ってソファに戻ってきた。

ミセス・マーフィもハリーの膝に戻ってきた。〈もう動かないでね〉

「満足？」フェアが訊いた。

「いいえ。でもいい方向に進んでいると思うわ」ハリーはミセス・マーフィの背中に手をのせた。「確信があるのよ。本当の問題はロスコウが誰にキャンディをあげたかではなくて、誰が彼にキャンディをあげたかなの。リック・ショーも同じ結論に達するに違いないわ」ハリーはミセス・マーフィの耳をくすぐった。「彼は何もいわないけど」

「きみには、いわないんだよ」

「う〜ん」ハリーは心ここにあらずだった。「ジョディはショーンのことで動揺している。きっと二人は恋愛関係にあったのね。見逃していたわ」

「あれぐらいの年頃にきみは狼狽し、彼らは新たなスリルを求めて飛び立つ」フェアは手を頭の後ろにやって、上半身をストレッチした。ピュータは微動だにしなかった。「みんな動揺している。ブーム・ブームは二重のショックだろう」フェアは口にしてしまってから、その名前を出さなければよかったと思った。「きみがそれほど動揺していないのにびっくりしているよ」

「わたしだって動揺しているわ。二人も死んでいるのよ。そのうちショーンも仲間入りするかもしれないし、真相は何もわからないし。秘密めいているのが嫌だわ」

「だから、保安官がいるんだ。われわれの情熱、不誠実、強欲のどろどろした絡まりを解きほぐしてもらうためにね」

「フェアったら」ハリーは微笑んだ。「とても詩的ね」

フェアも笑った。「それで？」

「ブーム・ブーム・クレイクロフト」ハリーはフェアの元恋人の名前を繰り返して笑い始めた。

フェアはばつが悪そうに笑った。「真新しいＢＭＷ」

「あの人、本当に変わっている。きれいなのは認めるわ。わたしはたいていの人となら付きあえると思うけど、ブーム・ブームは別」ハリーはちくりといった。

「それは正確にはちょっと違う、ハリー。裏切りは裏切りだ。相手の女性が誰であろうが関係ない。きみは未だに嫌悪感を拭い去れず、彼女に関して今いったようなことを繰り返しいいつづけている。ぼくは自分の人生全体を立て直しているところだ。自分の精神生活をね。外向きの生活には問題はない」フェアはひと呼吸おいた。「だからきみと一緒に人生を送りたい。いつもそう願っていた」

「どうして浮気をしたのか自分でわかっているの？」

「こわかった」

「何が？」

「抜き差しならない状態になることに。生活することではなくてね。ぼくらが結婚したとき、ぼくは他に三人の女性と経験済みだった。ぼくは従順な息子だった。一生懸命勉強し、いつも行儀よくしていた。大学へ行き、獣医学校へ行き、卒業して、隣に住んでいたきみと結婚した。三十になった時、何かが欠けていると思った。もしぼくが三十になってからきみと結婚していたら、そんなことは考えなかっただろう」フェアは声を和らげた。「きみは、何かを逃してしまったのではないかと心配になったことはない？」

「あるわよ、でも日の出の光が山々を満たしていくのを見ると、〝人生は最高だ〟と思うわ」

「他の男に興味はないのか?」

「どんな男?」

「ブレア・ベインブリッジとか」

「まあね」ハリーは返答するのに時間をかせぎ、フェアが不機嫌になるのをたっぷり楽しんだ。「時々はね」

「どんなところに興味をもつ?」

「わたしが誰かと寝ているかどうか知りたいだけなんでしょうけど、それはわたしの勝手だわ。すべてはセックスと所有の問題でしょう」

「愛と責任の問題だよ。セックスはその一部だ」

「これだけはいえるわ。わたしはひとりで生活するのが好きなの。自問自答するのが好き。まるでみんな一心同体ですみたいな社交の催しに参加しなくちゃならないのは嫌。あなたが朝の二時まで帰らないのにぴりぴりして胃が痛くなるのはごめんなの」

「ぼくは獣医だよ」

ハリーは手をあげた。「多くの女性と寝るチャンスがたくさんある獣医ね。数えられないくらい」

「そんなことはしないよ」フェアはハリーの手をとった。「離婚はとても辛かった。とても乗り越えられないと思ったが、それは間違いだったことがわかった。間違いを正す方法がわからなかっただけだ。じゅうぶん時間がたって、ぼくは信頼できる人間になったし、きみをもっと感じられるようになった」

「無理強いしないで」

「ぼくが押さなかったら、きみは何もしないだろう。だけどぼくが誰かとの付きあいを楽しみたいからといってその人をパーティや映画に誘ったら、きみは一週間以上ぼくを締め出すだろう。ぼくは、何かをしてもしなくても非難される」

〈フェアは正しいわ、ママ〉ミセス・マーフィがフェアの肩をもった。

〈ええ〉タッカーも同調した。

〈二人はよく話し合っているじゃない〉歌い疲れ、くすねたスプーンブレッドにも飽きてピュータは眠くなっていた。

「ま、安上がりな仕返しってところね」ハリーは正直に自分を見極めていった。

「そんなことをして幸せか？」

「ええ、楽しいわ。仕返しの楽しみをバカにする人は感情がないのよ」ハリーは笑った。

「だけどそれだけじゃ欲しいものは手に入らない」

「どっちかにするということ？」

「まさにそれよ。それ以上は本当にわからない」

「きみを愛しているんだ。今までずっと愛してきたし、これからもずっと愛するだろう」

感情がほとばしってフェアのハンサムな顔は輝いていた。

ハリーはフェアの手を握り締めた。「わたしもあなたを愛している。でも」

「ぼくらは元に戻れないだろうか？　きみにその心の準備ができていないのなら、デートすればいい」

「今、デートしているじゃない」

「いや、デートじゃない。今日のは成り行きだから」

「あなたはデートすることを話しているんじゃなくて、寝ることを話しているのね」

「そうだ」

「考えておくわ」

「ハリー、それはどっちつかずな返事だ」

「ノーといわなかったし、たぶんともいってないわ。考えなくちゃならないの」

「だけどきみはぼくの気持ちを知っているし、ぼくが求めているものもわかっている」

「直接的な要求という意味とは違うわ。あなたはストレートに求めてきている。だからわたしは考えなくちゃならないの」

「少しはぼくを愛している？」

「この話でおかしなことは、わたしがあなたを愛しているということなの。結婚した時よりも愛しているくらいだけど、でも違うのよ。あなたを信じられるかどうかが、わからない。できれば信じたいけど、スーザンやミランダや女友達を除けば、この世の誰よりもあなたのことをわかっているし、あなたもわたしのことをわかっているから。いつもはあなたを好きだとは限らないし、きっとわたしも時には愛想をつかされることもあるでしょうけど、あなたが誰かを愛せるのに、好きになれないのはおかしいわ」ハリーは慌ててつけくわえた。「たいていはあなたが好きだけど、命令しはじめると嫌になるの」

「ぼくはあえてそうしているんだ。ほとんどの女性は指図されたいと思っている」

「そういう人もいるのはわかるけど、ほとんどは違うわ。知的で頼りになると男に優越感を与えるふりをして大芝居をうち、陰では笑っているのよ」

「きみはそんなことはしないだろう」

「まったくね」

「だからぼくはきみを愛しているんだ。きみを愛する多くの理由のひとつだ。きみはいつもぼくに対等に立ち向かってくる。ぼくにはそれが必要なんだ。きみはぼくの一番いい部分を引き出してくれるんだよ、ハリー」

「それを聞いてうれしいけど」ハリーはそっけなくいった。「わたしはあなたの一番いい部分を引き出すために生きているんじゃないわ。自分の一番いい部分を引き出すためよ」

「お互いにそうするのがいいんじゃないか？　それが結婚ってことだろう？」

ハリーはしばらく黙っていた。「そうね。結婚はたぶんそれ以上に複雑でしょうね、けれど、もうこれ以上は考えられないわ……疲れて。それに、それぞれの結婚の形は同じじゃないわ。わたしたちの結婚とミランダとジョージの結婚は違うけど、彼らはうまくいっている。あなたは最終的にはわたしのいい部分を引き出してくれると思うし、こんな話は他の人とはしないから、わたしにとっては貴重な存在だわ。でもこんな感情をもつのが嫌なのも、わかるでしょう」

フェアは笑った。「ハリー、とてもきみを愛しているよ」

ハリーが立ちあがってフェアの頬にキスをしたので、またしても安眠を妨害されたミセス・マーフィは不機嫌になった。「考えさせて」

フェアは考えこんだ。「愛がこんなに面倒なものだとは知らなかった。それとも、ぼくがこんなにも複雑になってしまったのか」彼は笑った。「複雑なのはきみだといつも思っていた」

「あら、わたしは自分のことはわかりやすい人間だと思っているわよ」

ミセス・マーフィは暖炉のまえにうずくまって炎をじっと見つめていた。〈何を心配しているかわかる？〉

〈何？〉ピュータはあくびをした。

〈もしショーンがロスコウの殺人に絡んでいたり、なんらかの秘密を知っていたとして、彼と最後に一緒にいた人間はママだわ。クーパーは、ショーンが彼女やリックには話せないということを知っているだけ〉

〈それで？〉ピュータは毛を震わせた。

〈そうよ、ピュータ。犯人はショーンがママに何かいったと思うかもしれない〉

ピュータとタッカーは同時に目を大きく見開いた。二匹は声をそろえた。〈そんなこと考えてもみなかったわ〉

47

病院の消毒薬のにおいでクーパー保安官助手は胃がむかついていた。生ゴミのにおいほど強烈でなかったが、鼻につく。本当に不快なのは、病院に関わっているという事実か、それとも単に彼女自身が消毒薬を毛嫌いしているだけなのだろうか。

事務所で人手が足りないにもかかわらず、リックはショーンの警護を怠らないようひどくこだわった。ショーンは身体の半分の骨が折れており、特に足がひどかった。左腕は二ヵ所も砕けていて、脾臓破裂、左の肺には折れた肋骨が刺さって穴があいていた。右腕は無事だったし、頭は打っていなかったが、衝撃の影響でひどい脳震盪を起こして、意識が回復していなかった。だが、かすかだが生命徴候があり、安定していた。

ショーンが生きる望みはじゅうぶんにあったが、もう二度とフットボールはできないだろう。ショーンの両親は交代で看護し、祖父母もカンサス州オレーセから手伝いに飛んできた。

シンシアは背もたれの固い椅子で半ばうとうとしており、ベッドの反対側ではショーンの母親が別の椅子でやはり居心地が悪そうに寝ていた。

低いうめき声が聞こえたのでシンシアがびくっとして目を開けると、ショーンが目を開いていた。

ショーンは力強く瞬きして、自分がどこにいるのか理解しようとした。

「ショーン」シンシアは低い声ではっきりと呼びかけた。

母親がはっとして目を覚まし、息子のうえに身を乗り出して呼んだ。「ハニー、ハニー、ママよ」

ショーンはもう一度瞬きして、ささやいた。「ぼくは父親なんだ」その唇は動いていたが、もう声は出なかった。それからまるでしゃべったことが嘘のように、ショーンは再び目を閉じ、意識を失った。

48

ハリーが綿密に計画していたスケジュールは一発でおじゃんになった。毎晩寝るまえに、半分に折った八インチ×十一インチの便箋に、いろいろな雑用に優先順位をつけてメモしていくのをハリーは習慣にしていた。

ハリーはきちんとした性格だった。彼女が秩序を乱すということは〝あなたの行かれるところに（「ルツ記」一章十六節）〟というような生涯の大きな問題に関わってくる。アメリカ人はただ単に生活するのではなく、あまりにも方向性、管理性、物理的な成功などを強調しすぎるとハリーは自分にいいきかせていた。

毎朝、五時半から六時の間に起床し、熱々の紅茶を飲み、馬に餌をやり、馬屋から出して、土曜日にはブラシをかけ、牧場に出してやる。そしてミセス・マーフィやタッカー、今はピュータにも餌をやり、いつもかなりの距離歩いて道路まで新聞を取りに行く。こうすると目が覚めるのだ。もし予定の時間に遅れそうだったり、天気が悪い時はブルーのトラックで出かける。

ブーム・ブームのおかげでブルーのトラックはガソリンスタンドでまた休暇に入るはめ

になったが、幸いなことに彼女の保険で損害はカバーできた。ショーンのおかげで、ブーム・ブームは新しいBMWを手に入れた。ハリーは一九七八年製のフォードが余命いくばくもないのを心配していた。いずれは新しいトラックを購入しなくてはならないが、たとえ中古車でもまともな車は買えそうもなかった。

気温は五度以下で、すがすがしく晴れ渡った朝は素晴らしい秋の訪れを感じさせる。ハリーは新聞を開かずに走って家へ戻り、二杯目の紅茶と朝食をとりながら読み、牧場の雑用を終えてから郵便局へと向かう。ハリーはこういったささやかな楽しみの儀式が気に入っていた。これも母親から教わったものだ。

ハリーはライトビスケットをかじりかけて、口にくわえたまま茫然とした。口を開くとビスケットが皿に落ちた。ハリーは椅子をひっくり返してスーザンに電話した。「起きてる？」

「かろうじてね」

「新聞を見て」

「うーん、なんてこと！　いったいどうなっているの？」スーザンは激怒した。

新聞の一面には暴走BMWの追跡記事が載っていた。ハリーのいったことがそのまま書かれていた。「あと十秒おそかったら、彼はこっぱみじんだったわ」

しかしスーザンが激怒したのは、エイプリル・サイブリが二万ドルの保釈金で釈放されたという、その隣の記事だった。しかもその記事に続いてエイプリルは理事会が臨時の校長サンディ・ブレイシャーズが所有している帳簿を監査するまではセント・エリザベスから持ち出した書類は公開しないと宣言していた。横領の悪行はサンディのせいといわんばかりだ。

ハリーとスーザンが後ろで熱っぽく語っている一方で、ミセス・マーフィは新聞のうえに座って記事を読み、ピュータもそれに加わった。

〈ジョーンの死亡記事は出てないわ。彼はまだ死と戦っているのよ〉ミセス・マーフィは新聞に鼻をくっつけた。

〈郵便局はとんでもない一日になりそうね〉タッカーが予言した。

まさにタッカーのいうとおりだった。良くも悪くも郵便局が集会所と化してしまい、人であふれかえってしまった。

ビッグ・ミムはジョーンズ牧師に手伝ってもらってカウンターのうえにあがり、手を叩いた。「お静かに。みなさん、聞いてちょうだい」

いつものようにクロゼットの女王に従ってみんなは黙った。「なあ、おまえ。市役所に移動したほうがいいんじゃないか」市長であるミムの夫が提案した。

「みんなここにいるんだから、ここで進めましょう」ミムは座って足を組んだ。ミセス・マーフィとピュータはミムの脇を固め、タッカーは人々の間を歩き回った。三匹は集まった人たちの顔とにおいに集中しようと決めていた。彼か彼女か、犯人が人間にはわからない仕草で正体を現わすかもしれないからだ。

ミムは厳しい目つきでカレン、ジョディ、ブルックス、ロジャーを見つめた。「どうしてあなたたちは学校に行かないの？」

カレンがみんなを代表して答えた。「どの学校のことですか？　わたしたちはセント・エリザベスに戻りたいのに、親たちが許してくれないんです」

「じゃあここで何をしているの？」ミムは昔の女教師のように生徒たちに容赦なく問いただした。

「郵便局がすべての始まりだから」ブルックスが答えた。

〈頭がいいわ〉ミセス・マーフィがいった。

アイリーンが口をはさんだ。「マリリン、わたしの子供が安全だという保証ができます？」

「アイリーン、どんな学校も節度ある範囲ではこれ以上のことはできないわ。そうなのよ」マリリン・サンバーンは自分が理事会を弁護しているように感じた。

ハリーがカウンターから身を乗り出した。「ここにみなさんがいるのはかまわないけど、誰かが郵便物を取りにきたら、通してあげてくださいね。ここは連邦政府の建物ですから」

「ワシントンなんかくそくらえだ」マーケット・シフレットがしゃしゃり出て叫んだ。「一八六一年では俺たちのほうが正しかったんだ」

多くの喝采があがり、ミランダもハリーも笑った。移住してきたヤンキーたちは南部人が時代に逆行しているだけでなく、未だに南北戦争を忘れられないことに微笑ましくも時代遅れだと思うだろう。

少しでもチャンスがあればという南部人魂は、圧制的な連邦国家からすぐにでも離脱したがるのだ。とことんヤンキーの税金を使ってやろうという心意気だ。南部人は時間と金を使う以外にももっと素晴らしいものをもっていたが、この〝素晴らしいもの〟が生産的かどうかは疑わしい。

「さあ、落ちついて。陰惨な事件が起こっているんだから」ミムはハリーのほうを向いていった。「リック・ショーを呼んだらどうかしら？　彼はここにいるべきだわ」

「いや」ハーバート・ジョーンズ牧師が優しく反対した。「お許し願えるなら、マダム」彼はいつもミムのことをマダムと呼んだ。「ここでは警官がいないほうがみんな率直な意見がいえると思うんですが」

「そうだ」賛同の声があがった。

ミムはそのブルーの瞳を鋭くぎらつかせてみんなを見まわした。「わたしには何が起こっているのか、どうして起こったのかわからない。だけどロスコウとモーリーの奇妙な死に責任があるひとりの人間、あるいは複数の人間が誰かをわれわれが知っていると仮定しなくてはならないと思う。この町を守るために自分たちで結束しなくては」

「どうしてこの部屋に殺人犯がいないとわかるんですか」ラリー・ジョンソン医師が尋ねた。

マイクル神父が答えた。「わかりません」

「ケンドリックがモーリーのうえに屈みこんでいたのはわかっている。申しわけないが、アイリーン、でも事実だ」マーケットがいった。

「それなら殺人者、もしくは殺人者たちにわたしたちの計画を暴露していることになってしまうじゃない。どうやって自分たちを守ったらいいの？」ルシンダ・ペイン・コールズが眉をひそめると、他にもたくさんの人たちが同調した。

ハリーが学校の授業のように手をあげた。

「ハリー」ミムがうなずいた。

「問題は殺人者がこの部屋にいるかどうかではなくて、なぜ人が殺されたかということでしょう。もし自分たちがみんな無防備だと思っていたら、心配でしょうがないわ」

「だけどぼくらは危険なんだよ！」マーケットが叫んだ。「二人の人間が死んでいるし、最初の死亡通知を流したと認めた十七歳の少年は病院にいる。次は誰で、何が起こるんだ？」

ハリーは落ちついて答えた。「マリリン、あなたが認めたくないのはわかるけど、すべてはセント・エリザベスを示しているわ」

「それはわたしたちが容疑者だということですか？」ジョディ・ミラーがふざけていった。

アイリーンは娘の肩に手をおいた。「誰も学生を疑ってなんかいないわ」彼女は訳知り顔でラリー・ジョンソンに視線を向けた。彼と話さなくてはならない。ジョディは妊娠三カ月だった。大きな決断をしなくてはならない時期だ。一方でアイリーンはマイクル神父をじっと見つめて、彼にも話しておかなくてはならないだろうと思った。まずなにより話さなければいけないのはジョディになのだとは思いもしなかった。

サンディ・ブレイシャーズや学校の職員は自分たちや学校を守るため、誰もこの場にいなかった。彼らは職員会議の最中で、質問と非難の嵐と恐怖を押しとどめていた。ジャッカルのような記者連中がドアのところに群がっていた。

「エイプリルのバカげた非難はとりあえず考えないようにしなくてはなりません」マリリンはぴりぴりしながらいった。「今週、わたしたちが帳簿を調べて、エイプリルの訴えを保留します。彼女はわたしたちの目をそらそうとしているだけなのです」

「確かにそうです」ロジャーが静かな声でいった。「問題はセント・エリザベスにあるんです」

ミムが訊いた。「何か心当たりがあるの？　いったい何があなたたちの学校で起こっているの？　ドラッグの問題でもあるの？」

「ミセス・サンバーン、ドラッグの問題はどこにでもあります。セント・エリザベスだけではありません」カレンが重々しくいった。

「でもきみたちは裕福な家庭の子だ。何かトラブルに巻きこまれたら、お父さんが金で解決してくれるだろう」みんながいわせまいとしたにもかかわらず、サムソン・コールズは無遠慮につまらない意見をいった。

「そんなことは問題外だ」マーケットがいらいらしながらいった。「われわれはどうすればいいんだ？」

「もっと防衛する余裕はないだろうか？　私設警察を雇うとか？」望み薄だとは思いながらもフェアがいった。

「いや」フェアを除けば誰よりも背の高いジムが答えた。「われわれには元手がない」

「救急隊や消防団のような団体なら協力してくれるかもしれない」暖かくなってきたのでラリーがグレン縞のポークパイ・ハットを脱ぎながらいった。

「いいアイデアね、ラリー」ミムは夫のほうに向いていった。「それならわたしたちにもできるじゃない？　もちろんできるわよね。あなたは市長ですもの」

「彼らにパトロールしてもらおう。わたしたちが巡回案を作ってやる。それが最初だ」

ミムが続けた。「その間に残った人たちがロスコウ、エイプリル、モーリー、ショーンとのわたしたちの接点を調べるの。もしかしたら有力な手がかりがあるかもしれないし、重要じゃないように見えても本当は大切な何かを思い出すかもしれない。いわば失われた環ね」

「誰が洗車場でロスコウ・フレッチャーにキャンディをあげたかということ？」ミランダが悪気なくいった。「ハリーは、犯人はまさに洗車場にいて、みんなの目と鼻の先で毒入りキャンディを彼にあげたと思っているわ」

〈ミランダが秘密をばらしちゃったわ〉ミセス・マーフィは目を丸くした。

〈どうする？〉タッカーが叫んだ。

〈犯人がこの部屋にいないことを祈るだけよ〉ミセス・マーフィはいったが、犯人がすぐ目の前にいる予感がしていた。

〈リック・ショーとシンシアもわたしたちと同じようにわかっているに違いないわ〉ピューターがみんなの恐怖を和らげようとした。

〈もちろんあの二人はわかっているわよ。でもロスコウ殺しの犯人は、みんなが見当違いをしていることをママが見抜いたとは、今の今まで気がつかなかったはず。だから今度は、ママがどこまでわかっているのか、心配になるでしょうね〉

〈ケンドリック・ミラーだわ〉ピューターは前足をなめて、それで耳を掻いた。

〈もし彼が犯人なら、ママに簡単に近づけるわよ〉タッカーが答えた。〈でも彼はここにいないわ〉

〈ご心配なく。アイリーンがこの会合のことをひと言もらさず話すわよ〉ミセス・マーフィは尻尾を前後に揺らした。少し動揺している証拠だ。

〈フェアにママのそばにいてくれるよう頼まなくちゃ〉タッカーはそれで確実にハリーを守れると思いこんでいった。

〈望み薄ね〉ミセス・マーフィは立ちあがって伸びをして仲間を呼んだ。〈さあ、ついてきて。人間も頑張らなくちゃならないんだから、わたしたちも仕事にとりかかりましょう〉

タッカーが反対した。〈ここにいて観察するべきじゃない？〉

〈もう後の祭りよ。ぐずぐずしているひまはないの。行きましょう〉

タッカーはたくさんの足の間をぬって、動物用のドアに急ぎ、外に出ると訊いた。〈どこに行くの？〉

〈セント・エリザベスよ〉

〈マーフィ、遠すぎるわよ〉長い距離を歩くことを考えただけでうんざりしてピュータがいった。

〈助けになりたいの？　それとも弱虫になりたいの？〉

〈弱虫なんかじゃないわよ〉ピュータはふてくされて吐き捨てるようにいった。

〈じゃ、行きましょう〉

四十分もしないうちに三匹はフットボールとサッカーのグラウンドに到着したが、疲れきってしばらく座りこんだ。

〈協力して、部屋から部屋をしらみつぶしに調べるのよ〉

〈何を探すの？〉

〈まだわからないけど、もしエイプリルが他にも帳簿を持ち出したなら、もう確実に改竄されているわ。だけど自分が殺されるとは思っていないから、きっとまだやり残した作業があるに違いない。部屋がきれいさっぱりと片付いていたら、エイプリルが事情を知っているということじゃない？　事件の全貌をね〉

49

本館の玄関に入りこむと不気味な静けさが三匹を包んだ。中庭の向こうの講堂では職員会議が白熱していたが、ここオールド・メインには受付はおろか、人っ子ひとりいない。

〈オールド・メインにカフェテリアはないのかしら?〉ピュータが悲しそうに訊いた。

〈ないわよ。それにカフェテリアには誰もいないわ〉タッカーは郵便局が閉まるまえに任務を済ませて帰れるかどうか心配していた。ハリーが三匹がいないことに気がついたら大騒ぎするだろう。

〈ほうら〉ミセス・マーフィはわずかに開いている重たいオークのドアに金色の文字で〝校長室〟と書いてあるのを見つけた。ひげを使って幅を計り、なんとかなると判断すると無理やり通り抜けたが、後に続いたでぶ猫には少しきつかった。

タッカーが長い鼻をドアの間に差しこんでいると、ミセス・マーフィは振り返って思わず目をぱちくりした。

〈ずるいわ〉

〈ユーモアのセンスはどうしたの? ピュータ、ドアを開けるの手伝ってよ〉

猫二匹が前足でドアを引っ張り、タッカーが鼻で押して、やっとコーギー犬がすり抜けられるくらいまでドアが開いた。エイプリルの堂々としたデスクとその前に敷かれた豪勢な赤いペルシャ絨毯以外、室内のものはすべて取り払われていた。

〈タッカー、壁や机のした、本棚、あらゆるもののにおいを嗅いでみて。ピュータは本棚の縁をチェックして。隠しドアか何かがあるかも〉

〈どうするつもり？〉ピュータは空の本棚に飛びこんだ。

〈この引き出しを開けるの〉

〈それは大変だわ〉

〈遠慮しとくわ。家でハリーが机の右の引き出しに新鮮なイヌハッカをよく隠していたから、開けるのが一苦労なのはよくわかっているの。わたしが開けちゃったのがばれるまでだったけど〉

〈ハリーは今はどこに隠しているの？〉ピュータはしきりと知りたがった。

〈食器棚の一番うえよ〉

〈ちぇっ〉ピュータが珍しく悪態をついた。

〈とりかかりましょう〉ミセス・マーフィはどさりと座りこむと、ぴかぴかの真鍮のとってに手を突っこみ、後ろ足を使って手前に引いた。真ん中の長い引き出しがわずかに音を立てて開いた。なかにはペン、鉛筆、紙クリップがどっさり、セント・エリザベスの名前が刻まれた文房具でいっぱいだった。引き出しの一番奥に手を突っこむと、ミセス・マーフィは身震いした。床に紙を散らかして、そのなかに頭から突っこんでみたくてたまらなかった。紙袋は面白いけど高価でいい香りがするし、学校の名前入りの上質紙もある。極楽だ。だがミセス・マーフィは自分を抑えて床に飛び降り、右手の一番下の引き出しを開けた。なかは中央の引き出しよりさらにつまらない物ばかりだった。手のひらの筋肉を鍛えるための道具、フロッピーが数枚あったが、部屋にパソコンはなかった。あとは古い縄跳びが一本。

〈何かわかった？〉ミセス・マーフィは左の引き出しを開けた。

タッカーが頭を持ちあげた。〈ここは人のにおいが多すぎるわ。ネズミのにおいがするけど、驚くようなことじゃないわね。彼らは夜間、人が帰宅していなくなるビルが好きだもの。干渉されないからね〉

〈本棚には何もないわ。隠しボタンもね〉

何も見つからなくていらいらしたミセス・マーフィは引き出しのなかに飛びこんで、ごそごそと奥のほうへ進んだ。引き出しの奥は暗く、ミセス・マーフィの瞳孔は大きくなったが、外へ飛び出すとすぐに小さくなった。ミセス・マーフィは小包からはがれ落ちたに違いない、丸まった小さな宛名ラベルシールに気がついた。〈古い宛名ラベルね。ネプチューン・フィルム研究所、ブルックリン、ニューヨークって書いてある。それに嚙んだ鉛筆が三本と食いちぎられた消しゴム。この部屋は食べ終わったチキンの骨よりきれいに掃除機をかけられているわ〉

〈外の体育館へ行ってモーリー・マッキンチーが殺された場所を調べてみましょうよ〉タッカーが提案した。

〈いい考えね〉ミセス・マーフィはドアの外へ急いだ。

〈少しくらいわたしたちを待っていてくれてもいいのに。とっても無礼なんだから〉ピュータは後に続いた。

洞穴のような体育館のホールは静まり返っていて音が反響するばかりだった。爪を引っこめられないタッカーの足音がブリキの太鼓のようにカチャカチャと響き渡る。

〈どのホールか知ってる?〉

〈いいえ〉ミセス・マーフィはタッカーにいった。〈でも可能性はひとつだけね。ロッカー室に続く出入り口はホールから二カ所。モーリーがこの方向へ行ったとは思えないわ。たぶんトロフィーホールや大きな正面ドアに続く両開きドアを通ったんじゃないかしら〉

〈それならどうしてわたしたちは裏のドアのところに来ているの?〉ピュータがブツブツいった。

〈わたしたちの勘のほうが鋭いからよ。ロッカー室で人間にはわからないものが見つかるかもしれない。汚い靴下やコカインも強烈に嫌なにおいを発しているでしょうし、子犬ならマリファナを簡単に嗅ぎ分けられるでしょう〉

〈なによ。猟犬は生まれつき素晴らしい鼻をもっているのよ〉

〈タッカー、こんなことはいいたくないけど、あなたはコーギー犬だわ〉

〈そんなことは百も承知よ。生意気な猫ね〉今にも喧嘩を始める体勢だったが、タッカーは明るいグリーンのボロボロのロッカーの前で足を止めた。〈ちょっと待って〉ロッカーの底部のまわりを嗅ぎ回り、隣の通気孔に鼻を押しつけた。〈甘ったるいにおい。べとついているわ〉

〈ちょっと、あれを見て〉ピュータが思わず足をあげて後ろへ下がった。

〈死骸だわ〉ミセス・マーフィはロッカーのなかに続く蟻の死骸の列に気がついて、ちらりとうえを見た。〈一一四番のロッカー〉

〈どうやってなかに入る？　つまりなかに入りたいとしたら〉ピュータはジャンプしながら慎重に蟻を避けていった。

〈入れないわ〉タッカーはロッカーの扉にぶら下がっている大きなダイアル錠を示した。

〈どうせしまいこんでおかなくちゃならないのに、どうして学校へいろいろと持ってくるのかしら？　子供が子供から泥棒するの？　良くないわね〉

〈良くないけど、現実よ〉ミセス・マーフィは極めて現実的に答えた。〈このロッカーには誰も連れてこられないわね。用務員でさえ慌てて逃げて行きそうだもの〉

〈自転車のタイヤをきしませてね〉タッカーは純真な三十代のパウダー・ハドリーを思い出してずばりといった。彼は運転は上手なのに、少し頭が弱いため、運転免許の筆記試験に受からなかったのだ。

〈わかった？〉トラ猫がコーギー犬に体当たりすると、タッカーは後ろにぶつかり、ミセス・マーフィもよろめいた。

〈バカ〉

〈お返ししてもへっちゃらよ。わたしがあなたにひどいことしたり、文句いったり、ひっかいたりしたら〉

〈じゃあ、今のは何よ？〉

〈あなたの行ないを表現しているの。まったくの事実よ〉

〈確かに事実だけど、無駄なことじゃない〉タッカーはたと口をつぐんだ。〈みんなにロッカーを開けさせたら、きっと陰謀がわかるわよ。蟻が死んでいるロッカーのなかに毒があるわけじゃないでしょうけど。そうだとしたらかなり間抜けじゃない。だけど何が隠されているかなんて誰にもわからないわ〉

〈先生もロッカーを持っているの？〉ピューターが尋ねた。

〈もちろん〉

〈子供たちのと職員のロッカーは、どこが違うの？〉

〈わからない。ここは女の子のロッカーだけど、たぶんわたしたちが見落とした小さな部屋が先生用のロッカーだわ〉

三匹は急いでホールに降りると女性の教員用のロッカーを見つけた。しかしそこには化粧台のうえに忘れられたアンブッシュの香水壜以外に興味をひくものは何もなかった。男性の教員ロッカーにも、同じく有力な手がかりはなかった。

〈これは無駄な旅ね。おなかすいちゃったわ〉

〈そんなに無駄でもないわよ〉ミセス・マーフィは郵便局へ小走りで戻った。〈どうして？　教えてよ。ロスコウのオフィスには何もなかったわ。エイプリルの部屋を通り過ぎたけどやっぱり何もなし。保安官があちこちで動きまわってにおいをごちゃ混ぜにしちゃったし、体育館は墓場のようだし、足は凍えそう〉

〈はっきりしているのは、正面ドアの外でモーリー・マッキンチーを待ち伏せるために、犯人が彼より早く体育館を出なくちゃならなかったことよ。扉はガラスになっているからモーリーがやってくるのは見える。あるいは男女のロッカーに続くドアの後ろで待っていたのかも。犯人は急いで出てきてモーリーを刺して外へ逃げたか、体育館のなかに戻ったかどっちかよ。仮装のコスチュームのままだったのは憶えているでしょう。犯人はここの間取りをよく知っていたのよ〉

〈なるほど〉タッカーはミセス・マーフィの推理に感心した。〈それはわかるけど、もし犯人が外へ出ていたら、そのコスチュームのまま大勢の人に目撃されちゃうじゃない。犯人が着替えてしまったらわからないけど、そんな時間なんかなかったと思うわ〉タッカーはミセス・マーフィの考えを打ち消した。

〈ケンドリックの証言が本当なら、犯人はマスケット銃兵の格好をしていた。わたしは犯人は脇から来たような気がするわ。ロッカーから出てきたのよ。タバコが吸いたいとか飲み物がほしいと思わなければ誰もロッカーへ戻らないし、付添い人や屋外セックスを取り

締まるパトロールがいなければ、そんなことは外で簡単にできるでしょう。きっと犯人はロッカー室側から逃げたのよ〉

〈ケンドリックが犯人だとは思っていないの？〉答えはわかっていたが、友達の推理が聞きたくてピュータは尋ねた。

〈ええ、思ってないわ〉

〈でももしモーリーがアイリーンとできていたら？〉それが殺人のじゅうぶんな動機になると論理的にタッカーは考えた。

〈ケンドリックにとっては、どうでもいいのよ。取引がだめになったとか、金銭上の裏切りがあれば殺人を犯すかもしれないけれど、恋愛に関しては彼は冷血だわ。彼はいつも段取りをきちんとするのに、この殺人は行き当たりばったりよね。これはケンドリックのやり方じゃない〉

〈アイリーンが遊び回るのも無理ないわね〉ピュータが独り言をいった。〈もしわたしよりお金のほうが大事だなんていう夫だったら、わたしだって離婚したいもの〉

〈モーリーは、振られた恋人に殺されたという可能性はないのかしら？〉

〈確かにね。それならロスコウにもその可能性はあるけど、それは道理に合わないわ。もしそうだとしたら二人は連続して殺されないし、それにエイプリル・サイブリが学校の書類をきれいさっぱり処分しないでしょう〉

三匹は郵便局に到着すると、暖かさとクッキーを求めて勇んでなかに駆けこんだ。

「この子たちはどこへ行っていたの?」ハリーはおつりを数えながらいった。

〈この事件の謎に深く入りこんでいたのよ〉ミセス・マーフィはピュータが魚の形をしたクッキーに顔を押しつけているのをじっと見つめていた。彼女自身はおなかはすいていなかった。〈何かわかりきったことを見落としているのが頭にくるのよ〉

〈マーフィ、見逃したものなんてないわ〉タッカーは考えるのに疲れていた。

〈いいえ、それは明らかよ。それがなんであれ、わたしたちが無意識に見たくないと思って、頭から追い出しているもの〉トラ猫は一瞬、耳を下げてまた立てた。

〈わかんな〜い〉食べるのに夢中のピュータは口いっぱいにほおばったままもごもごいった。

〈起こっていることはおぞましくて、受け入れられないようなことだわ。灯台下暗しなのかも〉

50

モーリー・マッキンチーの告別式に集まったクロゼットの住人には、不安の色が濃く表われていた。

ジョーンズ牧師の教会には聖歌隊とパイプオルガンはあったが、参列者はほとんどいなかった。ダーラは本当に遺体をロスへ移送してしまったので、祭壇のまえにはたいして高価でもない棺だけが安置されていた。独唱を頼まれたミランダは《我らの神は頑強な砦》を選んだ。彼女はルーテル教会にいたことがあったし、誰もモーリーの宗派を知らなかったので、個人的な賛美歌を選べなかったからだ。ブーム・ブーム・クレイクロフトは左側の最前列で泣いており、エド・シュガーマンがずっと彼女を慰めていた。ロスコウの喪中であるナオミ・フレッチャーは右側最前列でサンディ・ブレイシャーズの隣に座っていた。ハリー、スーザン、ネッドも参列していたが、それ以外は教会はがらんとしていた。もしダーラがよく知れ渡ったその顔を見せていたら、教会にはもっと人が溢れていただろう。

郵便局に戻って、ハリーは充実した人生を送るには何が必要かと考えた。

五時、ハリーはエイプリル・サイブリの郵便をひとつにまとめた。

「エイプリルはあなたを家に入れると思う？」

ハリーは眉をあげた。「ミランダ、それほど気にしてないわ。入れてくれなければ裏のドアのところに置いてくるだけよ。出かけるけど、何か必要なものはない？　クリッツァー苗木畑を通るわよ」

「ないわ、ありがとう。春の球根はもうみんな植えちゃったし」少々自慢気な答えが返ってきた。

「オーケー、それじゃ、また明日ね」

十分後、ハリーは曲がりくねった長い上り坂の田舎道を走り、コロニアル風のこぎれいな二階建ての家までやってきた。トラックの修理が終わるまでブレア・ベインブリッジが自分のトラックを貸してくれたのだ。ドアをノックしても返事はなかった。数分待ってから、ドアの脇に郵便を置いて立ち去ろうとすると、二階の窓が開いた。

「郵便局へ行って自分の郵便を取ってくるのなんかこわくないわよ」

「あなたのボックスが溢れそうだったのよ。わざわざ来てくれる手間を省いてあげようと思って」

「ショーンが回復しそうかどうか、誰か知っているの？」

「いいえ。病院は情報はもらさないし、面会謝絶よ。わたしが知っているのはそれだけ」

「男の子って脳みそがないのね。サンディかナオミに会った？」エイプリルは半ば笑っていたが、嫌味たっぷりの声色だった。

ハリーはいらいらしてため息をついた。「あなたがあの人たちに会いたいと思う以上に、彼らがあなたに会いたがるとは思えないわ。マリリンも今はそれほどあなたの大ファンじゃないしね」

「誰が彼女のことなんか心配すると思っているの？」エイプリルはちゃかしたように手を振った。「彼女は悪い母親のできそこないの模造品よ」

「ビッグ・ミムは信用がおけるわ。ありのままの彼女を受け入れなくちゃ」

〈家のなかに入れてもらえるかしら？〉タッカーが訊いた。

〈いいえ。エイプリルは窓から動こうとしてないじゃない〉

「彼女たち、わたしのことをどういってるのかしら？」エイプリルは聞きたがった。

「あなたはサンディを嫌っていて、ロスコウを愛していた。それとあなたは自分の証拠を隠すためにサンディを責めている。お金がなくなっているとしたら、あなたが盗んだか、どこにあるか知っているといったようなことね」

「ばかばかしい！」

〈でもあなたは絶対何か知っているわ、エイプリル。わかっているのよ〉ミセス・マーフィが大きな声でいった。

「その猫はずいぶんおしゃべりなのね」

〈あんただって相当よ〉ミセス・マーフィは口答えした。

〈そうよ！〉ピューータが相づちを打った。

「エイプリル、あなたが物事を正しく理解してくれたらいいのに」ハリーはジャケットのジッパーをあげた。「学校はまるで墓場のようだわ。あなたのサンディへの悪感情は、セント・エリザベスとロスコウが苦労して築きあげたすべてを壊してしまうのと同じことなのよ」

〈いい台詞だわ、ママ〉タッカーは、ハリーが痛いところを突いたのがわかった。

「わたしがセント・エリザベスを壊すですって！　壊すことについて話したいんなら、時代遅れの教育にわたしたちの精力と素質をつぎこませようとしているサンディ・ブレイシャーズについて話しましょうよ。彼はコンピュータ教育には無関心だし、映画学科のアイデアにも反対している。しょうがないから体育だけはなんとか容認しているけど。もし彼が支配するようになったら、見ててごらんなさい。体育の予算も年々削られるでしょうね。最初は徐々にだけど、あいつはそういう奴なのよ！　くだらないこそ泥だわ」

「それなら学校へ戻ってきて」

「クビにされたのよ！」

「あなたが書類を戻せば」

「絶対戻さないわ。特にブレイシャーズにはね」

ハリーは両手をあげた。「じゃあ、ショー保安官に提出して」

「そんなことしてもほとんど役に立たないわ。彼はセント・エリザベスに渡してしまうでしょうから」

「保安官なら証拠として押収できるわ」

「あなたってそんなにバカなの？　それともわたしがそんなにバカだと思っているの？」エイプリルはわめいた。「リトル・ミムが泣きつけば、ママがリック・ショーの尻に火をつけるわよ。そうなれば書類はセント・エリザベスじゃなくて、サンバーン家へ行くことになるでしょうよ」

「じゃあ、どうやって自分の潔白を晴らすの？」

「時が来れば、やるわ。ただ黙って見ていてよ」

「そうしなきゃならないんでしょうね」ハリーは諦めてトラックへ戻った。ぴしゃりと窓が閉まる音が聞こえた。

〈おかしいほど時間がなくなっていくわ〉ミセス・マーフィは冷たくいった。

51

クロゼットへ戻ると、ハリーはミセス・ホウゲンドバーを丸めこんで彼女のファルコンで洗車場へ向かった。考えただけでヒステリーを起こしたピュータは、シートのしたへ隠れてしまった。ハリーはミランダに喧嘩腰のエイプリルとの会話を話してきかせた。

二九号線に戻って、ガソリンスタンドを通り過ぎる時、ハリーはガソリンポンプと洗車場の出入り口との距離を観察した。急いで駆け抜けなければならないような距離だ。五十ヤードというところだろう。ガソリンスタンドの建物が洗車場からの視界を遮っていた。

「ゆっくり行って」

「そうしているわよ」ミランダは一帯をじっと見ながら出入り口のまえの停止線へ車を進めた。

ジンボー・アンサンが出てきた。ジャケットの襟が風のせいで立っていた。「いらっしゃい、ミセス・ホウゲンドバー。ここらへんにいらしたことがあるとは思いませんでしたよ」

「来たことはないわ。小型の車だから自分で洗っているもの。だけどハリーがわたしを現代風にさせたがってね」ミランダが笑うと、ハリーがミランダ越しに手を伸ばして〝ザ・ワークス〟の料金を払った。

「まえへ出してください。そこです」ジンボーはミランダの左の車輪が軌道ベルトに載るのを見ていた。「ニュートラルにしてラジオは切ってください」彼が太い電気コードをつかんで大きなボタンを押すと、車は水しぶきのなかに進んでいった。

ブザーが鳴って、黄色のライトがつくとミランダが叫んだ。「おや、まあ」

ハリーは作業が終了するまでの時間だけでなく、脇やうえから回転してくる機械の様子を注意深く観察していた。おしまいにしたから衝撃があって、それが車をまえへ進める合図だった。

「ありえないわ」ハリーがつぶやいた。

「何がありえないの？」

「犯人が洗い場に入ってきて、ロスコウに毒入りキャンディを渡して逃げたと思っていたの。そんなの間抜けなのはわかるけど、ここでびしょ濡れの誰かの姿を見かけて、その人物がロスコウの顔見知りだったら窓を下げるかドアを開けるかするでしょうからね。でもこれは単なる思いつきだわ。もしガソリンスタンドからここまで走ってきたら、一分もからないし、洗い場の出入り口にもぐりこめば誰にも見られない。だけど不可能だわ。それにびしょ濡れの人間に誰も気がつかないはずはないし」

「カインが弟アベルに言葉をかけ、二人が野原に着いた時、カインは弟のアベルを襲って殺した。主はカインにいわれた。〝お前の弟アベルは、どこにいるのか〟カインは答えた。〝知りません。わたしは弟の番人でしょうか〟主はいわれた。〝何ということをしたのか。お前の弟の血が土のなかからわたしに向かって叫んでいる〟」ミセス・ホウゲンドバーは創世記から引用した。「これは史上初めての殺人よ。カインは逃れられなかった。この犯人も逃れられないでしょうね」

「リック・ショーはケンドリックと二つの殺人を結びつけようと遅くまで調査しているわ。シンシアが昨夜電話をくれたの。まるで見当違いの人物を無理やり吊しあげようとしているみたいだといっていたわ。でもうまくいかなくて、リックは髪をかきむしっているようよ」

「かきむしる髪があるのかしら」ミセス・ホウゲンドバーは二九号線を南へ向かった。

「臆病ということを考えると、毒は臆病者が使う道具だわ」

「マッキンチーを殺した犯人は臆病者じゃないわよ。大胆にも剣を持ちながら、様子をうかがっていたんだから、知恵もあるわ」

「でもマッキンチーは丸腰だったのよ」ハリーがいった。「犯人は飛びかかって彼を串刺しにした。知恵があるといえばそうだけど、でも臆病者だわ。ひとつには殺人が計画されて実行されたということ。あえていうなら冷酷な頭脳といってもいいわね。もうひとつは人々を脅かしているということ」

「二つの死に関連なんかないって可能性もあるわ」ミランダはためらいがちにいった。

「でもわたしはそうは思わない。だから心配なのよ」彼女は赤信号で止まった。

だがミランダの心配は、マイクル神父ほどではなかった。彼は懺悔室でうとうとしていたが、例のくぐもった声が無理に声色を変えようとぼそぼそつぶやくのにはっとした。

「神父さま、わたしは罪を犯しました」

「続けなさい、我が子よ」

「また人を殺してしまいました。殺すのが好きなのです、神父さま。そうすると力を感じられるのです」

マイクル神父は細い喉に何か固い塊がつかえているような感じがした。「力はすべて神にあるのです、我が子よ」神父は語気を強めた。「それで誰を殺したのですか？」

「ネズミ」取り繕ったその声はいきなり笑い出した。

重たい黒い布がシュッと音を立て、すばやく立ち去る軽い足音が聞こえた。神父は急いで懺悔室の反対側から飛び出ると、ちょうど脇のドアのところで黒いマントが翻るのが見えたが、ドアはすぐに閉まった。走っていってドアを開けたが、復讐の天使の頭上でアオカケスが鳴いているだけでそこには誰もいなかった。

52

古いオフィスに絶えず吹きこんでくる隙間風を避けるために重たいスカートで足を守っていたルシンダ・ペイン・コールズは、もう一度いった。「誰もいなかったわ。でもわたしはいつも教会の裏にいるんですよ、保安官。わたしが外へ出るか、来訪者が裏に駐車しない限り、正面から誰かが出入りするのはわかりません」

シンシアは寒気を感じて、銀色のラジエーターのそばに寄った。「最近、マイクル神父を訪ねてきた人に気がつきましたか？　珍しい人とか？」

「いいえ。どちらかといえばこの時期は普段より静かですからね」

「ありがとう、ミセス・コールズ。何か思い出したらいつでも連絡をください」

リックとシンシアが外へ出ると、墓地のじっとりとした霧が二人を包んだ。二人が脇のドアのところに屈みこんで調べると、湿った落ち葉のうえに窪みが見られ、わずかにべとべとしていた。それは墓地まで続いていた。

「誰もいなかった？」

「足跡を消すなんて、頭のいい男ですね」シンシアがいった。

「あるいは女かも。だが、ここの田舎人間すべてに当てはまるよ」リックが答えた。「それとも犯罪もののテレビ番組を見すぎのやつか」リックはほんのちょっと墓石に座った。

「他に何かアイデアは？」

「ありません」

「俺もだ」

「ひとつだけわかっているのは、犯人は告白するのが好きだということです」

「いや、クープ。犯人は自慢したいんだ。確かに見込みがあるということだ」

「どっちの？」ポケットのなかのタバコに手を伸ばしながら、シンシアは自分は本当は喫煙家ではないと自分にいい聞かせていた。

「一本もらうよ」リックも手を伸ばした。

二人は火をつけ、煙を吸いこんだ。

「ここには肺気腫で死んだ人がどれくらい埋められているのかしら？」

「知らない」リックが笑った。「いつか俺もそのひとりになるかもしれない」

「何の見込みですか？　ボス」

「おごれるものは久しからずということ」

53

リック・ショーはエイプリル・サイブリの部屋に臨時の司令室をつくった。リトル・ミムとサンディ・ブレイシャーズはラジオや新聞で生徒たちにセント・エリザベスに戻ってきて事情を聞かせてほしいと呼びかけた。

リックが使える人手はすべて学校関係者に委ねた。リトル・ミムが仕切り、サンディがそれを補佐した。

「素晴らしい年の始まりで、練習も順調に始まりました」カレンは保安官に笑いかけた。

「わたしたちのクラスには映画特別週というのがあって、自分たちでストーリーを書いてショットごとに分けて、それから金曜日に映画にするんです。ミスタ・マッキンチーとニューヨークから来たミス・タールマンがわたしたちを指導してくれました。素晴らしかった。おかしなことは何もありませんでした」

「ショーンは？」

「ええ、ご存知のように彼はワルを気取るのが好きですが、問題はないように思えました」カレンは彼の助けになりたいと思いながらリラックスにつとめた。

「何か思い出したら、戻ってきて連絡をくれるかな」リックは反射的に笑い返した。カレンが出て行くとクーパーにいった。「鼻をたらしているわけでもないし、目も充血していない。瞳孔が開いたり縮んだりしていることもない。ドラッグ濫用の徴候はまったくない。クラスの半分を調べたがな。ショーンが意識を回復してくれればなあ」

「もし彼が父親になるのなら、多くのことがわかりますね」

「それでも不十分だ」リックはぶつぶついった。

シンシアはノートを開いた。「ショーンはエイプリル・サイブリの使い走りをしていました。ジョディ・ミラーによると彼は終身運転免許証を持っていたらしいです」シンシアはさっとノートを閉じた。

ドアの外で吠える声が聞こえたので一瞬、二人は戸惑ったが、シンシアがドアを開けた。毛をくしゃくしゃにしたタッカーが転がりこんできた。〈わたしたちも手伝えるわよ！〉

そ知らぬ顔をしてミセス・マーフィとピューータが続いた。

「ハリーはどこ？」

クープの質問に答えるように、溢れんばかりの郵便を入れた四角い白のプラスチック容器をかかえたハリーが入ってきた。「ロスコウとモーリーの郵便よ」といって箱をテーブルのうえに置いた。「ナオミの郵便は彼女のボックスに入れたわ」

「何かおかしなものはなかった？」リックが訊いた。

「ないわ。個人の手紙と請求書だけ。郵送用の封筒もないし、疑わしいものはないわ」

「ナオミは、自分の郵便は取りに来ていたんだろうか？」

「毎日来ているわよ。でも今日はまだね。少なくともわたしが出てくるまえまでは」

シンシアが訊いた。「何かいっていました？」

「彼女はふさぎこんでいるわ。ちょっと挨拶したけれど、それだけ」

「自分のトラックを貸してくれるなんてブレアっていい人ね」クープはあのハンサムな男に入れ込んでいるのがばれなければいいと思ったが、見え見えだった。

「彼はいい隣人よ」ハリーは微笑んだ。「リトル・ミムがクリスマスまでの間のあらゆる催しにせっせと彼を誘っているけどね」

「彼は気にするようには見えないわ」

「どうすればいいっていうの？　サンバーン家をうんざりさせる？」ハリーは眉を吊りあげた。

「ごもっとも」シンシアはすでにいい気分になってうなずいた。

「きみたちのおしゃべりが終わったら、喜んで仕事に戻るんだがね」

「はい、ボス」

「あら、いいじゃない」ハリーがリックをからかった。「事件から気持ちをそらすと、答えが出てくるものよ」

「まったくの嘘っぱちだな。〞わたしの唇の動きを見てください――新税導入はぜったいありません〟という公約を聞いて以来のな」

〈わたしの唇の動きを見て――ロッカー室へ来てちょうだい〉トラ猫が声をあげた。

「しゃっくり？」シンシアが身を屈めてミセス・マーフィを軽く撫でた。

〈脱走劇っていう古い手を使ってみない？　それでまた戻ってくるの〉タッカーは部屋を飛び出すとホールへ向かって途中まで駆け下りてまた戻ってきた。爪が木の床で音を立てた。

〈みんなでやりましょう〉ミセス・マーフィもタッカーに続き、ピュータはすばやく横滑りして、後ろ足を滑らせた。

「ふざけてるんだな」リックは首を振りながら見ていた。

「面白いわ」シンシアは郵便を調べていたが、目につくようなおかしなものはなかった。

ホールの途中まで降りて、三匹は足を止めてけたたましい声で鳴き出した。

〈とろいわねえ〉ミセス・マーフィは尻尾を膨らまし、首の後ろの毛を逆立てた。

〈もう一度やってみましょうよ〉タッカーは繰り返しやれば人間の手がかりにつながると感じていた。

〈もうやだわ。わたしはママの足にまとわりついてみる。そのほうが気がつくわよ〉

〈ついてきてくれなきゃ意味ないじゃない〉ピュータが現実的なことをいった。

〈他に何かいいアイデアある？〉ミセス・マーフィは灰色猫のほうに向いた。

〈いえ、妃殿下〉

三匹は黙って部屋に戻り、ミセス・マーフィはハリーのところへ行って、彼女の足に身体をこすりつけてゴロゴロ喉を鳴らした。

「よしよし。すぐに行くわよ」

ミセス・マーフィはさっとハリーの足にかじりついた。ジーンズはつるつるして爪はひっかからなかったが、それでも鋭い爪が布地に食いこみ、ハリーは叫び声をあげた。

〈ついてきてよ!〉ミセス・マーフィはハリーの足から降りるとドアのほうへ走って足を止め、宙返りをした。

〈見せつけてるわ〉ピューターが小声でいった。

〈あんたにはできないでしょ〉ミセス・マーフィが嘲った。

〈ふん、わたしにだってできるわよ〉ピューターはドアまで走っていって宙に飛んだ。彼女の宙返りはぐらぐらしてなんだか心もとなかったが、それでも宙返りだった。

「時々、あの子たちはあんなふうになるのよ」ハリーはすまなそうに説明した。「どうしたんだか、わたしが見てくるわ」

「わたしも行くわ」

「きみたちは二人とも、灰みたいにふわふわしているんだな」リックは郵便をつかんだ。

ハリーとシンシアが三匹についていくと、いくつかの教室がまた使われているのに気がついた。

「いいことだと思うわ」シンシアがいった。

「警察が学校で生徒たちに事情聴取するんだから、学校へ子供を戻すほうが安全だとわかったんじゃないかしら」ハリーはくすくす笑った。「なにしろ子供たちを家においておくより簡単ですもの」

「ハイキングに行くつもりかしら？」三匹が本館に続く裏のドアのところでこちらの顔を見あげてじっと見ているのに気がついてシンシアがいった。

ハリーがドアを開けてやると、三匹は飛び出してすばやく中庭を走って行った。「わかったけど、あんたたち、こっちは反対よ！」

〈違うのよ〉トラ猫は戻ってきてためらっている二人を促した。〈来て。わたしたちにはアイデアがあるの。あなたたちよりずっとたくさんね〉

「新鮮な空気が吸えるわ」シンシアは鼻の頭に初雪が落ちてくるのを感じた。

「わたしもよ。ミランダには待っててもらわなくちゃ」

二人は雪が軽い音を立てて木の枝に降り注ぐなか、中庭を横切った。小道は滑りやすかったが、まだ白くなってはいなかった。本館と体育館の向こうにはけっこう積もっていた。

〈早く来て。凍えちゃうわ〉ピュータが二人をせかした。

二人が体育館にたどり着いてドアを開けると、三匹はなかへ飛びこんだ。

ミセス・マーフィは肩越しに振り返って、二人がついてきているかどうか確かめ、トロフィー室の片隅の女子用ロッカーのドアへ走っていった。後の二匹もそれに続いた。

「あてどもない探索だわ」シンシアが笑った。

「わからないわよ。でもリックからちょっとでも解放されたじゃない。彼はあそこで頭から湯気を出しているわ」

「彼は事件が解決するまでいつもあんなふうなのよ。すべてを自分のせいにするの」

二人がロッカー室のなかに入ると、三匹は一一四番のロッカーの前に座った。蟻の死骸の列はまだそこにあった。

それぞれのロッカーは牛の鼻についている輪のようなダイアル錠がついていたので、開けられなかった。

しかしシンシアにアイデアが浮かんだ。彼女はホールヴァード・コーチを探して、リストをチェックしてもらい、一一四番のロッカーがジョディ・ミラーのものであることを確認した。そしてコーチに女の子たちをここへ呼んで、それぞれのロッカーを開けてもらうよう要求した。

一時間後、ホールヴァード・コーチは大わらわでフィールドホッケー、ラクロス、バスケットボール、陸上の一軍、二軍の選手たちを集めた。

仕事に戻ってしまったハリーはその後の騒ぎを見損ねた。一一四番のロッカーが開けられると、口の開いたコカコーラの缶が蟻の行列の原因だったことがわかった。しかし一一七番のなかにマスケット銃兵のコスチュームがあったのだ。そのロッカーはカレン・ジェンセンのものだった。

54

リックは後ろで手を組んでゆっくり歩いた。カレンはそんな高価なコスチュームのことは何も知らないと泣きじゃくっていた。

「他の人に訊いてみてください。わたしはアルテミスに扮していて、ダンスフロアから一歩も離れませんでした」カレンはいい張った。さらにスポーツバッグのなかから一握りのマリファナも見つかったことで、彼女は余計落ちこんでいた。

リックは裁判所命令をとって、必要とあらば鍵を壊して他のロッカーも開けた。出てきたものを並べるとセント・エリザベスで薬局が開けるくらいだった。生徒たちは定期的に両親の救急箱の中身をくすねていたか、いい調達先があるかなのだろう。ベイリウム、パーコダン、クエイルード、スピード、亜硝酸アミル、少量のコカイン、そしてかなりの量のマリファナと男子一軍ロッカーのなかにあった一山のアナボリック・ステロイド。

かなりのことには慣れていたが、リックは学校でのドラッグ濫用の広がりについては寝耳に水だった。リックはフットボール選手のひとりに圧力をかけ、それらが一般的にまかり通っているという話を聞いた。ステロイドを使っている選手と試合をしたら、使っていないほうはこてんぱんにやられてしまう。あるスポーツで秀でようと思ったら遅かれ早かれドラッグに手を染めることになる。選り抜きのドラッグはヒト成長ホルモンだが、どうやって調達したらいいかわからないし、とんでもなく高価だ。それに比べてステロイドはお手軽に手に入る。

次のショックは、シンシアがマスケット銃兵のコスチュームの上着の襟に縫いつけられたラベルからレンタル先を調べている時のことだった。ワシントンの装身具商を突き止め、上質のマスケット銃兵のコスチュームが戻ってきていないことがわかった。

それはモーリー・マッキンチーが、自分のマスターカードを使って借り出したものだったのだ。

55

雪が渦巻き、イエローマウンテンが見えないほどだった。ハリーはどんな大雪でもいつかはやむと思いながら、納屋に向かって歩いていた。激しい雪は今年もきちんとクリスマス後にやってきた。休暇前に大雪が襲うこともあるが、セントラル・ヴァージニアの住人は、一月から三月までが本格的な冬だとわかりきっていた。

強い風が木々に残っていた秋の葉をきれいさっぱりと吹き飛ばした。一晩で秋の豊かな色彩が冬の地味な単色の世界に変わってしまった。

車の音が聞こえたので、タッカーが白銀の世界へ飛び出していくと、フェアが車を止めていた。彼はカウボーイハットをはたき、納屋のほうへ駆けてきた。

「ハリー、助けてほしい」

「何があったの？」

「ブーム・ブームがものすごい癇癪を起こしている。信用できる人間と話したいといってきかないんだ。すごくふさぎこんでいるから、聞いてやらなくては」

「わたしが聞く必要はないわ」

「どうしたらいい？」フェアはもじもじした。「彼女は本当に苦しんでいるようなんだ」

ハリーは馬小屋のドアに寄りかかった。ジン・フィズがダッチドアのうえから白い鼻を突き出していた。嚙むたびに餌が口からこぼれている。いつも彼は外に頭を出しておしゃべりするが、今日はとてもお腹がすいていたし、餌も極上だった。〈ママ、一緒に行ってあげれば。ブーム・ブームは心臓麻痺を起こすでしょうけど〉ミセス・マーフィが笑った。

「わたしの考えをいわせてもらうけど、彼女はモーリー・マッキンチーと寝ていたわ」

「事実かどうかはわからないだろう」フェアは帽子をとって首を振った。

「女の勘よ。とにかく、わたしの話を聞きたくないなら、仕事に戻らせてもらうわよ。あなたは何とでもすればいい」

「聞きたいよ」

「このひどい事件を考えれば考えるほど、セント・エリザベスの将来の方向性についてロスコウとサンディ・ブレイシャーズの争いという点にいきつくのよ」ハリーは手をあげた。

「天才じゃなくたってそんなことはわかるわ」

「ぼくはそんなふうには考えなかったな」

「適当な範囲でブーム・ブームを慰めてあげなさい。彼女はパズルのひとコマを持っているのにそれに気がつかないのかもしれない。それとも危険にさらされているかもしれない。その一方で彼女は大げさに演技するチャンスも逃さないでしょうけどね」ハリーは笑った。

「いずれにしても、もちろん後でわたしにすべて話してくれるでしょうね」

56

ブーム・ブームをせっせと慰めたのは彼女の口を割らせるためだった。ついに彼女はフェアにモーリー・マッキンチーと恋愛関係だったことを告白した。モーリーが他の女と浮気をしている、少なくとも彼に大切な女がいることがわかった時、彼と別れたという。相手が誰なのか彼はいわなかった。

ブーム・ブームは彼の妻ではないその別の女が、彼を殺したのではないかと思っていた。

「彼を信じていたなんて、なんてバカだったんでしょう」彼女の印象的なグレイブルーの瞳からしょっぱい涙が溢れ落ちた。

フェアはブーム・ブームを抱きしめて慰めてやりたかったが、彼女への不信感のほうが根深かったので、衝動を抑えることができた。一回抱きしめようものなら、彼女は二人はディープで、意味深な話し合いをしたとみんなにいいふらすだろう。ゴシップというものはそんなことから広がっていくのだ。

「モーリーはダーラと離婚すると約束したのか？」

「いいえ。奥さんは彼の食いぶちですもの」

「じゃあ、どうして信じたんだ？　なんかよくわからないな。鈍感なわけじゃないんだが」

「あなたは鈍感なんかじゃないわ、フェア。素敵な人、あなたは本当の男よ」ブーム・ブームは彼の自尊心をくすぐるために、自分の惨状をあえて考えないようにした。「男の人ってうわべだけしか見ないものよ。信じられる？　わたしは愛しているといわれたから彼を信じたの」そしてまた泣きだした。いくら泣きつくしても悲しみを癒やせないといった感じだ。

「たぶん彼はきみを愛していたんだな」

「それならどうして他の女に？　しかも彼には奥さんもいるんだから、なおさら始末におえないわ！」

「それが確かかはわからないんだろう？」

「いいえ、わかっているわ」ブーム・ブームはハンカチで涙を拭いた。「モーリーがよくいっていた〝ロスコウとの会議〟があった後で、彼の車のなかをしらみつぶしに調べたのよ。彼は大事なものは車のなかに置いておくの。ほら」きれいなラベンダー色のシルクのローブに手を伸ばすと、ひと束の封筒を取り出してフェアに渡した。「自分で見てみて」

フェアは白いリボンで束ねられたティファニーの封筒を受け取って、リボンをほどいた。

「これはリック・ショーへ提出するべきじゃないのか？」

「やるべきことがたくさんありすぎるわ。だからあなたに相談しているのよ。リックがこれを新聞に載せない保証はないでしょう」

「彼はそんなことはしないよ」フェアは最初の手紙をさっと読んだ。手紙がモーリーの愛の相手からのものなら、それは誰かということだけが問題だった。次のページ下のサインを見るとフェアの気持ちは大きく変わった。優雅な筆記体の自筆で〝あなたのナオミ〟とあったのだ。「なんてことだ」

「彼を殺したのよ」

「きみはナオミがモーリーを殺したと思っているのか?」

「ナオミは簡単にマスケット銃兵の格好をして歩き回ることができたわ。他の誰よりもね」

「カレン・ジェンセンのロッカーからあのコスチュームが見つかったことは確かにケンドリックにとってラッキーだった」フェアは眉を吊りあげた。「だがぼくはまだ自分では彼を無罪だと思っていない。あの男はかなりやっかいな人間だ」

「無情なのよ。いい? 残酷ではないけれど、取引して儲けること以外に関心がないだけなのよ」ブーム・ブームはもう一方の手の長い指の爪を叩いた。「ナオミならあのコスチュームを生徒のロッカーに入れるのなんて簡単でしょう。朝飯まえよ」

「たぶんな」フェアは封筒をブーム・ブームに返した。

「他のは読まないの? すごいわよ」

「ぼくには関係ないからね。これはリックに渡すべきだ。特にナオミがマッキンチーを殺したと思っているのなら」

「そこなのよ。ナオミはロスコウが死んで、この手紙をモーリーに出した後、わたしのことに気がついたに違いないわ。はっ。自分がやっと自由になったと思ったら別の女の存在がわかったってわけね。わたしのおかげで彼は自分のエネルギーを確信したのよ。ひとりの妻に二人の愛人よ」笑うとえくぼが深くなり、とても魅力的で深みにはまりそうなくらいだ。

「可能性はあると思う。すべてが可能性の段階だ。だがきみがモーリー・マッキンチーを殺さなかったとはいえないぞ」フェアはいつもこのように自分が直接に関わっていない状況では明白なことをずばりという。

「わたし？　わたしが？　わたしには誰も殺せないわ。心の傷をひとまとめにしてみんなを癒やしたいだけ。誰も傷つけてなんかいないわ」

「ぼくは可能性の話をしているんだ」

「最低ね！　わたしのことを知っている人ならば、わたしが殺すはずがないことはわかっているわ。愛のためにそんなに熱くならないわ」

「セックスに？　それとも愛に？」

「あなたはわたしの味方だと思っていたのに」

「きみの味方だよ」フェアは愚かだが美しく哀れな女性と目線を合わせた。「だから尋ねているんじゃないか」

「モーリーを愛していると思っていたけど、今となってはよくわからない。彼はわたしを利用したのよ。スクリーンテストまでしたんだから」

「保安官の視点からすれば、やはりきみにも動機があったことになる」

「でもわたしにはロスコウ・フレッチャーを殺す動機はなかったわ」

「そうだ。動機があったようには見えない。誰かロスコウを殺す動機をもっていたのか？　きみの知っている誰かか？」

「ナオミよ。そういっているじゃない」

「ロスコウが彼女を欺いていたかどうかはわからない」

「ロスコウは若い女の子を集めていたから、騙していたのかもしれないわよ。男たちにはそんなことをしないでほしいわ。たとえ機会があってもね。節操がないじゃない」

「まさにぼくのことだな」フェアは唇を嚙んだ。

「まあ、フェアったら、そんな意味じゃないわ。あなたとハリーはお互い合わなかったけど、結婚なんていずれは壊れるものよ。わたしたちがお互いに分かち合ったあらゆる瞬間をわたしが大事にしているのはわかるでしょう。だから助けてほしかったから電話したのよ」

どうしてこの女と寝たりしたのだろう？　美しさに目がくらんだのか？　嫌悪感がこみあげてきたが、懸命に抑えこんだ。なぜブーム・ブームに腹がたつのだろう？　彼女は彼女だ。まったく変わっていない。だが自分は変わったのだ。

「フェア?」ブーム・ブームは二人の間の沈黙をいぶかしんだ。

「もしきみが本当にナオミ・フレッチャーがモーリー・マッキンチーと一緒になりたいから夫を殺し、きみの存在がわかったから発作的にモーリーを殺したと信じているなら、保安官のところへ行ってこの手紙を提出するんだな」

「できないわ。ひどすぎるもの」

フェアは攻め方を変えた。「ブーム・ブーム、もしナオミときみの順番が逆だったら? きみの仮説は正しいかもしれない」

「まさか!」ブーム・ブームの表情は本当に恐怖にあふれていた。

「エイプリル・サイブリはどうだ?」フェアはたたみかけた。

「じゅうぶんな寄付金という基盤があれば彼女の人生は変わるでしょうね。それと贅沢な暮らしが手に入るんだもの」ブーム・ブームの顔の筋肉は引きつり、首の静脈が浮きあがっていた。「ああ、ひきつけを起こしそうだわ。こむら返りよ。さすってなんとかしてちょうだい」

「きみのふくらはぎはきれいだよ。ぼくにそんな手は使うな」

「何のこと?」ブーム・ブームは鼻の穴をふくらませた。

「わかっているくせに。とにかくぼくは保安官に電話する。きみがこんなふうに証拠を隠蔽できないようにね」

「やめて!」

「ブーム・ブーム、一度、世の中のために自分の自惚れは脇へ置いておかないか。殺人犯はまだそこらへんにいるんだ。きみがいうようにナオミかもしれない。だが」フェアは肩をすくめた。「もしきみがモーリーとできていたことが漏れても、この世の終わりってわけじゃない」

「簡単にいうじゃないの」

「あの男は完全にバカだと思っていた」

「まったくモーリーったら笑わせるわ。わたしにだって、テレビに出てる人たちと同じに演技ができるだなんて」

「その点は議論できない」フェアは少し黙ってからはっとひらめいた。「ブーム・ブーム、きみはモーリーの映画を観たことがあるか？」

「ええ、ひとつ残らずね」

「気に入った？　つまりそれについて何かコメントできるかという意味だけど」

「彼は主役には刺激的な女性を使ったわ。ダーラに大きなチャンスを与えたでしょう」

「刺激的？　たとえばセックスが？」

「まあ」ブーム・ブームはすばやく指を下向きにして逃げ腰の様子をみせた。「モーリーのすることはすべてセックスに関することよ。セックスの力を解放して、どのようにわたしたちが変われるかといったね。行為の最中に真実そのものが示されるというわけ。つまり、話はマンハッタンの弁護士事務所についてだったり、ロサンジェルスのベトナム移民だったりする。あれは好きだったわ。《ライス・スカイ》っていう題名なの。だけど、そのうちセックス話になっていくのよ」

「ふーん」フェアは電話のところへ行った。

「わたしを置いていかないで」

「そのつもりはないよ」フェアはまずハリーに電話した。「ハニー、今、リック・ショーが来るのを待っているんだ。きみの家で説明するよ。きみのところのビデオはちゃんと動くよね？　よし。いくつか映画のビデオを持っていく。ポップコーンがたくさん必要だぞ」それからフェアはリックに電話した。

十五分以内にリックとシンシアが到着して、封筒を受け取り、ブーム・ブームに町を出ないようにと厳命して去って行った。

ブーム・ブームがフェアに行かないでくれと頼むと、彼は冷淡ではないがきっぱりと答えた。「きみはひとりでいることを学ぶべきだ」

「今夜は嫌よ！　こわいの」

「誰かを呼べばいい」

「ハリーのところに戻るのね」

「彼女と一緒に映画を観るつもりだ」

「そんなことしないで。大きな間違いだわ」

「何をするのが？」

「彼女を愛することがよ」

「ぼくの彼女への気持ちが冷めたことはない。最初に自分を見失い、それから妻を失っただけだ。すまない、ブーム・ブーム」

57

「いいか、きちんと説明したほうがいいぞ」ケンドリックは怒りで目を血走らせて、娘に詰め寄った。

「話したじゃないの。おじいちゃんの遺産で払ったのよ」

「銀行を調べたんだぞ。お前は未成年だから、ちゃんと教えてくれたさ。あのいまいましいBMWに払ったという四万一千ドルはお前の口座からなくなっていないぞ」

「まだ小切手が清算されてないのよ」ジョディは冷静に答えた。

「ペガサス・モーターはお前が支払い保証小切手を使ったといっている。誰に金をもらったんだ?」

「おじいちゃんだってば!」ジョディはソファの端に行儀のよい若い女性のように膝をそろえて座っていた。

「嘘をつくな」ケンドリックは拳を握りしめて娘のほうに踏み出した。

「パパ、わたしを殴るなんてことはしないでよね。妊娠しているのよ」

ケンドリックはその場で足を止めた。「何だって?」

「わたし、妊娠……しているの」

「お前の母親は知っているのか？」

「ええ」

アイリーンがその場にいたら、ケンドリックは彼女を殺していただろう。幸いなことに彼女は食料品店に買い物に行っていた。ケンドリックは怒りを相手の男の責任に振り向けた。

「お前にそんなことをしたのは誰だ？」

「そんなことパパには関係ないわ」

「いや、関係ある。相手が誰であれ、それ相応の取引をしてもらうことになるだろう。そいつはおまえと結婚するんだろうな」

「結婚なんかしたくないわ」

「しないだって？」ケンドリックの声には毒気があった。「おまえの希望など関係ない。おまえはやりたいようにやって、面倒なことになったんだからな。なんてことだ。ジョディ、どうしてしまったんだ？」彼はどさりと座りこんだ。怒りは恐怖と混乱に変わっていた。

「ママを怒らないで。ママは母親ならすることをしてくれたわ。妊娠がわかるとすぐ医者に一緒に行ってくれた。わたしたちは話すつもりだったのよ、パパ。でもいろんなことが起こったから、先延ばしにしてしまったの」

「父親は誰だ？」

「わからない」

「おまえは何人の男と寝たんだ？」ケンドリックの声はうわずっていた。

「数人」

「それでおまえは誰だと思うんだ？」

「ショーン・ハラハン。たぶんね」

「なんてことだ」

58

「嘘をつかないで」スーザンはブルックスのそばをうろうろしていた。

「ついてないわ。わたしはぜったいドラッグなんかやっていないわよ、ママ」

「やっている子と遊びまわっていたじゃないの」

「ジェンセンは常用者じゃないわ。バッグのなかにちょっとマリファナを持っていただけよ。落ちついて」

ネッドが割って入った。「もう寝る時間だと思うが」

「ダニーはとっくに寝ているわ」ブルックスはこの問題には関係がない弟がうらやましかった。

「いい、ブルックス。何か隠し事があるなら白状したほうがいいわよ。あなたが何をしていても、いざとなればなんとかなるんだから」

「何もしていないわ」

「スーザン」ネッドは額をこすりながらいった。こめかみがずきずき痛み始めている。

「わたしはこの件の真相を知りたいの。マリファナとコスチュームが見つかってから、ショー保安官はあなたたちひとりひとりに訊問したわ。信じられないし、不自然すぎる。カレン・ジェンセンが犯人だなんて」

「ママ、カレンはミスタ・マッキンチーを殺してなんかいないわ。本当よ。とんでもない」

「コスチュームが彼女のロッカーにあったことはどう思うの？」

「簡単よ。チームのみんなはそれぞれのダイアル錠の番号を知っているもの。いつもお互いに物を借りているから」

スーザンはブルックスのほうへ歩み寄った。「わたしたちが知らないことで、カレンについて何か知っていることがあるの？」

「カレンは大丈夫よ。常習者じゃない。カレンについて知っているのは、この夏、彼女はUVAの年上の男の人とデートして親密な仲になったことぐらいよ。本当に。でも彼女はわきまえているから大丈夫」

スーザンは娘の肩に腕をまわした。「あなたもそうであってほしいわ」

その後、スーザンはハリーに電話してブルックスとの会話のことを話し、ハリーは《ライス・スカイ》のあらすじを聞かせた。

「つまらなそうね」

「かなり儲かったみたいよ。ロスコウが映画学科のアイデアを強硬に進めている本当の理由は、モーリーを盛り立てるためじゃないかしら。彼はダーラのせいで影が薄いでしょう。

ロスコウは頭がいいわ。モーリーに取り入れば、いいことが転がりこんでくるもの」

「お金ね。莫大なお金」

「確かにね。彼らは学科にモーリーにちなんだ名前をつけて、彼がすべての脚本を提供し、古い機材をかき集める。すべては独裁的な世界になっていく」

「そんな独裁政治にいくらかかると思う?」

「少なくとも百万ドルの寄付金がいると思うわ。たぶんもっとね」ハリーは茶色の紙袋に落書きした。「どれだけの価値があるか判断するのは得意じゃないけれど、本当なら莫大な価値でなくちゃならないでしょうね」

「フェアはどう考えているの?」

「数百万」彼が叫んだ。

「サンディ・ブレイシャーズはそこまでバカじゃないわ」ハリーがいった。「数百万ドルも映画学科につぎこんだら、破産しちゃう」

「ロスコウは金銭的な投資はしなかったと思うわ」

「そうね。たぶんエイプリルの帳簿を見ればわかるんじゃないかしら」

「スーザン、もしそこに書いてあることがすべてなら、何を隠すことがあるのかしら?」

「わかったらびっくりするでしょうね。ところでショーンのことで電話したの。何も変わらないわ」

「わたしも電話したわ」

「あの子は何か知っているはずよ。ラリー・ジョンソンが脳内の大きな腫れは縮小していると聞いたといっていたわ。腫れがおさまれば、きっと昏睡から回復するでしょうね」

「生きのびられて、ラッキーだわ」

59

「真実を話してくれませんか」リックは見事に磨きあげられたテーブルを指でこつこつと叩いた。

「あなた方にはわたしにそのようなことを押しつける権利はありません」ナオミ・フレッチャーは怒っていた。

「あなたはわれわれに話した以上のことを知っている」リックは冷静にプロの威厳を保った。

「いいえ、知りません。喪中のわたしを困らせるなんて腹立たしいにもほどがあるわ」

シンシア・クーパーは何もいわずに封筒の束を取り出して丁寧な結び目をほどくと、テーブル越しにナオミによこした。ナオミの顔から血の気が失せた。

「どうやって?」

「どうやってこれを手に入れたか、ということは問題ではありません、ナオミ。もしあなたが一連の殺人に絡んでいるなら、白状しなさい」シンシアは同情を示した。「わたしたちがなんとかできるかもしれません」

「わたしは誰も殺してない」

「モーリーと結婚する障害を取り除くためにロスコウを殺したのではないと?」リックがナオミに圧力をかけた。

「モーリー・マッキンチーと結婚するですって? それならすぐに歯の治療をするわ」ナオミは軽蔑するように端正な顔を歪めた。

「彼と寝るほど好きだったのでしょう」男女の秘め事の情報はリックではなく、自分から示すべきだとシンシアは感じていた。

「だからといって彼と生活を共にしたいという意味ではないわ。彼は道楽者。ただそれだけよ。結婚向きではないわ」

「ロスコウも結婚向きじゃなかったようですね」

ナオミは肩をすくめた。「最初はそうではなかったわ。でも男は変わるもの」

「女だってそうですよ」シンシアは封筒を示した。

「夫にとって楽しいことは、妻についても楽しいことだという、いい例だわ。結婚の誓いは本当にすてきなもので、みんなその誓いを実現しようと思う。けれど、現実はとても違うわ。わたしは何も悪いことはしなかったし、誰も殺していない。モーリー・マッキンチーと楽しんだだけよ。そんなことでわたしを逮捕できないでしょう」

「彼と楽しんだけど、彼があなたに真剣でなく、他の女と寝ていることがわかったので殺したのではないのですか」

「ブーム・ブームね」ナオミはうるさい蚊を追い払うように手を振った。「彼女のことなんかまったく心配していないわ」

「女性ならたいていは心配しますよ」シンシアはずばりと本当のことをいった。

「ブーム・ブームはモーリーに対して利己的すぎた。彼は自分のことしか愛していなかったから、本当の意味でライバルの危険は、決してないの。わたしのいう意味がわかるかしら」ナオミは冷ややかに笑った。

「あなたの夫が死んだ日にあなたは洗車場にいて、彼に話しかけましたね。簡単に毒入りのキャンディを彼に渡すことができたはずです」

「確かにできたけど、わたしはしてないわ」

「あなたは手強い」リックが半分感心していった。

「わたしは手強くないわ。無実なだけよ」

「同じことをいう殺人者ごとに一ドルずつもらえたら、金持ちになれるだろうな」リックはコートのポケットにタバコを探した。「吸ってもかまいませんか?」

「ぜったいに嫌です。あなた方が帰っても家全体がにおうでしょうから。早く帰っていただきたいけど」

シンシアとリックは密かに同じ認識をもった。南部の女性なら決してこんなことはいわないだろう。

「ダーラとはどの程度のお知り合いですか?」

「挨拶程度の知り合いよ。彼女はほとんどここにいませんからね」

「あなたがロスコウを殺したのでないとすると、誰がやったかわかりますか？」

「いいえ」

「証拠を隠すことについてどう思われますか、ミセス・フレッチャー？」リックが身を乗り出した。

「はったりよ」

「お願いですから、ナオミ。二人の人間が殺されているんですよ！」シンシアはむかつきをこらえることができなかった。それからたたみかけるように質問を浴びせた。「あなたの夫はエイプリル・サイブリと寝ていたのですか？」

「それはないわ」ナオミが声を荒らげた。「ロスコウはエイプリルを、きれいだけど、かなり鈍いと思っていたわ」男にとって鈍いということがその女と寝ない理由にはならないのを認めるのはやぶさかではなかったが、ショーとクーパーの前では認めるつもりはなかった。

「ケンドリックがモーリーを殺したと思いますか？」リックは罠を変えた。

「そうは思えないわ」ナオミは疲れきったように目を閉じた。

クーパーが割りこんだ。「どうして？」

ナオミは活気づいた。「ケンドリックにそんな勇気はないわ」

「あなたは夫を愛していましたか？」リックが尋ねた。

ナオミは徐々に冷静になり、同時に悲しげだった。「ひとりの男と十八年も暮らしたら、相手のことを知るようになるでしょう。ロスコウは時々枠をはみだしていたのかもしれない。ささやかなる冷酷な振る舞いにふけってね。彼のサンディ・ブレイシャーズの扱いがいい例だわ。彼はサンディをすべてにおいて日陰においた」ナオミは言葉を切った。「ロスコウを愛していたかですって？　彼に慣れていただけよ。でも確かに愛していた。そうよ、愛していたわ」

シンシアは無理やり微笑をつくった。「どうして？」

ナオミは肩をすくめた。「習慣よ」

「ロスコウとサンディ・ブレイシャーズは何で対立していたんですか？」

「ロスコウはいつでもハーヴァード大卒の男に難癖をつけていた。彼らの傲慢な赤いローブを見るととても腹がたつといっていたわ。ご存知のようにハーヴァードは大学の式典では深紅のローブをまとうから」

「偽の死亡記事に何か心当たりは？」シンシアが突っこみを入れた。

「あれ？」ナオミは眉をひそめた。「子供のいたずらよ。ショーンは謝罪したわ」

「二回目の死亡記事はショーンの責任ではないと思いますか？」

「ええ。あれは模倣犯だと思うわ。ショーンは悪を気取って楽しんでいる。あの年頃はとても誘惑されやすい。もうひとりの少年は栄光を求めている。重要なことでしょう？」

「かもしれない」リックは帽子に手を伸ばした。

「エイプリル・サイブリの家を捜索しました？」ナオミが尋ねた。

「家、車、オフィス、パソコン、すべて何もなし」

ナオミは二人を送り出すために立ちあがった。「彼女は贅沢な暮らしはしていないわ。彼女が資金を横領していたとは思わない」

「彼女は誰かをかばっている可能性があります」シンシアが先にドアのところへ行った。

「もちろんロスコウをという意味ね」ナオミはまったく躊躇しなかった。「どうして？ 彼は死んでしまったけど、何かの咎で責められる可能性はある。あなた方は仕事を確保するために犯人を見つけるべきなんじゃないの？」

ナオミがノブに手をかけた時、リックはドアのところで足を止めた。「あなたはサンディとうまくやっているようですね。こんな状況なのに」

「ええ」

「彼がセント・エリザベスに来るまえに働いていたホワイト・アカデミーで、ひとりの学生を妊娠させたことは知っていますか？」

シンシアがとどめを刺した。「ロスコウは知っていましたよ」

「おふたりとも、とてもお忙しいでしょうから」ナオミは唇を嚙んだ。

「ミセス・フレッチャー、おっしゃるとおりわれわれは仕事を確保するために犯人を見つけなくてはなりませんから」リックはかすかに笑っていた。

ナオミは顔を歪めてドアを閉めた。

60

ミセス・マーフィはソファのクッションに寄りかかった。右の後ろ足をまっすぐ伸ばしてしばらくそのままの格好で、爪をむき出しその先をじっと見つめた。見事に完璧な爪先！　左足でも同じことを繰り返し、前足を一緒に伸ばして猫のエアロビ運動に入る。う～ん、気持ちいい。クッションに寄りかかって満ち足りた気分で暖炉の火を見つめ、最近の事件をもう一度考え直してみた。

ハリーは書斎の本棚を掃除していた。棚から一冊ずつ取り出しては、少し読んでまた戻しているため、ちっともはかどらない。外には小雪がちらついていたので、ハリーは家のなかでほくほくしていた。

タッカーは火のまえでいびきをかいていた。ピュータはソファの反対側の端で丸くなって寝ており、小さなネズミが彼女を称える歌を歌っている夢を見ていた。〝おお、偉大なるピュータ、猫の女王〟

「『蝿の王』だわ」ハリーは棚から古いペーパーバックを取り出した。「大学時代に読んだけど、嫌いだったな」それを隣の棚に入れた。「フィールディングは好きだった。オースティンも」ハリーはミセス・マーフィのほうを見た。「文学は感受性だわ。本当よ、マーフィ。ジョン・ミルトンはこの世で偉大な詩人のひとりだけど、つまらない感じがする。どうもわたしはどんな芸術でも好きになるためにその思考回路を頭に叩きこむのに苦労するんだわ。ハリネズミと狐の違いを考えてしまうのよね」

〈アイザイア・バーリンね〉ミセス・マーフィは作家をひとつの大きなことに執着するハリネズミか、自分の縄張りを見通すがゆえに広い世界観をもつ狐のどちらかに分類する見事な評論作品を思い出した。特別な計画が何もない生活こそが人生なのだ。これはハリーの一貫したものの考え方だ。

「つまりわたしがいいたいのはね、マーフィ、読者もハリネズミか狐なのよね。憶えるために読む人もいれば、忘れるために読む人もいる。自分を鼓舞するために読む人もいれば、自分の思いこみを確かめるために読む人もいる」

〈ママは何のために読むの?〉ミセス・マーフィが尋ねた。

「わたしはね」猫がいったことがはっきりわかったかのようにハリーはいった。「英語という言語の歓喜あふれる楽しみのために本を読むの」

〈あら、わたしもよ〉トラ猫はノドをゴロゴロ鳴らした。ハリーはミセス・マーフィが肩か膝に乗らないと、本を開かなかった。

ピュータは時々本を読むが、ミステリかスリラーがお気に入りだった。小説以外のジャンルには希望を持っていなかった。

ミセス・マーフィはピュータはダイエットの本も読んでいるかもしれないと思った。伸びをするとハリーのところへ歩いていき、彼女の顔の近くの棚に飛び乗って、お気に入りを探して本の背表紙を見て回った。ミセス・マーフィはハリーよりも伝記ものが好きだったので、マイケル・パウエルの『わが映画人生』のところで足を止めた。

ミセス・マーフィは瞬きして棚を跳び越えると、タッカーに飛びかかって起こした。

〈来て、タッカー。さあ〉

〈いい気持ちで寝てるのに〉

〈ついてきてよ〉ミセス・マーフィが動物用のドアから出て行ったので、タッカーもそれに続いた。

「いったいどうしちゃったの？」ハリーが『イーリアス』を手に持ったままいった。

四十分後、二匹は人間に見つからないカムリとおぞましい遺体がそのままになっているボーデン池まで来ていた。

〈タッカー、あなたは池の東側をお願い。わたしは西側をやるわ。ビデオかフィルム缶を探すのよ〉

二匹はまず、雪のなかを地面から探し始めた。雪の大きさがはっきり見えるようになってきた。

一時間後、二匹は諦めた。

「何もなかったわ」タッカーが報告した。

「こっちもよ」

うなり声が聞こえたので、二匹は毛を逆立てた。

〈ボブキャットだわ！〉ミセス・マーフィはつるつる滑る農場の道の轍を跳び越えて一目散に走り、タッカーもものすごい勢いで並んで走った。

乾草を刈り取った土地にたどり着いたが、広々として隠れるところがない。

〈追いつかれちゃうわ〉タッカーは舌をだらりと出していた。

ボブキャットは引き締まった体をした強靭な動物で、耳の先に羽毛がついている。

〈わたしのせいだわ〉ミセス・マーフィは全速力で走りすぎて足が痛くなっていた。

〈黙って〉タッカーは敵に立ち向かおうと長い牙をむき出して向きを変えた。

ボブキャットは一瞬、立ち止まった。夕飯を探していたが、痛い目にあうのは嫌だった。

彼女はタッカーの周りをかろやかに跳ねまわり、ミセス・マーフィのほうが見込みがあるとふんだ。タッカーはボブキャットを追いかけた。

〈逃げて、マーフィ、走るのよ。あいつの気をそらせておくから〉

〈あんたたち、人間のイヌね〉ボブキャットはののしった。

友達の危機と見るや、ミセス・マーフィは息切れを抑え、体を膨らませて敵に面と向かい合った。タッカーと一緒にボブキャットから二十ヤードほど離れた側面に立った。

ボブキャットが身を屈めてゆっくりとミセス・マーフィに近づいてきたので、彼女は横ざまにジャンプした。ボブキャットが走り出し、宙に飛ぶと、ミセス・マーフィは相手の横にまわった。大きなボブキャットが旋回し、襲いかかろうとしたとき、タッカーが突進していって、体勢を整えようとしているその足に一撃をくらわせた。ボブキャットは転がり、はじかれたように立ちあがった。同志マーフィとタッカーは並んで牙をむいた。

〈こっちよ！〉低い林のなかからボブキャットの声がした。

〈引き返しましょう〉ミセス・マーフィが喘いだ。

〈どこへ行けばいいの？〉タッカーが小声でいった。

〈木のほうへ〉

〈平地より危険じゃない〉

〈唯一の望みよ〉

〈あんたたちは役立たずよ〉ボブキャットはにおいを嗅ぎながら忍び寄ってきた。

〈それはあんたの意見でしょ〉ミセス・マーフィはのどの奥でうなった。

〈おまえはオードブル、そして隣のワン公はメインディッシュね〉

〈皮算用しないほうがいいんじゃない？〉ミセス・マーフィは一回転すると雪のなかですばやく動いた。

タッカーも同じような動きをすると、ボブキャットがだんだん迫ってきた。その時、背後で息づかいが聞こえ、ミセス・マーフィが狐の穴にもぐりこむのが見えた。タッカーが一回転してボブキャットの前足に噛みつくと、彼女はふいを突かれた。願ってもいないそのわずかの隙にタッカーは友達に続いて狐の穴に飛びこんだ。

〈緊急事態でなければ、あなたの住まいに飛びこんだりしないわ〉

〈あなたがたが大きな狐でよかった〉タッカーは穴の底で喘ぎながらいった。

〈待っても無駄よ。覆水盆に返らず〉ミセス・マーフィが皮肉をいった。

〈一晩じゅうでも待っててやるわよ〉ボブキャットがぶつぶついった。

〈いつかひどい嵐のときに小屋へ入れてくれたことがあったからね。借りがあるってわけよ〉

〈その借り以上だわ〉ミセス・マーフィはボブキャットが歩き回っている音を聞いた。諦めきれないようだ。

〈あなたたち今夜ここで何をしていたの？〉

〈車のなかで死んでいる人間のところで、フィルムかビデオを探していたのよ〉タッカーが答えた。

〈鹿狩りのシーズンが始まらないと誰にも見つからないでしょうね。二週間も先だけど〉

狐が抜け目なくいった。

〈あなたがたは何か見た？〉

〈いいえ。九月の終わりに最初に遺体を見つけたときは、まだ死後数週間だったけど〉

〈九月！　犯人は証拠を池の底に沈めたんだわ〉ミセス・マーフィは物知りの猫だ。

〈どうしてわかるの？〉タッカーよりも、猫はいつも少しばかり進んでいた。

〈殺人がフィルムとロスコウの映画学科に関係しているからよ。すぐ目のまえにあったの

に、わからなかったんだわ。車のなかの遺体が誰かということが、失われた環なのよ〉
〈マーフィ〉タッカーが静かにいった。〈何が起こっているかわかったのね?〉
〈ええ。わかったと思う。でも間に合わないわ。時間がないのよ〉

61

ケンドリックとジョディは集中治療室の外の長椅子に座っていた。警察官がなかでショーンを警護している。彼の祖父もそこにいた。

ドクター・ヘイデン・マッキンタイヤが部屋から出てきた時、ケンドリックが呼び止めた。「彼はどうですか？」

「まだ慎重を要しますが、先行きは良さそうです」ドクターはジョディを見た。「たくさんのお友達が寄ってくれていますよ。彼は人気者なんですね」

「カレン・ジェンセンも来ましたか？」ジョディが尋ねた。

「ええ。ブルックス・タッカー、ロジャー・デイヴィス、そしてもちろんフットボール・チームの面々も来ましたよ。なかには入れませんが、来てくれるのはいいことです」

「そう、それはよかった」ケンドリックは納得できないように笑みをみせた。

ヘイデン医師が行ってしまうと、ケンドリックは娘の肘をつかんだ。「行こう。おまえがここにいたからといって、彼が起きあがって歩き出すわけでもあるまい」

ジョディは閉ざされたドアを見つめた。「回復してほしいわ」

「そのうち、わたしが彼に付き添おう」

「パパ、誰かに何かをしてもらうことなんかできないわ。ひとつの過ちはそれ以上の過ちで正すことはできないのよ」

二人は玄関ホールへ降りた。「それは大人びたいい方だな」

「たぶんわたしは何かを学んでいるのね」

「じゃあ、これも憶えておくんだ。わたしの家に私生児をおくつもりはないぞ。だからおまえは誰かと結婚するんだ」

「わたしの身体よ」

ケンドリックはジョディの腕を強くつかんだ。「他に選択の余地はない」

「離して。そうしないとヴァージニア大学病院でのむごい殺人のことを今ここで大声で叫んでやるから。そうしたらパパはとても困るでしょう」ジョディは悪意ではなくいった。

「わかった」ケンドリックは手を離した。

「パパがモーリー・マッキンチーを殺したの？」

「何だって？」娘が尋ねたことにショックを受けた。

「パパがモーリー・マッキンチーを殺したの？」

「違う」

62

ミセス・マーフィもタッカーも一晩じゅう家に帰ってこなかった。ハリーはあちこちに電話しまくってから、やっと馬たちに餌をやり、ピュータは最後にまわされてしまった。新聞を取りに外へ歩いていくと、タッカーの吠える声が聞こえた。〈わたしたちは無事よ!〉

〈ヤッホー!〉ミセス・マーフィははしゃいで時々ジャンプしながらタッカーの脇を走った。雪が舞いあがり、太陽の光にきらきら反射して、小さな虹がいくつもできた。

「二人ともどこへ行っていたの?」ハリーは屈みこんで、二匹を両腕に抱えた。「心配で心配でおかしくなりそうだったわ」ハリーは鼻をひくつかせた。「狐みたいなにおいがするわね」

〈宿の主人と一晩一緒だったからね〉ミセス・マーフィがいった。

興奮してぐるぐる回りながらタッカーが割って入った。〈ボーデン池に証拠があると思って、遅くまで調査していたら、ボブキャットが後をつけてきたのよ。まったく危機一髪だったわ〉

〈タッカーは勇敢だったわよ!〉

〈あなただって〉

「昨夜の話かしら」ハリーは二匹のたわいのないおしゃべりに笑った。「おなかぺこぺこでしょう。いらっしゃい。急いでね。そうしないと仕事に遅れちゃうわ」

ブレアのトラックでクロゼットへ向かいながら、ハリーははるか深い谷に雪が降り積もっているのに気がついた。

三匹は郵便局に向かって走り、動物用ドアからなかに入ろうとした。いつもは彼らを迎えてくれるミセス・ホウゲンドバーが今日はとても興奮していて三匹が入ってきたのに気がつかないくらいだった。

「ハイ、ミランダ」

「どこへ行っていたの?」ミランダはこれから一大ニュースを話そうと手を叩いた。

「どうしたの?」

「ケンドリック・ミラーがリック・ショーに、モーリー・マッキンチーとロスコウ・フレッチャーを殺したと自白したのよ。マスケット銃兵なら剣を持っているのを思い出して、あの話をでっちあげたというの。ジェンセンのロッカーにあったコスチュームは事件には無関係だったのね。彼は昨夜、真夜中に自供したそうよ」

〈信じられないわ〉ミセス・マーフィが叫んだ。

63

みんながミムの家に集まっていたのでちょうどよかった。彼女が活動している多発性硬化症財団への封筒詰めと宛名書きをみんなにやってもらっていたのだ。

ブルックス、ロジャー、カレンはこれでセント・エリザベスが正常に戻るだろうと、今はほっとしており、作業を指揮しているサンディ・ブレイシャーズにおしゃべりをやめるよう注意された。

ミムの料理人のグレートヒェンが飲み物を出した。

シンシアが入ってくると、みんな喝采した。彼女は中央に引っぱり出されて質問攻めにひとりで対応するはめになった。

「ひとりずつお願いします」シンシアは笑った。

「どうしてケンドリックはこんなことをしたんです？」サンディ・ブレイシャーズが尋ねた。

シンシアは少しおいていった。「一連の事件はある意味で、痴情のもつれが原因です。誰も責められませんが――」

「殺人は罪だ」サンディがいった。「そんな動機ならなんとか対処できるはずだ」

「ロスコウはアイリーン・ミラーと浮気をしていて、ケンドリックが激怒したんです」

「ロスコウが？　じゃあモーリーはどうなんだ？」一日手術室にこもりっきりで疲れきったフェアは椅子に座っていた。封筒作業の人数は足りていたので、休みたかったのだ。

「ケンドリックは毒を使ったことを認めました。モーリーが接触してきて、ケンドリックがロスコウを殺したのに気づき、それを証明しようとしたんだそうです。口封じのためにモーリーを殺したのです」

ハリーは興味深く耳を傾けていた。アイリーンとジョディを気の毒に思ったが、内心ほっとしていた。アイリーンは浮気をしていた。それは歓迎できることではないが、いつも怒ってばかりで殺人遊戯を続ける夫をもったことは、ひどすぎるとしかいいようがない。ジョディがホッケーの試合の時、モーリー・マッキンチーを殴ったのも無理はない。ミラー家内の緊張はとても耐えられないものだったに違いない。「にわか成金ですものね」ミムが大きな声でいった。

「ぼくは貧乏より、にわか成金のほうがずっといいけどね」フェアが話に加わった。ミムが獣医であるフェアを崇拝していたので、この場はなんとか事なきを得た。

今度はみんな心から笑うことができた。

「ケンドリックはどうやってあんな強力な毒薬を手に入れたんでしょう？」ハーバート・ジョーンズ牧師が疑問をぶつけた。

「苗木畑とガーデニング・ビジネスには農薬が必要です」

ハリーはブーム・ブームがいつになく無口なのに気がついた。「ほっとしたんじゃないの?」

「え、ええ」ブーム・ブームは困惑したようにいった。彼女にとってロスコウとアイリーンの関係はまったく予想外だったのだ。どうしてモーリーは話してくれなかったのだろう? セックスがらみの話なら面白がって話したはずなのに。

サンディ・ブレイシャーズが腰に手を当てていった。「エイプリル・サイブリに関してはまだ無罪放免というわけにはいかないな。結局、彼女が学校の運営に関する書類を隠蔽しているのだからね」

「たぶん彼女は協力してくれるわよ」リトル・ミムが希望をもっていった。

「どうしてミスタ・ミラーが確かに犯人だとわかるんです?」カレンがいったのでみんなが驚いた。

シンシアは答えた。「自供の詳細のつじつまが合っているからです」

「どうして彼は急に自供したのかしらね?」ハリーがはっきりと疑問をぶつけた。

シンシアは目くばせした。「罪の意識に苛まれたのです。最初にマイクル神父に告白して、時間とともに観念するしかないと気づいたようです」

「これで解決したわね。さあ解放されたことを神に感謝しましょう」ミランダがみんなを促した。

「アーメン」ハーブが唱え、それぞれも唱和した。

「ずっと気になっているんだけど、アイリーンとジョディは家にこもりっきりで悲惨な思いをしているに違いないわ。わたしたちは思いやりの手を差し伸べるべきだと思う」ミランダは祈るように手を組んだ。

みんなはミセス・ホウゲンドバーを見て、少し考え、確かに一理あると認めた。ミラー家を訪ねるのは気が進まないかもしれないが、そうするのが正しいことなのだと。

作業が終わった後でハリー、フェア、ビッグ・ミム、リトル・ミム、ハーブ・ジョーンズ、ミランダ、そしてスーザン・タッカーは車でミラー家へ向かった。子供たちはロジャーの車に乗りこんだ。マイクル神父はケンドリックが午後遅く自首してからずっと家族につきそっていたので、玄関に出たのは神父だった。多くの人が訪ねてきたのに驚いて、彼はアイリーンに隣人たちに会うかどうか訊いた。アイリーンはわっと泣き出し、うなずいた。

最初にアイリーンが迎えたのはビック・ミムで、挨拶を交わした後でマスコミからプライバシーを守る必要があれば、自分の農場内に仮住まいしたらどうかと申し出た。

アイリーンは彼女に感謝して、また泣き出した。

ミランダがアイリーンに腕を回していった。「まあ、まあ、アイリーン。これはまったく思ってもみなかったことで、とてもちゃんと考えられないでしょう。混乱してひどい気分に違いないわ」

「ものすごく奇妙だわ」ジョディが率直にいった。「パパがこんなに常軌を逸してしまうなんて信じられない」

夫を見限る心構えができていないアイリーンは早口でいった。「彼は決して殺人犯なんかじゃないわ！」

「でもパパは自白したのよ」ジョディがにべもなくいった。

「どんなことがあっても、ぼくたちはきみの友達だよ」心優しいロジャーはジョディの母親が泣くのを見るのは耐えがたかった。

「ママ、わたしは学校へ戻りたいの。事件が消え去らないのはわかっているけど、自分たちの生活を正常に戻さなくては」

「ジョディ、それはあなたが辛いだけよ」アイリーンは他の生徒たちの反応が心配だった。

「わたしはパパに責任はないわ。友達が必要なの」

「わかるわ」

「ママ、わたしは戻るわよ」

「わたしたちがジョディを守ります」カレンが申し出た。

この問題が一段落すると、マイクル神父とハーブ・ジョーンズ牧師は隅に寄ってひそひそ話した。他の聖職者仲間のなかでもしっかりしたマイクル神父は、ケンドリックが獄中にいるので心から安心したと牧師に小声でいった。結局、もう少しで彼が次の犠牲者になるところだったのだから。

「告白していた時、自慢気でしたか？」

「そうでもありませんね。最初の告白はそのままストレートに。二回目は殺すのが好きだといいました。その力が好きだと。彼の声は聞き覚えがありませんね」

「弁解するような様子はありませんでしたか？」ハーブ牧師はマイクル神父のほうへ顔を近づけた。

「わかりませんね」

「少々芝居がかっていますね」

「事件全体が確かに芝居がかっていますよ」

夜になってからハリーは、ミセス・マーフィ、タッカー、ピュータにビッグ・ミムの家で起こったこと、それからアイリーン・ミラーの家へ行ったことをすべて話してきかせた。三匹は同席できなかったことに腹をたてたが、ハリーが雑用を片付けながらおしゃべりするのに耳を傾けていた。

〈真実からかなり遠ざかってしまったのは困ったわね〉タッカーがいうと、ピュータもうなずいた。ミセス・マーフィが感じていることが本当に起こっていると聞かされていたからだ。

〈もっと悲劇になるでしょうね〉ミセス・マーフィは窓の外の暗闇を見つめた。いくら考えても、どうすればいいのかわからなかった。

64

セントラル・ヴァージニアの典型的な十一月下旬の気候で、メキシコ湾から急に暖かい風が吹きあげ、十五度くらいまで気温があがっていた。

ケンドリックが真夜中に自首したおかげで、学生たちはセント・エリザベスに戻っていた。

ハリーとミランダはなだれ落ちてくる郵便の山をかき集めていた。

ジョディ・ミラーとカレン・ジェンセンがマーケット・シフレットの店の前に車を止めた。

「やっと落ちついてきたわね」ミランダは店に入る二人を見ながら笑った。

「ありがたいことだわ」ハリーはカタログをタッカー家のボックスに投げ入れた。「これでわたしのトラックが直ってくれれば！　ブレアのトラックを転がすのも飽きてきたし、あんまり長く借りていて嫌な顔をされたくないしね」

〈この紐や輪ゴムを全部とらなくちゃならないことを考えてみてよ〉ピューターが嫌味をいった。〈ジョディとカレンは学校に行かないで何をしているのかしら？〉

〈ホッケーじゃないの〉タッカーが思いついたことをいった。

〈今日、放課後にフィールドホッケーの大きな試合があるのよ。金曜日にはフットボールの大きな試合もあるわ。だからコーチが授業を免除しているんじゃない〉ミセス・マーフィがいった。

〈早くわたしたちも仕事を免除されないかなあ〉ピュータはハリーが郵便受けの隅に置いておいたプラスチックのくしに身体をこすりつけながらいった。これは猫の毛づくろい用として常備しているものだ。

〈もちろんセント・エリザベスはこのまま手をこまねいているわけにはいかないわ。練習の時間が大幅にとられちゃったけど、クロゼット高校とはいい試合をするべきよね〉トラ猫はスポーツが好きだった。

〈セント・エリザベスは練習しているわよ〉タッカーがいった。〈大声を出しながらどんなに練習したかはもちろん誰にもわからないけど〉

ジョディとカレンが店から出てきて、カレンの古い車の後ろに大きなダンボールを詰めこむと、走り去っていった。

スーザンが郵便局の裏のドアから飛びこんできた。「いいニュースよ！」

〈何？〉動物と人間は同時にいった。

「ジョーン・ハラハンの意識が戻ったわ」スーザンは微笑んだ。「まだ危険を脱したというわけじゃないけど、自分の名前もどこにいるかもわかっているし、両親の顔もちゃんと認識したそうよ。まだ集中治療が必要だし、面会謝絶だけどね」

「それは素晴らしいニュースだわ」ハリーも微笑んだ。

「彼がすっかり回復して痛み止めがいらなくなっても、解決しなくちゃならない別の苦しみが待ち受けているでしょうけどね。それでも素晴らしいことじゃない？」

65

午後遅い太陽の深い黄金の光がきれいに手入れをされたフィールドホッケーのピッチに斜めに差しこんでいた。週はじめの激しい風と雪が木々の葉を吹き飛ばしてしまっていたが、穏やかな気温が荒涼とした初冬とうまいことバランスをとっていた。急速に冷えこむのがわかっていたので、ハリーは肩に四枚毛布をかけていた。外野席のほうへ向かうと、ハーブ・ジョーンズ牧師が声をかけてきた。「取引ポストを開店するのかな？」

「ぶ厚い毛布一枚につきビーバーの皮四枚ね」ハリーは紺色のバッファローの肩掛けを売り物を見せるように腕のうえに広げてみせた。

タモシャンター（スコットランド人がかぶるふさのついたベレー帽）によくマッチしたマクラウドのタータンキルトをはいてぬくぬくとしたミランダがすぐにやってきた。紅茶とチョコレートの二本の魔法瓶を持ってきている。

「隣に座って」ハーブは自分の隣の木の固い席を叩いた。

サンディ・ブレイシャーズは笑いながら親たちと握手しては、セント・エリザベスの恐ろしい事件が解決してくれてとてもうれしいと語っていた。両親たちの支持を感謝すると共に、残りの学期に全力を尽くすと約束した。

ホールヴァード・コーチは強敵、リッチモンドのセント・キャサリン高校との試合を目前にして、みんなとにこやかに握手している暇はなかった。

リトル・ミムは母親についてきていたが、彼女はブレア・ベインブリッジと一緒に来たかったのでいらいらしていた。しかし肝心のブレアといえば町で一番新しい彼のトラックで引っ張ってきたホットドッグスタンドを設営していた。鉤型トレーラー装備一式だけでなく、枠組みに溶接されたリースの留め具まで持参していた。

「ママ、あの人たちと一緒に座ったら?」リトル・ミムはマクラウドのタータンキルトを見事に着こなしているミランダのほうに大きく手を振っていった。

ミムは小声でいい返した。「わたしを追い払おうとしているのね」

「ママったら、どうしてそんなバカなことをいうの?」

「フン、このけちんぼたちの財布の紐を緩めるのにわたしがいなきゃだめなんじゃないの、マリリン。あんたはドカンとうまく当てたためしがないんだから」

「ここであんな事件があったことを考えたら、わたしだってけっこうよくやってきたわよ、ママ。それにわざわざわたしの欠点をママに声高に叫んでもらう必要はないわ。そんなことよくわかっているもの」

「わたしたちは短気なんじゃなかったっけ?」

「ええ、そうよ」リトル・ミムはうんざりするほど優しい笑みを浮かべた。

この二年、リトル・ミムにも気骨が出てきた。ビッグ・ミムは思いがけない出来事があるとその摩擦を楽しむタイプだが、以前は従順だった娘からそういう仕打ちを受けるのには慣れていなかった。しかしともかくそういう日が刺激的になることは確かだ。

「ミムジー」ミランダはミムがそう呼ばれるのを嫌っているのがわかっていて、わざとそう呼んだ。ミランダは残忍な感覚を覚えた。「わたしたちと座りましょうよ」

高価なワスネのコートのうえから濃い赤紫のアルパカのショールを大胆に巻きつけたミムは堂々と外野席のほうへ向かっていった。取り残されたリトル・ミムは急いでホットドッグスタンドのほうへ行ったが、シンシア・クーパーがブレアを手伝って店を組み立てているのを見つけてがっかりした。

カレン・ジェンセンはブルックスと走っていた。「トウニ・フリーマンは蛇のような動きをするわ」カレンはブルックスのマーク相手についていった。

「じゃあ、わたしはマングースになればいいのね」

「きつい試合になりそうね」カレンは試合まえにだんだん気合が入って荒っぽくなってきていた。

「集中よ。しっかり集中してね」

「ええ。あらロジャーだわ」

ブルックスはロジャーに手を振った。

「メロメロね」カレンはロジャーがブルックスに夢中なのをからかって笑った。

ジョディが後ろから走ってきて二人のそばに来た。「血祭りにあげて、叩きのめしてやろう！　そうよ！」

選手たちがベンチに近づくと、スタンドからどっと歓声があがった。セント・キャサリン側も叫び声をあげていた。全員上級生というチームがリッチモンドから遠征してきている。去年の州大会の準決勝でセント・エリザベスはセント・キャサリンに僅差で負けていたので、今日はリベンジだった。

三匹も人間たちと外野席に座っていた。

ピューターは群集の歓声が嫌いだった。〈わたしはトラックに戻るわ〉

〈ミランダがファルコンのドアをロックしちゃったから、なかに入れないわよ〉ミセス・マーフィがいった。

〈それなら、ホットドッグスタンドに行こうっと〉ピューターは目を輝かせた。

〈ここにいなさいよ〉ミセス・マーフィが大きな声でいった。

「二人とも騒ぐのはやめなさい！」ハリーがしかった。

〈マーフィに喧嘩を売られたのよ〉ピューターは潔白を訴えた。

ハーブ牧師のポケットのなかの携帯電話が鳴った。

「いったい何？」彼がノーフォークジャケット（腰ベルトのあるひだつきのゆるい上着）から折畳式の携帯電話を引っ張り出すとミランダが大きな声でいった。

「今の時代なんですよ、ミランダ。進んでいるんです」ハーブはアンテナを伸ばしてボタンを押した。「もしもし」

スーザンだった。「ハーブ、向かっている途中だとみんなに伝えてもらえます？　それからハリーに彼女のトラックを引き取りにいくブーム・ブームを降ろしてきたと伝えて」

「オーケー、他には？」

「ないわ。十分以内に到着します」

「わかった。じゃあ」ハーブはまた緑のボタンを押すとアンテナをしまった。「ハリー、スーザンが十分以内に着く。それからブーム・ブームがきみのトラックを持ってきてくれるらしい。そのためにスーザンが彼女を降ろしたんだ」

（※）

「ブーム・ブーム？　あらまあ。結局は彼女に感謝しなくちゃならないのね」

「いや、その必要はないよ。そもそも最初にブーム・ブームがきみのトラックを壊したんだから」

「彼女の運転だと、また壊されるかも」

〈ママって、ことブーム・ブームに対しては冷静でいられないのね〉ミセス・マーフィが首の後ろを掻いた。

「いや、大丈夫だよ」ハーブがいった。「さあ、始まるぞ」

試合はセント・キャサリンの攻撃で始まった。ゴールを狙って撃ちこみ、自陣をよく守る。

「すごい、速いわ」ハリーはセント・エリザベスのディフェンスがすぐに応戦してくれると期待していた。

「見せて」

「いいですよ」ハーブがミランダに携帯を渡した。

ミランダはアンテナを伸ばして耳に当てた。

「メッセージを再生してみましょうか。どれくらいよく聞こえるか試してみて」彼は十七とかなんとか番号を打ちこむと電話をミランダの耳に当てた。

「びっくりした」突然ミランダの表情が変わった。「ハービィ、見て」

外野席の前をセント・エリザベスのジャケットを着たエイプリル・サイブリが歩いていた。彼女は持っていた三つのダンボールをサンディ・ブレイシャーズの足元にどさりと置いた。

ブレアはホットドッグのスタンドからこれに気がついていた。シンシアが急いで駆けつけ、リトル・ミムも続いた。

「クーパー保安官助手」驚いたサンディはダンボールに手をかけていた。「マリリン」

「これはわたしが回収するわ」リトル・ミムは身を屈めて重いほうの箱を持ちあげた。

「いや」サンディは作り笑いをした。

エイプリルはにやっと笑うと、踵を返して立ち去った。「バイバイ」

「なんて女だ」サンディが声をひそめていった。

「シンシア、あなたが持っていっちゃだめよ」リトル・ミムは肩をいからせた。

「一緒になかを調べましょうよ。もともとやましいところがなければ、セント・エリザベスの助けになるだけでしょう」シンシアが強くいい張った。

「校長として、この書類に責任がある」

「おい、前で立つなよ！」何も知らないひとりのファンが彼らに向かって叫んだ。

「わたしがいなければ、あなたは校長でいられなくなるのよ」リトル・ミムは語尾を下げていうと、シンシアに微笑み、方針を変えた。「わかったわ、シンシア。あなたの意見はごもっとも。一緒に調べるべきだわね」

二人がダンボールを持っていってしまうと、アナウンスが入った。「セント・エリザベスのショーン・ハラハンが意識を回復したことをお知らせできることをうれしく思います。皆さんの祈りが通じたおかげです」

スタンドから大歓声があがった。

66

セント・エリザベスの勝利で試合が終わり、見事なプレーをしたジョディはひとりでヴァージニア大学病院へ車を走らせた。

ショーンは個室へ移されていて、ケンドリックが自供したため、もう警護はついていなかった。面会者通行証をつけたジョディが軽くドアをノックしてドアを開けると、ショーンの父親が彼の脇に座っていた。

「入ってもいいですか?」

ショーンがジョディのほうに顔を向け、一瞬ぼんやりと見つめたが、やがてしっかりと焦点を合わせていった。「もちろん」

「こんにちは、ミスタ・ハラハン」

「こんにちは、ジョディ。今回の災難は気の毒だったね」

「このたびのお父様の苦しみほどではありませんから」ジョディはショーンのほうへ近づいた。「ハイ」

「ハイ」ショーンは父親のほうに顔を向けて話しかけた。「パパ、二人だけにしてくれないかな」

　この瞬間、ミスタ・ハラハンにはジョディが問題の相手だということがわかった。シンシア・クーパーが警護についていて、ショーンの意識が少しだけ戻った時、最初に口走った彼の言葉を妻から聞いていたのだ。

「用があったらしたのホールにいるから」

　父親が出て行くとジョディは身を屈めてショーンの頬にキスをした。「ごめんなさい。本当にごめんなさい」

「ぼくがバカだったんだ。きみのせいじゃない」

「いいえ、わたしのせいだわ。妊娠のことを話したときは、あなたにもまわりにもうんざりしていたの」

「きみがよければ結婚するよ」ショーンは優しく提案した。

「いいえ、ショーン。わたしはあなたがカレンにいい寄ったから腹をたてただけ。あなたを困らせたかったのよ」

「妊娠していないってことなのか？」ショーンの目が輝いた。

「いいえ。妊娠しているわ」

「ああ」ショーンは枕に頭をもたせかけた。「ジョディ、このことはきみひとりでは解決できない。ここに横たわっている間にずいぶんとぼくは考えた」

「あなたはカレンを愛しているの？」

「いや。彼女とデートしたこともない」

「でもしたがっているわ」

ショーンは長いため息をついた。「ああ。あのときはね。でも今は違う」

「また歩けるようになるの？」

「ああ」ショーンは決心したようにいった。「医者はもう二度とフットボールはできないといっている。でも彼らはぼくのことを知らない。どうとられようとかまうもんか。プレーしてやる」

「みんな学校へ戻っているわ。パパが殺人を自供したから」

「ママが話してくれた」ショーンは何と声をかけていいかわからなかった。「ぼくも学園祭に出られたらなあ」

「あなたがいなくちゃチームは成り立たないわ」

「ポール・ブリスコウがうまくやってくれるだろう。彼は二年生だけど、うまくなる」

「わたしのことを憎んでいる？」ジョディは目を潤ませてショーンにとりすがった。

「いいや。自分のことが嫌いだ」

「このことを誰かにしゃべった？」

「もちろんしゃべってないさ」

「しゃべらないで」

「何をするつもりなんだ？」

「堕ろすつもりよ」

ショーンは大きく息をのんでしばらく黙っていた。「そんなことはしないでほしい」

「ショーン、わたしは母親になる心の準備ができていないの。あなただってそうでしょう。それにあなたの子じゃないかもしれない」

「だけどきみはいったじゃないか」

「あなたを困らせたかったのよ。あなたの子かもしれないし、そうじゃないかもしれない。だから忘れてちょうだい。すべてを忘れて。パパは逮捕された。わたしのパパが牢屋にいることを考えてみてよ」

「どうしてミスタ・フレッチャーとミスタ・マッキンチーを殺したんだろう?」

「わからないわ」

鎮痛剤が切れてきて、ショーンの額に玉の汗が浮かんできた。「ぼくたちはあんなに楽しい時を過ごした」彼はナースコールのボタンを押した。「ジョディ、薬が必要だ」

「もう行くわ。心配しないで。確かにあなたは誰にも何もいわなかったのね」

「いわなかった」

「また今度ね」部屋を出たジョディはミスタ・ハラハンとすれ違った。それから少しして彼は部屋に戻ってきた。

「彼女がそうなんだね」

「違うよ」顔を歪めながらショーンは頼んだ。「パパ、看護婦を呼んできてくれないかな？　すごく痛むんだ」

67

その夜、シンシア・クーパーとリトル・ミムはビッグ・ミムの広大な屋敷にある立派なコテージで書類に目を通した。

「エイプリルが心変わりしたのはなぜだと思う?」リトル・ミムは訊いた。

「ロスコウとアイリーンとの情事を知ったからに違いないわ。ヒーローにも予想外の弱点があるのがわかったのよ」シンシアは答えた。

二人はいろいろな会議の議事録を調べたが驚くような事実は出てこなかった。

しかしロスコウが残した非公式な会談後の手書きのメモや、寄付を依頼する人物についての内容は衝撃的だった。

例えばケンドリック・ミラーとの会談についてロスコウは次のように書きなぐっている。

「女子の運動競技について会談。女子のトレーニング・ルーム、ジャグジー・バスの新設について話し合ったが、びた一文出さぬという。けちな奴」

マイクル神父の集会での長いお祈りに関しては「〝主よ、お恵みを〟だけでじゅうぶん」。

また、運動競技の強化と映画学科の新設に関して少数だがまとまって反対した一団がいたため、職員会議がかなり荒れたとあり、その後、サンディ・ブレイシャーズを「裏切り者のユダ」とののしっている。リトル・ミムが辛辣な記述に出くわすと声を出して読みあげる傍らで、シンシアは計算機を使って帳簿のチェックを黙々と進めた。

「セント・エリザベスの運営にこんなにお金がかかるとは知らなかったわ」シンシアは金額を再チェックしていった。

「保全費が莫大なのよ。古い建物は金食い虫だわ」

「おそらく分離以前に建てたのね」

「オールド・メインは一八三四年の竣工よ」

シンシアは最後に残ったグリーンの布表紙の縦長の台帳を取りあげ、表紙も確かめずに開き、楽しそうにハミングしながら数値を計算機に打ちこんだ。

「九月の第一週の五千ドルは何の費用かわかる？　W・Tと書いてあるけど」シンシアは台帳を指さした。

「ピンとこないわ」

シンシアは計算を続けた。

「ねえ、聞いて。これは傑作だわ」リトル・ミムは笑いながら読みあげた。「ビッグ・ミムはダーラ・マッキンチーを丸めこんで彼女を通じモーリーから金を出させたらと提案した。ダーラはセント・エリザベス校にも、夫の仕事にもまったく関心がないし、いわんやバージニア州にも何の愛着もない、とわたしは答えた。ビッグ・ミム曰く、〝俗物ね〟」

リトル・ミムは首を振っていった。「母に任せるわ。どうせわたしの勝手にはさせないのだから。理事会のメンバーはわたしで、彼女は違うのにね」

「でもお母さんは助けようとしているのよ」

リトル・ミムのハシバミ色の目が曇った。「助ける？　母は委員会、組織、キャンペーンの類は何から何まで仕切りたいだけよ。まったく疲れを知らないんだから」

「四万一千ドルは何に使ったのかしら」

リトル・ミムはロスコウの手記を置き、台帳をのぞきこんだ。

「四万一千ドル、十月二十八日、ロスコウは死んでるわね」リトル・ミムは台帳をつかんで、ぱらぱらとめくって表紙に戻った。

「贈賄資金。いったい何よ、これ？」

シンシアはミムがいうのを聞いて驚いた。「たいていの団体はこの手の裏金は持っているでしょうけど、確かにこれは大口だわ」

ミムは入金総額を見ながら「徹底的に究明してやるわ」と電話に手を伸ばして番号を打ち、大声を出した。「エイプリル、マリリン・サンバーンよ」ミムはスピーカーボタンを押し、シンシアも話が聞けるようにした。

「ご機嫌いかが？」

「元気そのもの」そっけない返事が返ってきた。

「ロスコウの手記は大変なものね。ところでこのグリーンの台帳は何なの？」

「わかりません」

「エイプリル、そんな言い草をわたしが信じると思ったら大間違いよ。わからないなら、どうして書類や帳簿を片づけたりするの？　あなたは間違いなく贈賄資金のことを知っていたはず」

「まず第一に、最近の世間の傾向を考えたら、ロスコウの手記を公にするのは良くないと思ったのです。第二に贈賄資金なんてわたしは知りません。ロスコウはそのことについては、一度もわたしに話してくれませんでしたから。その台帳は彼の机のなかにあったのです」

「モーリーがセント・エリザベスに寄付をしはじめた可能性は？」

「なんの鳴り物もなしにですか？　もし彼が寄付するつもりだったのなら、間違いなくわたしたちはデパートのショーウインドーで彼のお尻にキスさせられる羽目になったでしょうね」

リトル・ミムは唇を噛んだ。「エイプリル、あなたを誤解していたわ」

「それは正式な謝罪ですか？」

「そうよ」

「わかりました」

「この件はサンディ・ブレイシャーズの手には負えないわね」リトル・ミムは認めた。

「彼は事件をただ不器用にいじくりまわすだけでしょう。全貌を知るために必要なのは疑わしいと思われる書類です」エイプリルがいった。

「あなたにはまったく心当たりがないのかしら?」リトル・ミムは突っこんだ。

「ええ、でも入金は多額で定期的に毎月十日から十五日の間に入っているのがわかりますよね」

「ちょっと見せて」シンシアはリトル・ミムの手からグリーンの台帳をひったくった。

「ちくしょう」

「どうしたの?」リトル・ミムが訊いた。

シンシアが受話器をつかんだ。「エイプリル、七万五千ドルがロスコウの死んだ後に入金されているわね。台帳には載っていないけど、十月十日に赤丸がある。他の入金額には赤丸に黒線が引いてあるわ」

「原始的だけど、効果的な帳簿づけよ」エイプリルはいった。

「七万五千ドルの入った封筒が十月にクロゼット郵便局のロスコウのメールボックスに届いたのは知っているでしょう。えーと、確か十二日よ。間違いないわ」シンシアは数えながらいった。

「わたしはまったく知らないわ」

「でもロスコウ宛の郵便物を取りに来ていたでしょう」

「ええ、たまにはね」

「他に封筒があったか憶えていない？」

「ねえ、クーパー、本はたいていあれと同じような封筒で来るのよ」

「このお金が何のためのものなのか知らないと誓える？」

「ええ、誓えるわ。でも、何か不正なお金だとは思っていたけど。だから全部片づけたのよ。牢屋に入れられてもかまわないと、覚悟していたわ」

「最後にもう一つだけ」

「どうぞ」

「ケンドリック・ミラーがロスコウとモーリーを殺したと思う？」

「ロスコウはミラーを嫌っていたけど、ミラーが彼らを殺すとは思わないわ」

「彼は我慢できなかったといっているけど」

「彼に台帳を見せたらどう？」

「そのつもりよ。もう一つお願い、間違いなくこれで最後。ナオミは台帳のことを知っていると思う？」

エイプリルは少し間を置いて答えた。「もし知っていたら、何のお金かがわかるでしょうね。高価なイヤリングの類までね」

「ありがとう、エイプリル」

「わたしを司法妨害で告訴する？」

「わたしはそんなにやり手じゃないけど、やれることはするつもりよ」

「オーケー」エイプリルは納得した様子で電話を切った。

「マリリン、この台帳は使わせてもらうわ。公表するつもりはないけど、ケンドリックとナオミには見せる必要がある。マネーロンダリングの匂いがするの。問題はケンドリック・ミラーが絡んでいたかどうかよ」

翌日、ケンドリックは金額を入念に見たが、何もいわなかった。シンシアは彼をとことん追及することは、あえて避けた。

ナオミはこの秘密の帳簿を見て心底驚いたように見えた。

リック・ショーは台帳を見終わると、「クソったれ」とだけいった。

68

「ヴィックス・ヴェポラッブを鼻に突っこめよ」リックはパトカーのエンジンを止め、小さなブルーのガラス瓶をシンシアに渡した。

シンシアは塊をたっぷりすくうと両方の鼻孔のなかに丹念に塗った。とめどもなく涙が出てきた。

「いいか？」

「はい」シンシアは写真班がいるのに気づき、救助隊もまもなく到着するだろうと思った。

「まあ、ジョージ・ボーデンがひどい顔をしています」

「吐いたんだろう。ごく自然な反応だよ」

リックは落ち葉を踏みにじりながら近づいていった。「ジョージ、二、三質問していいかい？」

「えー、まあ」彼は頷いた。

「死体を発見したのは何時？」

「えーと、牧草地に行く途中で麦畑に寄りたくてね、時計のアラームを四時にセットした。

何しろ雷鳥の当たり年だからさ」ジョージは尻のポケットをこすりあげながら答えた。「だからここに着いたのは四時四十五分頃かな。そしたらこの子たちが騒ぎ出したんで、後を追っていったってわけさ」彼は猟犬をこの子たちといって指さした。

シンシアは注意しながら車の周囲を歩き回った。ヴィックスで臭気は我慢できたが、視覚はどうしようもない。シンシアが黙々と車のドアの取っ手に指紋検出用の粉末を振りかけていると、同じ部署の同僚、トム・クラインが到着したとたんに「げぇー」といった。

「ヴィックス」シンシアはパトカーを指さした。

トムは慌ててヴィックスを鼻に塗ると、戻ってきて車を入念に調べだした。

「さてと、ドアを開けるよ。ヴィックスがあっても、こりゃくるぜ。幸運を祈って内側のドアハンドルやグローブコンパートメントにも粉をかけなくちゃな。何しろ死体からは何も出てこないだろうから」

ドアが開け放たれると、十メートル近く離れていたジョージでさえ後ずさりした。「こりゃー、大変だ」

「こっちに来てくれないか」リックはジョージを臭気の届かない所に連れ出した。「強烈だな。炭素循環ってやつだね」

「何だって？」

「炭素循環、肉体が分解しているのさ」ジョージが理解できず戸惑っているのを見て、リックは話を本筋に戻した。「死体のほかに何か異常なものに気づかなかったかい？　足跡とか？」

「あのな、保安官、すごく時間が経ってるから、足跡なんかきれいさっぱり消えちまってるよ」

「一カ月から六週間か。冷たい長雨もあったしな。ビル・モスコヴィッツが時間を特定してくれるだろう。死体が車外にあったら、ばらばらになっていたところだ。比較的傷んでいないから、何とかなるかもしれない」

「タイヤの跡も消えちゃっているんだ。前に来てれば、タイヤの跡に気がついただろうに」

「ここに来たことはないのかい」

「いつも山の牧草地にいるからね。ここに下りてくる理由がないのさ。今年は乾草は刈り取るような代物じゃなくてね。肥料をやるのを忘れちまってさ。だから今年はほとんど山腹の畑で働いていたんだ。リンゴが豊作だったから」

「ブドウはどうだい？」

「雨季が始まる前に収穫したよ。今年の夏は旱魃気味だったから、そりゃ甘いのなんのって」

「死体が誰だかわかるかい？」

「どうして俺にわかるんだい？」

「変に思うかもしれないが、誰か知り合いなら、あんな状態でもわかるものなのさ。十中八九そうなんだ」

「あんなものを人に見せるっていうのかい？」

「他に方法がないときは仕方がないさ。もちろんできるだけ家族を苦しめないようにするがね」

「わかんねえなあ。あの車も見たことがないし」ジョージは身振りを交えていった。「どうしてホトケさんがこの路を下りてきたのかわからない。何にも知らねえんだ」

「ジョージ、こんな厄介なことに関わり合いになって気の毒だな。いったん家に帰ったほうがいい。用があれば電話するか、立ち寄るから」

「あれは引きあげるんだろう？」

「車の指紋を調べて写真を撮り終わったらすぐにな」

「空に何かあるよ、保安官」

「何だって」リックはジョージの言葉の意味を理解しようと身を乗り出した。

「邪悪なものがさ。空にあるんだ。金持ち学校の校長が死に、ハリウッドのほら吹き野郎がケンドリック・ミラーに刺された。地獄のドアが開いて悪霊が飛び出したんじゃないかと思うことがあるよ」

「非常に面白いね」とリックはいい、ジョージは少しおかしい、いい奴だが、変わっていると思った。

「この前、ヒラリーにもいおうと思ったけどさ、邪悪なものが冷たい風に乗って山から降りてきたんだ。この世は善と悪の終わりのない戦いなんだよ」

「わたしもそう思っているよ」リックはジョージの背中をやさしく叩いていった。「もう、うちに帰れよ」

ジョージはうなずいて犬を引き連れながら帰っていった。ジョージは三十五歳そこそこだがまるで六十代のような振る舞いだった。

「ボス、終わりました。包む前に見ますか？」

「そうだな」リックはゆっくり見て回った。車内にも、トランクのなかにも、自殺を匂わせる武器の類はなかった。財布もない。薬を飲んでの自殺なら薬瓶が転がっていてもいいはずだ。死体の腐敗状況から検死官が死因を教えてくれるだろう。「もういいかい？」

「はい」クーパーは車両証明書を差し出しながらいった。「ウィニフレッド・タールマンです」

「オーケー」リックは救助隊にうなずいた。

ダイアナ・ロブがネットを持って前に出た。腐乱死体にはネットをかぶせて、骨や崩れかけた肉をできるだけ掻き集めるのだ。

「俺は事務所に戻る」リックはシンシアにいった。「手始めにモーター・ビークル社のニューヨーク支社に電話する。そして彼女の住まいに管理人がいたら、彼とも話してみる。きみは近所をひととおり当たってくれないか」

「わたしも同じことを考えていました」

「たぶんな」リックが手を離すと、葉はヒラヒラと地面へ落ちていった。「それが理由だ」

リックは木の葉を拾いあげ、枯れた表皮を取り去って葉脈を剝き出しにした。

「ロスコウと同じ頃に殺されたのでしょうね」

「やはりな」

二人はしばらく互いに見詰め合った。「ボス、どうやってそれを証明しましょうか？」

リックは肩をすくめていった。「犯人がへまをするのを待つのさ」

69

リッチモンドからの帰りのドライブは退屈そのもので、アイリーンとジョディは眠気に襲われていつの間にか黙りこんでいた。アイリーンはマニカン・サボーの出口へハンドルを切った。

「どうして六四号線を降りるの？」

「二五〇号線を注意しながらこのまま行くのよ。ちゃんと見てね」

「うーん」ジョディは音を立てて座席に沈みこんだ。

「大丈夫？」

「疲れたわ」

「あんな目にあった後なんだから当然だわ」

「ママ、中絶したことある？」

アイリーンは咳払いした。「ないわよ」

「ママだったらする？」

「わからないわ、あなたのような立場になったことがないから。パパは殺人だと思うでしょうね」アイリーンは眉をしかめた。「どうやって切り出すつもりなの？」

「パパのほうが黙っていないでしょうね」

「今日はやめましょう。パパは欠点はあるけれど、殺人を犯すような人じゃないわ。あなたが流産したというつもり。ママにまかせてちょうだい」

「パパが牢屋にいてくれて助かったわ」ジョディはかすかに微笑んでつけ加えた。「家にいたら、きっとわたしたちは殺されているわよ！」

「ジョディ！」

「ごめんなさい、ママ。でもパパは滅茶苦茶よ。誰にでも秘密はあるものだけど、パパは異常だわ」

アイリーンは声を荒らげた。「パパがやったと思っているのね？　パパがロスコウとマッキンチーを殺したと。わたしには殺す理由がわからないわ。もっとパパを助けてあげるべきでしょう」

「パパには邪悪な気質があるのよ」

「そんなに邪悪じゃないわよ」

「ママだって離婚しようとしていたでしょう。それなのに急にパパが立派な人みたいなこというのね。パパはそんなに立派じゃないわ。牢屋のなかにいようと外にいようと大した違いはないわよ」

息が詰まるような沈黙が続いた後、アイリーンが口を開いた。「人は学んで変わっていくものよ。パパはあなたの妊娠がショックで、反省していたわ。パパだって過去は変えられないけれど、未来は良くできるのよ」

「有罪になれば、できないでしょう」

「ジョディ、黙りなさい。これ以上あなたの口から有罪という言葉は聞きたくない」

「でも最悪の事態に備えたほうがいいじゃないの」

「今の問題で手一杯だわ。今はこれ以上のことには対処できない。あなたは助けようとしてくれないし。あなただってパパが無罪だとわかっているでしょう」

「わたしにはどうでもいいことだわ」ジョディはきちんと座り直した。「今年の残りを今までどおりにさせて。ママ、お願いだから」

アイリーンは娘のいったことについて考えた。ジョディは父親似で外見はとても落ちついて見えるが、気質は急に激しく揺れ動く。ここ数年鳴りを潜めているものの、ホッケーの試合で怒り狂うのも彼女が不幸だからなのだ。それなのに自分のことに手一杯で、娘の問題がわからなかった。アイリーンは罪悪感に打ちひしがれ、涙を抑えられなかった。

ジョディは母親の気持ちがわかった。「わたしたち、上手くいくわよ」

「そうね、でも今までとは違う」

「わかったわ」

アイリーンは深くため息をついた。「事態はわたしの予想以上に悪くなったわ。あなたは家庭での愛情が足りないので、他人にそれを求めた……特にショーンにね」

「いいものよ」ジョディは少し考えてから次の言葉をつけ加えた。「大切にされるのって」

車はクロゼットの出口に滑りこんだ。アイリーンは停止の標識に合わせてブレーキを踏みながら訊いた。「妊娠したことを誰かに話した?」

「まさか!」

「嘘でしょう。女友達にうっかり話したんじゃないの」

「それじゃママは誰にも話していないの」

「家庭の秘密はしゃべらないわ」

「まあ、当然でしょうね。体面を保つのはさぞかし大変でしょうね? 上手くいかないでしょう?」

「誰に話したの?」

「話してないわよ」

「カレン・ジェンセンに話したでしょう」

「話してないってば」

「あなたたちは、とても仲がいいじゃないの」

「彼女はブルックス・タッカーとも同じぐらいよくつるんでいるわよ」ジョディの声には嫉妬が感じられた。「ママ、もうやめて」

アイリーンは泣き出した。「このことは回りまわってずっとあなたにつきまとうわよ。

罪の意識は消えないでしょうね」

「正しいことをしたのよ」

「いいえ、これまでのすべての教えに背いたのよ。ああ、どうしてわたしはこんなことに同意してしまったのかしら? 自分が恥ずかしくていたたまれない」

「ママ、落ちついて」ジョディの表情には氷のような落ちつきと冷酷なまでの怒りがあった。「パパは殺人で起訴されている。ママは事業を続ける。わたしは大学へ行って、家へ戻ってきてビジネスをするつもり。だからママは赤ちゃんの面倒は見られないし、わたしも見てあげられない」

「最初にそのことを考えるべきだったのよ」切り返すようにいったアイリーンの声は今までと違って鋭い刃物のようだった。

「ママも自分の行動を考えるべきだったわ」ジョディの冷たい言葉で車内の空気は凍りついた。

「何がいいたいの?」アイリーンは間を置いて続けた。「わたしがサムソン・コールズと寝ていたと思っているのね。そんなばかばかしい話をどこから仕入れたの? それで郵便局にいたあのかわいそうな人を責めたのね」

「ママの尻拭いのためにね」

「何ですって!」アイリーンは目が飛び出しそうになるくらい見開いた。

「聞こえたでしょう。ママの尻拭いよ。ママはロスコウと寝ていたわ。そのことをわたしが知らないとでも思ってるの？」

「よくいえるわね」アイリーンはこぶしが白くなるほどにハンドルを握りしめながら、吐きだすようにいった。

「落ちついて、ママ。彼にいわれたから知っているのよ」

「ひどい奴！」

「そのとおりよ」

アイリーンは少し落ちついた。「どうして彼はあなたに話したのかしら？」まだジョディの非難を認めていない響きがあった。

「わたしも彼と寝ていたから」

「なんてこと」アイリーンはさらに強くアクセルを踏みこんだ。

「だからわたしに善悪の判断についてお説教なんかしないで」ジョディは薄笑いを浮かべながらいった。

「彼が死んでくれてよかったわ」

ジョディは大声で笑った。「嘘よ。本当は彼はいわなかったわ。わたしの想像よ」

「あんたっていう子は……」アイリーンは吐き出すようにいった。

「どうでもいいことだわ」ジョディは肩をすくめた。

「まさに地獄だわ」アイリーンは速度計の赤い針が八十マイルを超えていたので少し速度を落とした。「本当に彼と寝たの？」

「ええ。ロスコウは毎年誰かを選んでいたわ。だから今度はわたしの番だと思ったわけ」

「どうして？」アイリーンはうめいた。

「だって、わたしが欲しがるものは何でもくれたし、行きたい学校に入れるようになんとかしてくれるといったからよ」

「ジョディ、こんなことを聞くのはすごく辛いのよ」アイリーンの下唇は震えていた。

「止めて」ジョディは命令するようにいった。

「止めてって、何を？」

「車よ！」

「どうして？」

「郵便を受け取るのよ」

「ショックで人に会いたくないわ」

「わたしは平気よ、だからこのポンコツを止めて。わたしが取ってくるわ」

アイリーンが郵便局に車を止めると、ジョディは降りていった。娘がハリーとミランダに何をいい出すかと心配になり、彼女も後を追ってなかに入った。

ハリーは大きな声でいった。「あら、ちょうどいいタイミングだわ」

ミランダは忙しく掃除をしながら「ハロー」といった。

「アイリーン、やつれてるみたいに見えるわ。さあさあ、ここに座りなさいよ、紅茶を淹れるから」

アイリーンはミランダの親切に泣き出した。「何もかもひどすぎるわ。夫を牢から救い出したいの」

「ママ、元気を出して」ジョディは母親を抱きしめながら、ミランダとハリーに向かって微かに微笑んで見せた。

〈かわいそうなアイリーン〉タッカーは人間が泣くのを見るのが嫌だった。

〈ケンドリックがいなければアイリーンは幸せなのにね〉ピュータは平然といった。

二台のパトカーがサイレンを鳴らしながら郵便局の前を通り、救助隊が後に続いた。パトカーに乗っていたシンシアが車から降りて、郵便局に立ち寄った。ドアを開けるとアイリーンとジョディがいるのに出くわした。

「いったい何があったの」ミランダが訊いた。

「ボーデンの農場で死体が見つかったのよ」シンシアは咳払いした。「車の持ち主はニューヨーク在住のウィニフレッド・タールマン」

「いったい、何者――」ミランダは最後までいえなかった。

「ママ、わたし、本当に疲れちゃったわ」

「わかったわ、ハニー」アイリーンは涙を拭った。「その件はケンドリックじゃないわよ！　彼は牢屋にいるんですから」

シンシアは静かに答えた。「わたしにはなんともいえませんね、ミセス・ミラー。死後、だいぶ経っていますので」

アイリーンの頬に苛立ちと怒りの涙が溢れ、彼女はシンシアを平手で打った。

「ママ！」ジョディは母親を引き離して外へ引っぱり出した。

「警官を殴打するのは重大な罪じゃないの？」ハリーが訊いた。

「こんな状況だからね、忘れましょう」

〈とうとう死体が見つかったのね〉タッカーがため息をついた。

〈そうね〉トラ猫は走り去っていくアイリーンの車のフロントガラスに沈む夕日がきらめくのを横目で見ながらいった。〈徐々に真実に近づいているわ〉

〈真実とは何ぞや？〉ピューターは重々しくいった。

〈お黙りなさいな〉ミセス・マーフィは友達の耳を軽く打った。

〈ついついね〉灰色猫はくすくす笑った。

〈今のうちにせいぜい笑っておくのね。そのうち笑えなくなるから〉タッカーがいった。

70

ミセス・マーフィは必死になって野ネズミやモグラなどを捕まえていた。たまたま子ウサギも捕まえたが、病気だったのですぐに楽にしてやった。ピュータはハリーが眠っているすきに食器棚を開けた。彼女はドアを開けるコツを心得ていた。取っ手をつかんで、後ろにひっくり返ればいいのだ。棚を探し回るとケチャップのボトルがあった。幸いプラスチックだったので、棚の外に押し出して床を転がし、タッカーがそれを拾った。

コーギー犬は顎が強いので、この奇妙な形のボトルをくわえてトラックへ運んでいった。

〈この戦利品を荷台に載せたいのよ〉ミセス・マーフィは他の二匹に指図した。〈ピュータ、手伝ってくれるでしょう〉

〈ハリーに見つかるわよ〉

〈タッカーが納屋の古いタオルを引っぱり出してくれれば大丈夫よ〉

〈あれをトラックの荷台にあげてどうするの?〉

〈ピュータ、つべこべいわないで黙っていうとおりにしてくれない?〉

〈それでわたしはこのケチャップのボトルをどうしたらいいの?〉

〈トラックの前輪の陰に隠して。ハリーがわたしたちのためにドアを開けた時、ボトルをくわえてトラックに飛び乗るのよ。ピューターとわたしが注意を引きつけておくから、ボトルを座席のしたに蹴っ飛ばしてちょうだい。いい？　ママがケチャップを探したりしなければ、気がつかないわよ〉

タッカーはケチャップを前輪の陰に隠してから納屋に行き、ハリーのイニシャルM・Mのついたトランクから、タオルを引っぱり出した。トラックまで運ぼうとすると、タオルにつまずきそうになったので、横向きになって引きずっていった。

ミセス・マーフィとピューターは小さな死骸をトラックの荷台後部の隅に置いた。

〈ピューター、バンパーステップに乗って〉

〈あなたのほうがいいわ、わたしより痩せているもの〉ピューターは太りすぎを自ら認めるようで嫌な気がした。

〈わかったわ〉ミセス・マーフィは後部のバンパーステップに飛び降り、ピューターはテールゲートの脇に乗った。タッカーは辛抱強くタオルを口にくわえたまま待っていた。

夜明け前の食料調達から戻る途中のサイモンがこの様子を見かけて立ち止まった。〈いったい、何を騒いでいるんだい？〉

〈このタオルをトラックの荷台にあげようとしてるのだけど、大きすぎてジャンプできないの〉ミセス・マーフィが答えた。〈いいわ、タッカー、後ろ足で立ってみて、ピューターに届くかしら〉

タッカーが前足をバンパーにかけると、鼻先がそのうえに届いた。

ミセス・マーフィは屈みこんで左の前足でタオルをつかんだ。〈やったわ〉

ピュータはテールゲートから乗り出すようにして、ミセス・マーフィが落としそうになったタオルをすばやくつかんだ――タオルはけっこう重かった。ピュータが引っぱり、ミセス・マーフィが押す形で、タオルをトラックの荷台に放りあげた。ミセス・マーフィは軽やかに荷台に飛びあがり、二匹がかりで死骸をひとまとめにして見えないようタオルでおおった。

〈今度は手伝うよ〉サイモンは感心したようにいった。

〈チームワークよ〉ミセス・マーフィは誇らしげに答えた。

〈ところで、その死骸は何のためだい〉サイモンは笑いながらいった。

〈殺人者を突きとめるためよ。今日、ママがセント・エリザベスに行くの。だから一仕事できたってわけ〉

サイモンは冷やかすようにいった。〈人間は気がつかないよ。もし気がついたって、重要だとは思わないさ〉

トラ猫と灰色猫はトラックの横から覗きこんだ。〈そうかもしれないけど、きっと犯人は気がつくはずよ。それがわたしたちの狙いなのよ〉

〈ぼくにはわからないね〉サイモンは首を振った。

〈何もしないよりはましでしょう〉ミセス・マーフィは強気でいった。〈これがだめなら、

別の手を考えるのよ〉
〈どうしてそんなに心配しているんだい？〉サイモンは鼻をぴくぴく動かした。
〈結局、ママが犯人を見つけるからよ〉
〈うーん〉サイモンは考えこんだ。〈ハリーの身に何かあってはいけないな〉サイモンは人間に甘いと思われるのが嫌だった。〈マシュマロをくれる人がいなくなっちゃうからな〉

71

ミセス・マーフィたちは遊び場を走りまわったので疲れきってしまい、食事が終わるとすぐに寝入ってしまった。

ピュータとミセス・マーフィは暖炉のまえにあるソファのうえでタッカーの両側に丸くなっていた。ピュータは小さな鼻でいびきをかいている。

フェアがチャイニーズフードを運んできた。ハリーは食欲旺盛で、箸をうまく使ってポークチャーメンをせっせと口に運んでいた。ドアを軽く叩く音とともにシンシアが顔を出し、椅子を引っぱってきて食事に加わった。

「猫ちゃんたちは？」

「疲れて眠りこけているわ。今日は探すたびに、どういうわけか決まってサッカー場を走り回っていたからね。いつものゲームでもやっていたんでしょうね。何かいる？」

「ケチャップ」シンシアは自分の皿を指さしていった。「ヌードルにかけるの」

「本当に？」ハリーはヌードルにケチャップをかけるなんてと思いながら食器棚を開けた。

「あら？　まだ開けていないケチャップがあったのに消えているわ」

「ケチャップのお化け」フェアがジューシーな春巻をがぶりと噛むと、なかの小エビが舌に突き刺さった。

「セント・エリザベスで何をしてたの？」

「ばかみたいなことよ。他にいなかったらフィールドホッケーの審判を手伝うとレニー・ホールヴァードに約束してしまったのよ。そうしたら次のゲームはレニーができなくなって、わたしがルールを見直す羽目になったの。手伝うなんていわなければ良かった」

「ぼくも断わるのに苦労したよ。リトルリーグのコーチを引き受けた年は二十ポンドも痩せちゃったんだ。子供たちの世話や自分の仕事を予定どおりこなすのが大変でね」フェアは笑った。

「用があって来たんでしょう、シンシア。いったら」ハリーはからかった。

「仕事半分、遊び半分なのだけど。死んだウィニフレッド・タールマンは、フリーの映画撮影技師なの。あの日、わたしは郵便局を出てから、まず誰よりも先にエイプリル・サイブリに会った。彼女はタールマンが学期初めの第一週に、上級生でちょっとした映画を撮ったといっていたわ」

「ニューヨークの家族とかが捜さないのかしら？」

シンシアは春巻を皿に戻していった。「彼女には遠方に住んでいる弟しかいないの。両親は亡くなっている。撮影技師という職業柄、彼女が何カ月も留守でも隣近所は不思議に思わない。ペットなし。植物なし。親戚もなし。というわけで、リックは彼女の家の管理人に接触しに行ったわ」

「最初に郵便局に立ち寄った時、詳しくは話さなかったわね」ハリーは笑いながらいった。

「アイリーンの車があったから」

「なるほど」

「ケンドリックは嘘をついているわ。彼がそうする唯一の理由は妻か娘を守るためだと、わたしたちは踏んでいる」

「彼らがロスコウとモーリーを殺した？」フェアは信じられなかった。

「わたしたちはどちらかが犯人と考えているわ。リックがケンドリックの台帳や銀行決済をじっくり調べたけど、財務上の不正は見つからなかった。セックス絡みの嫉妬が動機だとしたら、どうして彼がタールマンを殺すかしら？」

「じゃあアイリーンかジョディがやったとすれば理由は何？」ハリーが訊いた。

「それがわかれば、すべてがわかるわ」シンシアは春巻を二つにちぎった。「アイリーンは明日、フィールドホッケーの試合に来るわ。ウェーンズバラ署の私服警官を彼女につけるつもり。あなたたちもグラウンドに来たら、よく見張っていて」

「アイリーンかジョディがモーリーを刺したって？　なんてことだ」フェアが大声でいった「大勢いるなかで近づくなんてすごい神経だ」

「難しいことではないわ」ハリーはいった。「人混みのなかのほうがやりやすいこともあるのよ」

「犯人は二度にわたってマイクル神父に懺悔した。ケンドリックはマイクル神父に告白して以来、泣き言はいわなかったし、いうことにおかしな点もなかった。誰かが罪をかぶってくれたのに、犯人が急に告白する気になるなんて変だ。罪悪感からか？」

「プライドから」ハリーはいった。

「アイリーンかジョディが……まだ納得できないよ」

「あの二人はわかっているのかしら？　つまり、相手が犯人だと」ハリーが訊いた。

「わからない。でも誰にも取り乱したりしてほしくないだけ」

「この新たな殺人事件は十一時のニュースで流れるでしょうし、新聞にも載るわね」ハリーは古い掛け時計を見ていった。

「町じゅうの話題になるでしょうね」シンシアはヌードルの半分を自分の皿に移した。

「たぶん犯人は慌てるでしょう。これまでは氷のように冷静だったかもしれないけれど」

「そうだよ、氷だって解け始める温度がある」フェアはグラスの氷を鳴らした。

「ハリー、あなたはフィールドの真ん中にいるから安全よ。ジョディが犯人なら、正体を現わさずにあなたを刺したり毒を盛ったりはできないはず。囮になってもらえないかしら？　もしわたしたちの推理が間違っていたら、謝る時間はじゅうぶんあるから」

「やってみるわ」ハリーはうなずいた。「それでアイリーンの囮は？」

「フェア？」

「えっ、なんだって？」フェアは慌ててグラスを置いた。

72

色とりどりの車やトラックがセント・エリザベスの裏の駐車場にいっぱい止まっていて、まるでジェリービーンズのようだった。セント・エリザベスのサポーターたちは車のアンテナにペナントをはためかせていた。チャタム・ホールのファンも同じことをしていて、風が吹くと、中古車の展示場のようだった。足りないのはフロントガラスのうえに油性クレヨンで書かれた値段だけだ。

ハリーは教員用のロッカールームでルールブックを何度も読み返して頭に叩きこんだ。審判の難しいところはホイッスルを吹くタイミングだが、自信をもってやれば、上手くいくだろう。子供たちはファウルをごまかせると思ったら、必ずやるだろうから、開始早々に権限のあるところを見せておかなくてはならない。

ミセス・マーフィはハリーと並んで木製のベンチに座り、ピュータとタッカーはドア番、クーパー保安官助手は廊下で待機した。

叫び声に続いて、ロッカーをガタガタさせる音が廊下に響いてきた。

「どうしたのかしら？」ハリーは急いでドアから出ると、騒ぎの現場に向かった。

シンシアも音の方向へ顔を向けていった。「第三次世界大戦でも始まったの？　まだ試合が始まってもいないのに」

「そう、試合を始められるのはこのわたしよ」ハリーはポケットにホイッスルを突っこんだ。

〈その気になったわね〉ピュータはくすくすと笑った。

三匹も廊下を走った。タッカーはワックスで滑る床に後ろ足を取られて一回転した。ロッカールームに着くと、ロッカーの列の間を進んだ。

「ひどい悪戯だわ！　やった奴はぶっ殺してやる！」ジョディはまたロッカーを思い切り蹴りつけた。ネズミやモグラの死骸が床に散らばっている。ケチャップのボトルも転がっていて、嚙んだ歯形から赤い中身がもれてあちこちに散らばっている。ジョディのスティックにもついていた。

「大変だわ」カレン・ジェンセンは小さな死骸が散らばっているのを見て、後ろへ飛びのいた。

「あなたがやったのね！」ジョディは平静を失って、一番やりそうもない人間を罵った。

「どうかしてるわ」ジェンセンはいい返した。

ジョディはホッケーのスティックを振りあげ、カレンの頭をめがけて一撃した。さすがにチームのベストプレーヤーだけあるカレンは反射神経抜群だったので、幸いなことにすばやく屈んでかわすことができた。ブルックスがジョディを羽交い締めにしたが六インチも背が高い彼女を押さえきれない。

ホールヴァード・コーチが部屋に飛びこんできた。「やめなさい！」コーチは惨状を見て取っていった。「さあ、ここから出て。みんな出なさい」

「誰かがわたしのロッカーに死んだネズミとケチャップを入れたのよ！」ジョディは泣き叫んだ。「コーチのせいだわ。わたしたちのロッカーに鍵をかけさせなかったから！」

「試合の後で解決しましょう」コーチは腰に手を置いていった。「チャタム・ホールの誰かがやったのかも知れないじゃないの。我がチームのベストプレーヤーを動揺させて、チーム内で仲間割れさせれば、彼らにとって有利ですものね。そうでしょう？」

女の子たちはこの動機の説明に納得した。しかしホールヴァード自身はまったく信じていなかったので、一応その場は収めておいて試合後にシンシアに話すつもりでいた。この判断力あるコーチは、セント・エリザベスでの異常な出来事はすべて疑いの目で見る必要があると思っていた。シンシアが事前に手短な説明をし、注意を促しておいたのだ。ジョディが容疑者だとは明かさなかったが。

「コーチのいうとおりだわ」チームのリーダー格であるジェンセンがいった。「さあ、奴らをこの世から抹殺しよう！」

選手たちは喚声をあげ、スティックを持って部屋から飛び出して行った。

ブルックスがミセス・マーフィに気がついた。「あら、マーフィ」

〈冷静にね、ブルックス。大変なゲームになるから〉

ホームチームがフィールドを横切りベンチに着くと、応援団は沸き立った。フェアはシンシアに約束したとおり、アイリーンの隣に座った。そしてアイリーンの後ろには、チャタム・ホールのサポーターを装ったウェーンズバラの私服警官が席を占めた。ベンチの中央には張りつめた顔をしたミランダがミムと一緒に縮こまっていた。シンシアはチャタム・ホール側のベンチのすぐ後ろに待機し、事が起こればすぐに体育館に駆けつける準備をし、アイリーンへの監視が万全と見て取ると、ジョディに注意を集中した。

ベンチの下段にはハーブ・ジョーンズ牧師とサンディ・ブレイシャーズ、それに教員数人の姿があった。

ハリーは同じく審判を務めるリリー・ノートンと初めて会った。彼女は元オールアメリカンの選手で、リッチモンドから車で駆けつけたのだ。

「ぎりぎりに決まったピンチヒッターです、ミス・ノートン。いたらないですが大目に見てください」ハリーは手を差し出した。

「あなたが州優勝を果たした年に、わたしはリー・ハイに入学したんですよ」ミス・ノートンは温かい握手を返した。「きっと立派なジャッジができますよ。リリーと呼んでください」

「オーケー」ハリーは微笑んだ。

二人の時計を合わせてから、リリーがホイッスルを吹いた。両チームのキャプテンがフィールドの中央に駆け寄った。

ミセス・マーフィ、ピュータ、それにタッカーは、フィールドの体育館側に陣取り、監視を怠らなかった。

〈タッカー、あなたはこちら側のセンターラインね。やることはわかっているわね？〉

〈イエス〉タッカーは力強く答えた。

〈ピュータは北側のゴール近辺よ。ゴールの二十ヤードほど後ろに楓の木があるでしょう。あの木に登れば、状況がよく見えるわ。なにかあったら、大声で叫ぶのよ〉

〈観客がうるさくて聞こえないんじゃない？〉

〈そうね〉ミセス・マーフィは少し考えてからいった。〈それじゃ、木から駆け下りてきてよ。あなたから目を離さないでおくから〉

〈フィールドの端にいちゃいけないの？〉タッカーが訊いた。

〈そんなところにいたら、審判に追い出されて、ママにトラックに閉じこめられちゃうわ。できるだけのことはしなくちゃ〉

〈このフィールドは広すぎてカバーしきれないわね〉地上で一番速い猫とはとてもいえないピュータはいった。

〈できる範囲でやるのよ。わたしはセント・エリザベスのベンチのしたにいるわ。もしそこを追い払われたら南側のゴールに移るからね。いい？〉

〈大丈夫〉二匹は答えた。

〈ジョディかアイリーンが暴れだしたら、シンシアは撃たないの？〉

〈撃てるでしょう。でもそうならないことを祈るわ〉ミセス・マーフィは繊細な鼻で吐息をついた。〈幸運を〉

三匹はそれぞれの持ち場に散った。ミセス・マーフィは選手たちの足や歓声をすり抜けて、プレーヤーベンチのしたに潜りこみ、耳を澄ませた。

最初のクォーターは見せ場なく、両チームが見事なディフェンス力を競い合った。ジョディは突進してくる相手の選手をブロックすると、横から一撃を受けた。かっとしてやり返しに行こうとすると、カレンが叫んだ。「自分のゾーンを動かないで、ミラー」

「余計なお世話よ」ジョディはいい返したが、いちおう従った。

結局、前半は押したり押されたりで見所なしに終わった。

風が強くなり、木のうえは寒くなる一方だったので、ピュータはベンチのしたのほうが良かったと思った。

後半開始早々、ブルックスが相手のパスをカットしゴールへ猛然と突進した。シュート直前でディフェンスにカバーされたので、カレン・ジェンセンに鋭いピンポイントパスを出した。カレンの火を噴くようなショットがゴールに吸いこまれ、セント・エリザベスのベンチから歓声があがった。

スーザンは躍りあがり、アイリーンも叫んだ。普段は競技に興味を示さないサンディ・ブレイシャーズさえ一瞬我を忘れた。

ジョディがブロックした大柄な選手がセンターに戻る機会をとらえてジョディに向かっていった。「ばかやろう」

「あんたがでぶでぐずなのはわたしのせいじゃないよ」ジョディはからかった。

「面白いね、試合はこれからよ。せいぜい気をつけな」

「そうするわ」ジョディは気にしなかった。

チャタム・ホールがノックインのボールを奪い、例の大柄なミッドフィールダーがパスを受けてジョディ目がけて突っこんできた。すんでのところで脇に避けたジョディは突き飛ばされたふりをして転がり、スティックで素早く相手の脚の後ろを打った。

ハリーは笛を吹いてファウルを宣告した。

ジョディはハリーを睨みつけた。チャタムが攻め入ってきたので、ジョディはハリーの脇をすり抜けて出た。危うくハリーは後ろへ下がって避け、もう少しで「ジョディ、あなたが犯人ね」と口にしそうになった。

激しいショットがゴールを見舞ったが、セント・エリザベスのキーパーが防いだ。再び両方のサイドラインからどよめきがあがる。試合は進むにつれてタフでスピーディになり、厳しさを増していった。サードクォーターの終わりには両サイドとも汗みどろになり、ついに最後のクォーターは消耗戦となった。

作戦なのか、例の大柄なミッドフィールダーのリーダーシップによるものかわからないが、チャタムはボールをジョディのサイドに集めてきた。ジョディは体調がよく、ランニングで鍛えていたので、バテてはいなかったが、相手はジョディを集中的に攻めてきた。ジョディは冷静さを失い、ことごとくボールをとられた。

ついにホールヴァード・コーチはジョディを引っこめ、二年生ではあるが優秀なプレーヤーのビフ・カーステアズを入れた。

ジョディはベンチに歩み寄って、レニー・ホールヴァードに懇願した。「わたしを戻して、お願い。ビフでは抑えられないわ」

ジョディのいうとおりだった。フィールドの右サイドが攻められ、ビフが立ち向かったが、彼女はこれほど動きが速く、体力的に厳しいゲームの経験が無かった。

チャタム・ホールがこの間の一連のプレーで得点をあげたので、ジョディが大声で叫んだ。ついにホールヴァードはこれ以上得点を引き離されるのを恐れてジョディを戻した。

セント・エリザベス側から拍手が起こった。

フェアは観客の歓声にまぎれて低い声でいった。「アイリーン、観念したらどうです？われわれにはケンドリックがやったのではないとわかっているんですよ」

アイリーンはさっと振り返った。「何ですって！」

だがアイリーンは後ろから肩を押さえられて動くことができなかった。私服警官が「静かに」といい、一方の手でコートのポケットからバッジを取り出して見せた。

「わたしは誰も殺していないわ」アイリーンは怒りを爆発させた。

「わかった。黙って座りなさい」私服警官は静かにいった。

ジョディはアドレナリンが一挙に高まるのを感じた。何が何でも失敗は許されない。ジョディは相手をチェックしてボールを奪い、味方の前衛に送った。絶対負ける気がしなかった。実際、本当に上手いプレーだった。ジョディが中盤を抑え、カレンとブルックスが前線を制して、セント・エリザベスはチャタム・ホールを最後のクォーターで粉砕した。スコアは四対二だった。観客が観覧席を越えてフィールドになだれこんだ。ミセス・マーフィは蹴飛ばされるのを避けながらサイドラインを疾走し、ピュータは危険なことが起きなかったのでほっとしながら木を下りて、外側のサイドラインの中央で二匹はタッカーと合流した。

〈スティックでママを殴るかと思ったわ。彼女を十二分に刺激したと思っていたから〉ピュータはジョディが思ったより冷静だったのでがっかりしていた。

〈さて、さて〉タッカーは腰を下ろした。

ミセス・マーフィは歓喜の大騒ぎを見渡した。ハリーとリリーがゆっくりと歩いてフィールドを出て行った。ジョディはチームメイトとはしゃぎまわっていたが、横目でじっと見ていた。

「一緒に仕事ができて嬉しかったわ」リリーはハリーと握手した。「立派な審判だったわ」

「ありがとう。着替えは？」

「いいえ、このまま車で帰ります」リリーは体育館裏の駐車場に向かった。

ハリーが体育館に入っていくのを見ると、ジョディは集団を離れて後を追った。選手が体育館に戻っても何の不思議はない。

だがそれを見たシンシアはかきわけるようにして群集から逃れた。

三匹は芝のうえを急いで駆けた。彼らの爪に蹴散らされた細かい芝草が風で舞いあがった。ハリーがドアを開けた時、ちょうど三匹は間に合った。

「あら、みんな来たのね」ハリーは疲れていた。

その後すぐにジョディもスティックを持ってなかに入った。ハリーは廊下を右に曲がって、職員の更衣室に向かった。ジョディは爪先立ちになって、耳をそばだてながら廊下を進んだ。三匹は互いに無言で戸口に潜んでいたが、タッカーとピュータが防衛に失敗した場合に備えてミセス・マーフィだけがハリーに付き添った。

ピュータはジョディをやり過ごしてから飛び出して、彼女の脚の後ろを前足の爪でとらえた。ジョディは大声をあげて振り返り、殴りかかってきた。それを見たタッカーは管理人室のドアから飛び出して、ジョディめがけてジャンプし、膝に体当たりした。犬と人間は絡まりあって倒れ、ホッケーのスティックが音を立てて磨かれた床のうえに転がった。

「しまった！」ジョディがスティックに手を伸ばすのを見て、タッカーはその先に噛みついた。引っぱりあいになって、タッカーは床のうえを引きずられたが決して放さなかった。

ジョディはタッカーを蹴飛ばし、スティックをねじってタッカーの歯からもぎ取ろうとしたがうまくいかない。ピュータは再び、ジョディの脚に飛びかかった。騒ぎを聞きつけたハリーがロッカールームのドアを開け、廊下に戻ってきた。ミセス・マーフィがぴったりと護衛している。

〈やるじゃない〉トラ猫は仲間を励ました。

ジョディはハリーを見るとスティックを投げ捨てて、ハリーの喉につかみかかってきた。ハリーは腕をあげてそれを防いだが、よろめいてコンクリートの壁に追い詰められた。膝をあげてジョディの股ぐらを抱えこむようにして押さえる。ジョディの動きは鈍ったがじゅうぶんではない。ピュータは頑張ってジョディの右足にぶら下がっていたが、さらにミセス・マーフィが加わって左足に嚙みついた。二匹は渾身の力をこめて歯を深く突きたてた。

ジョディは悲鳴をあげ、ハリーの首に回した手が緩んだ。怒り狂ったジョディは落としたスティックに向かってよろよろと歩き出した。タッカーがスティックをくわえて出入り口のほうへ引きずったが、スティックが大きすぎてのろのろしていた。

ジョディはスティックをタッカーの口から奪い取った。タッカーはスティックを奪還しようとしたが、ジョディはものともせずにスティックを振りあげて屈みこんでいるハリーに向かって走り寄った。廊下は長くて狭く、ジョディは壁を利用するつもりだったが、やはり優れたアスリートだったハリーも落ちついて攻撃に対処した。

ジョディはハリーの頭を目がけてスティックを振り下ろしたが、ハリーは屈んで横に避けた。スティックの先端が壁に食いこむ。ハリーはさらに壁際に寄って、スティックが壁に当たって折れるように仕向けた。

ジョディは猫にやられた足の傷の痛みも忘れて、とりつかれたように再び一撃をふるうと、スティックが細かく折れて飛び散った。ハリーはすばやく壁から離れて、ジョディに飛びかかった。タッカーは床のうえに激しく転がり、その勢いで猫たちは振り飛ばされてしまった。二人は争っている二人のそばに駆け寄り、隙を狙った。猫より長い牙をもっているので、もっと大きなダメージを与えられるはずだと思ったのだ。

廊下の先で音がしたので、ジョディは一瞬動きを止め、ハリーの手から逃れて、音がしたのと反対のほうに向かって走った。タッカーがすばやく追いついて、足首に嚙みついた。ジョディが止まってタッカーを振り離そうとしたちょうどその時、シンシア・クーパーが現われ、片膝をついて銃を構えた。

「止まれ、止まらないと撃つ」

ジョディはぎらぎらした目で三五七口径を見つめ、血まみれの牙で足に嚙みついたままのタッカーを睨んだ。そして両手をうえにあげた。

73

勇敢な行為のご褒美で、動物たちはミランダ・ホウゲンドバーの作ったフィレミニョンをご馳走してもらった。ハリー、フェア、スーザン、ブルックス、シンシア、それにジョーンズ牧師が一緒に加わり、動物たちは大きなディナーテーブルの席に座った。これらはすべてミランダの段取りによるものだった。

〈まるで天国だわ〉ピュータは喉を鳴らした。

「ピュータにあんな思いがけない力があるとは知らなかったわ」スーザンはデブ猫に笑顔を向けた。

〈あの脂肪の下にライオンが隠れているのよ〉ミセス・マーフィは茶化した。

人間が殺人の謎解きをしている一方で、タッカーが尋ねた。〈マーフィ、どうしてわかったの?〉

〈ママはロスコウ・フレッチャーを殺したのが誰にせよ、現場は洗車場だといったでしょう。それは正しい方向だったのよ。どの容疑者たちも犯行可能だったけど、誰もがロスコウからキャンディをもらっているのに、誰がロスコウにキャンディをあげたか知らなかった。ジョディはデリへ行く途中でガソリンスタンドを通った。スタンドに隠れて洗車場からは見えないから、ジョディがロスコウにキャンディを渡しても誰にも見られないし、ロスコウの後ろに車もいなかった。ジョディは慌てることもなく事務所に駆け戻って、彼女には立派なアリバイができた。ジョディは機会を狙っていたのよ。利口だからそうすれば上手くいくとわかっていたの。彼女がどれぐらいの間、キャンディをもっていたか知らないけど〉

「ジョディを哀れむべきか、憎むべきかわからないわ」スーザン・タッカーは考えこんだ。

「見よ、これが神に逆らう者、とこしえに安穏で、財をなしていく」ミランダは詩篇七十三章十二節を引用した。「ロスコウとモーリーは富を殖やしたけど、その代償も払わされた。ジョディは美人で傷つきやすい子だったけど、若い人たちの多くはそうだわ。結局、彼女は自分から堕落の道を選んだのよ」

「例の贈賄資金台帳から動機、つまり金が絡んでいるとわかりました。でも贈賄の原因がわからなかった。ドラッグではなかったんです」シンシアは胸のまえで腕を組んだ。「ポルノ映画とはまったく思いもしませんでした」

「おぞましいことだ」ジョーンズ牧師は身震いした。

〈あなたはどうしてわかったの〉ピューターはミセス・マーフィに訊いた。

〈わかるまでにはずいぶん時間がかかったわ。最初に匂ったのは、ロスコウのデスクのしたにあった宛名ラベルを見つけた時。ネプチューン・フィルム研究所と書いてあった。私

立高校が映画学科を置く——素敵なことだけど費用が大変でしょう。モーリーが多額の寄付をするつもりだったといってもね〉

「ケンドリックはわたしたちが思いこんでいたのとは違う男だったわけね」スーザンがいった。

「彼はジョディが殺したと思ったのです。動機はわからなかったけれど」シンシアはジョディの自白を聞いたときのケンドリックの表情を思い出していった。「ジョディはアイリーンとケンドリックに、ショーンに妊娠させられたと話していました。実際はロスコウの子だったのです」

「わたしが殺してやりたいくらいだ」フェアは顔を紅潮させていった。「失礼、ハーブ」

「事情が事情だから、よくわかりますよ」

「ジョディはショーンと寝た後、赤ちゃんができたと告げました。それでショーンはBMWを盗んで、逃げ出して助けを求めたのです」シンシアは続けた。「でも今はジョディはロスコウの子だろうといっています。彼女の話では、自分が出たのはセント・エリザベスでの二回目の映画で、去年の映画にはコートニー・フレアが使われています。ロスコウは自分が気に入った子を選んで映画に出演させた。フレアはチューレーンにいました。かわいそうに。だから睡眠薬を飲んだのです。得点が低かったからじゃない。彼女が出た映画はモーリーの家で撮られました。ロスコウとモーリーはさらに大胆になっていきます。セント・エリザベスに専門の撮影現場を置くという素晴らしいアイデアを思いついたわけです。そうすれば間違いなく獲物を釣りあげられるからです」

「化け物だわ」ミランダは首を振った。

「悪い人はどこにでもいるわ」ブルックスが突然しゃべりだしたので皆は驚いた。「ミスタ・フレッチャーやミスタ・マッキンチーは確かに悪い人だった、でも殺す必要はなかった」

「耐え切れなくなったのよ」スーザンは考えを口に出した。「たった一つの失敗、つまり、あの映画でこれからの人生がだめになると急に悟ったに違いないわ」

「そのとおりです」シンシアは認めた。「フィルムを取り戻そうと思って、ジョディはウィニフレッド・タールマンを車で連れ出しました。しかしウィニフレッドはすでに未編集のフィルムをネプチューン研究所に送ってしまっていて、アウトテイク版（ボツになったカットのフィルム）しか持っていなかったのです。だからジョディは彼女を殺して、それを池に捨てました」

「どうやって殺したの？」ハリーが尋ねた。

「頭を殴ったのです。たぶんホッケーのスティックを使ったのでしょう。そして暗くなってから、夕食に間に合うように家に歩いて戻りました。それから後の殺人は復讐の念に駆られてやったのです。自分を辱めた人間を懲らしめたくなった――お金のために納得して映画に出たのに」

「贈賄資金のこと？」ハリーは訊いた。

「そうです。四万一千ドルはモーリーが引き出したことがわかりましたが、ジョディのB

MWを買う金だったと考えるとつじつまが合います。ロスコウの秘密の帳簿でその金額を見たときのケンドリックの気持ちを想像してみてください。預金は他の映画収入でした。モーリーとロスコウはニューヨークでもポルノ映画を撮っていたのです。彼らはその道のプロを使っていました。ロスコウの資金集めの旅は両方の面で成功だった」シンシアは説明した。

「モーリーはどうやって殺したんです?」ブルックスは興味津々だった。

「ジョディは女子のロッカールームに忍びこんでマスケット銃兵のコスチュームを着てパーティに戻りました。モーリーが帰りかけたのを見て刺したのです。ロッカーに戻って、最初に着ていた骸骨のコスチュームに着替える時間はじゅうぶんにありました。彼女がモーリーをダンスの輪からおびき出したのかもしれません。本人は何もいいませんでしたが」

「後悔しているのかしら?」そうあってほしいと思いながらミランダはいった。

「三人を殺したことに対して? まったくしてませんね。でもショーンに赤ちゃんの父親だと嘘をついたことは後悔してますよ。その他はショーンに偽の訃報記事事件を荷担させたこと、ロジャーの配達ルートをつけていってモーリーの訃報記事を入れたこと。彼女が後悔しているのはそれだけです」

「ジョディは正気ではないと思う?」フェアは訊いた。

「いいえ。殺人の動機が気に入りません。彼女は善悪の判断はできていた。復讐と力を誇示したかっただけです。彼女は成人として裁かれるべきです。ジョディは殺人を楽しんでいたのですから。これが真相です」シンシアはブロッコリーをフォークで突き刺した。

〈どうして人間は他人がセックスするのを見るのにお金を払うのかしら？〉ピュータが笑った。

〈退屈だからよ〉タッカーはフェアがそっとくれた残り物を食べながら答えた。

〈わたしは他の猫のを見るためにお金は払わないわ。あなたはどう？〉とピュータはミセス・マーフィに声をかけた。

〈もちろん払わないわよ。わたしたちは猫で、人間より優れているからね〉ミセス・マーフィはタッカーをちらりと見た。

〈わたしだって払わないわ。犬は人間より優れているからね〉タッカーは口いっぱいに頬張りながら慌てていった。

〈そうね。でもわたしたちほどではないんじゃないかしら〉ミセス・マーフィは笑った。

あとがき

女性ベストセラー作家リタ・メイ・ブラウンと、猫ミステリ作家スニーキー・パイ・ブラウンの合作による〈トラ猫ミセス・マーフィ〉シリーズ第六作『新聞をくばる猫』（原題 *Murder on the Prowl*）をお届けします。

今回もまた、小さな田舎町クロゼットで起きた難事件に、名探偵ミセス・マーフィが挑みます。

新聞に悪戯で掲載された偽死亡記事。ところがその通りに殺人事件が起き、またまた大騒動が……猫、犬はもちろん、馬、キツネ、ネズミやボブキャットまでが、ある時は可愛く、ある時はシニカルに、そしてまたある時は雄々しく、大活躍します。

著者と著猫については、シリーズの既刊本をご参照いただくとして、今回はシリーズの発表済み作品リストをお届けしましょう。リタ・メイとスニーキー・パイのコンビは相変わらず快調で、本年も最新作 *Cat's Eyewitness* を発表、シリーズ長篇作品は合計十三作に達しました。今後もますますの活躍が期待できそうです。

二〇〇五年六月

〈トラ猫ミセス・マーフィ〉シリーズ長篇作品リスト

1 Wish You Were Here (1990)『町でいちばん賢い猫』茅律子訳 ハヤカワ・ミステリ文庫212-1

2 Rest In Pieces (1992)『雪のなかを走る猫』茅律子訳 ハヤカワ・ミステリ文庫212-2

3 Murder at Monticello (1994)『かくれんぼが好きな猫』茅律子訳 ハヤカワ・ミステリ文庫212-3

4 Pay Dirt (1995)『森で昼寝する猫』茅律子訳 ハヤカワ・ミステリ文庫212-4

5 Murder, She Meowed (1996)『トランプをめくる猫』茅律子訳 ハヤカワ・ミステリ文庫212-5

6 Murder on the Prowl (1998)『新聞をくばる猫』本書

7 Cat on the Scent (1999)
8 Pawing Through the Past (2000)
9 Claws and Effect (2001)
10 Catch As Cat Can (2002)
11 Tail of the Tip-Off (2003)
12 Whisker of Evil (2004)
13 Cat's Eyewitness (2005)

訳者略歴　東洋女子短期大学卒，英米文学翻訳家　訳書『幸運の逆転』チャップリン，『フリモント嬢と奇妙な依頼人』デイ，『トランプをめくる猫』ブラウン（以上早川書房刊）他多数

HM=Hayakawa Mystery
SF=Science Fiction
JA=Japanese Author
NV=Novel
NF=Nonfiction
FT=Fantasy

トラ猫ミセス・マーフィ
新聞《しんぶん》をくばる猫《ねこ》

〈HM㉑②-6〉

二〇〇五年七月　十　日　印刷
二〇〇五年七月十五日　発行

（定価はカバーに表示してあります）

著　者　リタ・メイ・ブラウン
　　　　スニーキー・パイ・ブラウン
訳　者　茅《かや》　律《りつ》　子《こ》
発行者　早　川　　浩
発行所　株式会社　早　川　書　房
郵便番号　一〇一 - 〇〇四六
東京都千代田区神田多町二ノ二
電話　〇三 - 三二五二 - 三一一一（大代表）
振替　〇〇一六〇 - 三 - 四七七九九
http://www.hayakawa-online.co.jp

乱丁・落丁本は小社制作部宛お送り下さい。
送料小社負担にてお取りかえいたします。

印刷・株式会社精興社　製本・株式会社川島製本所
Printed and bound in Japan
ISBN4-15-170756-5 C0197